德语上海小说翻译与研究系列　张帆 / 主编

上海女孩

［德］恩斯特·阿道夫·比尔克豪泽 / 著

陈悦　张帆 / 译

世界知识出版社

图书在版编目（CIP）数据

上海女孩 / 张帆译著. —北京：世界知识出版社，2019.9
（德语上海小说翻译与研究系列）
ISBN 978-7-5012-6103-1

Ⅰ.①上… Ⅱ.①张… Ⅲ.①长篇小说—德国—现代
Ⅳ.①I516.45

中国版本图书馆CIP数据核字（2019）第182423号

书　　名	**上海女孩** Shanghai Nühai
作　　者	[德]恩斯特·阿道夫·比尔克豪泽 / 著 陈悦　张帆 / 译
责任编辑	贾如梅　刘喆
责任出版	赵玥
出版发行	世界知识出版社
地址邮编	北京市东城区干面胡同51号（100010）
网　　址	www.ishizhi.cn
电　　话	010-65265923（发行）　010-85119023（邮购）
经　　销	新华书店
印　　刷	北京朝阳印刷厂有限责任公司
开本印张	880×1230毫米　1/32　8印张
字　　数	180千字
版次印次	2019年11月第一版　2019年11月第一次印刷
标准书号	ISBN 978-7-5012-6103-1
定　　价	38.00元

版权所有　侵权必究

（教育部备案）
上海外国语大学中德人文交流研究中心
系列成果

总　序

张　帆

　　大概是五年前，我参加了一场上海市政府决策咨询专家会，会议谈论的焦点多是经济发展、城市建设、社会管理、科技金融、文化产业等对接国家战略的应用性话题，文学俨然是这场学术盛宴中不合时宜的"零余者"。时代发展，对学者提出了更高的要求，一场"书斋里的革命"看似已是必然。可是，对于我这样一个多年从事德语语言文学工作的教书匠来说，学术转型，谈何容易。知识、思维、学养已然定型，离开文学本行的学术越界，无异于飞蛾扑火。思来想去，选定了一个较为折中的方向，姑且一试——围绕上海文化，立足文学阵地，利用德语优势，研究城市形象。

　　依照我的粗疏理解，文学形象学研究，尤其是跨文化的比较文学形象学研究，可以拓展文学研究的内涵，即从审美的途径延展到文化学、社会学、人类学、传播学、政治学等诸多领域。研究德语文学中的上海形象——乌托邦之美、恶托邦之罪、异托邦之实的书写，辨识小说中的"语词上海"与历史现实中的上海之间的叙述裂隙，揭示上海自开埠以来德国作家对上海的想象、夸饰、曲解和征用，进而分析德国文化之于上海

形象、海派文化乃至中国观念的建构和演变历程；同时，反观以上海形象为表征的海派文化在何种向度上因德语文学的传播，参与和影响了近现代德国现代性的构想和进程。就目前"上海学"研究而言，这是一个颇有挑战性的新话题。这一越界研究自然有其他学科无法比拟的优势，文学作为一个城市无可争议的精神地标，对于文化形态及其包含的文化关系的把握，其价值绝不在史学资料铺陈和社会田野调查之下，相反，其通过更有意蕴的审美感受，言有尽而意无穷的想象空间，在一定程度上展示出更为宏阔的价值和意义。

开埠后的上海作为东西方文化、传统与现代文明交汇之地，成为西方人对中国想象最典型的具象符号。毫不夸张地说，有"万国博览会"之称的老上海以一城之力投射全球风貌，是当时世界文学和电影的最佳取景之地。"上海主题"，或者更确切地说，"上海传奇"作为叙事母题曾风靡欧美，正如王德威在《想象中国的方法》中所言：小说之类的叙事文体，"往往是我们想象、叙述'中国'的开端"。[①] 而"上海，连同它在近百年来成长发展的格局，一直是现代中国的缩影"，是其他任何城市所难以匹敌的，它"提供了那用以说明现代中国已经发生和即将发生的新事物的钥匙"。[②] 因而，"上海"已不仅仅是一个单纯的地理名词、故事的背景，而是一个承载着丰富内涵的文化符号，构成故事的核心要素，拥有独立的叙述功能，

[①] 王德威：《想象中国的方法》，百花文艺出版社，2016年，第5页。
[②] 罗兹·墨菲：《上海——现代中国的钥匙》，上海人民出版社，1986年，第4—5页。

并"为它的书写者提供着语言、经验和叙述"。① 就此而言,"上海小说"充当了西方想象中国的重要媒介,作家们勾勒出一个个他们心目中的上海乃至"中国"形象,借用法国当代形象学家达尼埃尔–亨利·巴柔的说法:形象是一种象征性的语言,一种承载着特殊文化意义的符号。②

事实上,在中国现代性的进程中,大上海云谲波诡、风起云涌,改良在上海,革命在上海,运动在上海,战争在上海,改革在上海,发展在上海,奇迹在上海……中西方知识分子云集在天堂和地狱的交汇处、天使和恶魔的混居地,思想文化交互激荡,多语种"上海文学"应运而生,展示了"文学上海"的世界性:眼花缭乱的异域风情,荡气回肠的爱情体验,命悬一线的历险,光怪陆离的奇遇……那些浮动在叙事与人物之间难以言喻的风光与情调,成就了一个都市的传奇,更近于呈现老上海的原汁原貌,是任何怀旧照片和资料都难以还原的。多语种"上海传奇"的广泛传播,宣传和强化了人们对上海的固有印象——魔都、东方夜巴黎、冒险家乐园、十里洋场、地狱上的天堂……在西方主导的话语格局中,老上海被固化为愚昧落后的"被启蒙者"。正如巴柔所言:"形象的一种特殊而又大量存在的形式"就是"套话",而"套话"使得形象这一原本多义的文化符号逐渐演变为只表述单一文化意义的"信号",从而建立起自我区别于"他者"的有效机制,并将在"二分法"

---

① 高秀芹:《都市的迁徙——张爱玲与王安忆小说中的都市时空比较》,《北京大学学报》,2003年第1期。
② 达尼埃尔–亨利·巴柔:《形象》,载孟华主编:《比较文学形象学》,北京大学出版社,2001年,第157—159页。

的对立或对照关系之中发挥作用。[1]

显然,"多语种上海小说"建构起的近乎"套话"的价值评判使上海形象屈从于"他塑"的尴尬境地,作为社会集体的想象物,套话"高度浓缩地表达了一个民族对异民族的认识和感受",且"一旦形成就会融入本民族的集体无意识深处,潜移默化地影响着本族人对异国异族的看法"。[2] 作为租界地的"宗主国",英、法、日为母语创作的"租界小说"形塑了对上海的刻板性偏见。在已经大量译介的英、日"上海小说"或"上海叙事"作品中,各种陋习,举凡烟、赌、娼、淫戏、淫书、无耻、下流、邪恶、坑、蒙、拐、骗、买官卖官、流氓、拆白党、白相人,无一不涉及,而所谓崇洋、奢靡、浅薄,也几乎无处不在,不可避免地有丑化上海形象之嫌。

当然,对于文学图景中这种流行的"上海印象",德语作家自然也是不遗余力的,现代德语中甚至衍生出了"Shanghai-Roman"——"德语上海小说"这样的专有名词,足见上海题材在德语文学界的兴盛。然而,德国在上海缺乏专有的租借地,加之一战失败的创伤记忆,以及上海作为犹太人流亡的避难之所、西德左翼运动的"乌托邦飞地"、东德意识形态阵营的伙伴等诸多原因,使得德国作家所构建的上海形象,在承继西方传统观念和套话的基础之上,又生发出新的主题、视角与手法,较之英美文学、日本文学等更具客观真实性、情感认同

---

[1] 达尼埃尔–亨利·巴柔:《形象》,载孟华主编:《比较文学形象学》,北京大学出版社,2001年,第158—160页。
[2] 姜智芹:《欲望化他者:西方文学中的中国形象》,《国外文学》,2004年第1期。

性、审美复杂性、文化多元性，呈现出多彩斑驳的"上海形象"，并将海派文化这一"中国现代性"的理念和形态呈献给德国民众。形形色色的"文本上海"在对传统东方想象的解构与戏拟之中，在现代主义或后现代主义的叙事之中构建新的中国知识与想象，赋予现代德国文学对东方名城——上海的独特想象、文化记忆和历史镜像，在总体趋向性中形成了观照上海历史文化与现代性的"德意志视角"。

近年来，我已搜集"德语上海小说"百部/篇，但迄今为止，国内几乎未有译介；概因此类作品大多取材凡俗市井生活而被归为通俗文学，而难入"经典文学"之列，导致少有学者问津。但事实上，通俗文学作为一种模式化的"类叙事"，更能集中展示和承载海派文化的物象化表征，对研究德语文学如何在内容和理念上构建上海城市形象，并受到海派文化的反向传播与影响，是绝佳的素材。

三年前，我和我指导的学术团队开始着手翻译和研究这些精彩的德语上海小说，先期出版"德语上海小说翻译与研究系列"十五部，以飨中国读者。该系列德语上海小说经过精心挑选，故事性和可读性强，主要涉及侦探、言情、商战、革命、抗战等题材，以跌宕起伏的好莱坞电影式情节引领了当时德国民众的阅读热潮，如今也将以其异域情调的叙事风格、独特的叙事视角以及丝丝入扣的情节吸引中国读者。它们一改德语文学思辨艰涩的风格，以简洁写实的笔调多维度、立体式呈现洋人、内地人、本帮人、犹太人之间的文化冲突、爱恨纠葛、家国情仇，生动还原了老上海的社会百态与人文风貌。

安娜·西格斯（Anna Seghers）是前民主德国作家协会主

席、享誉世界文坛的反法西斯作家。《安娜·西格斯中国作品集》辑录表现中国革命的小说、杂文、书信、演讲等，其中多篇作品以上海为叙事背景，在国内鲜有译介。如与中国女作家胡兰畦合写的《杨树浦的五一节》，讲述杨树浦的工人代表为庆祝"五一国际劳动节"策划罢工和示威游行的故事。《驾驶执照》以二十世纪三十年代初日寇入侵上海为背景，讲述一位被俘的中国司机与日本军官同归于尽的事迹。《计秒表》中，以泽克特将军为首的德国军事顾问为国民党出谋划策打内战，但冲锋号吹响后，士兵们却调转枪头，反戈相向，为正义和光明而战。

理查德·许尔森贝克（Richard Huelsenbeck）是德国达达主义主要创始人之一，小说《中国审判》是一部达达主义杰作，讲述了天真烂漫的德国少年埃米尔·布莱克尔曼和饱读诗书的维尔·施拉姆被投机商诓骗来到德国军火走私船"贝克尔市议会号"谋生，却遭到逮捕，审判释放后的两个人开始了在香港、上海等地颠沛流离的求生之路。他们所到之处，在华外国人的百态生活——呈现：有的倾家荡产、有的成为替罪羊、有的投机发财、有的惨死战场、有的沦为流浪汉，怀揣发财梦的殖民者苟延残喘，前途堪忧……

弗里德里希·李希特内柯（Friedrich Lichtneker）的《台风登陆上海》以德国人的视角原汁原味摹写出二十世纪二十年代老上海的寡头政治、白人权力和工人革命的风貌。有人绝望地死去，有人一蹶不振，有人飞黄腾达，有人出卖爱情，有人丧失人格乃至国格，每个人的欲望、野心和爱情在一场革命飓风之后，该如何清算……

瓦尔特·佩尔西斯（Walter Persich）的《在上海做出决定》则讲述了一场德国人、中国人、日本人、俄罗斯人在上海、汉口、矿山小镇三地悄然展开的铁矿商战，官员、政客、商人纷纷卷入这场漩涡之中，争权夺利，国家博弈。与此同时，瘟疫的阴云笼罩在小镇上空。这一切是天灾还是人祸？德国商人普莱姆一行人能否带领小镇战胜瘟疫、让工厂重现生机？所有人的爱情和命运出路何在？中国，能否摆脱任人摆布的命运？决定，是否会在上海做出呢？

彼得·施特伦茨（Peter Strunz）的《上海要将我吞噬》背景是1940年前后的上海滩，那里暗流涌动，黑帮势力猖獗。小说标题向读者暗示，主人公的上海之旅暗藏着不安、危险和意外。为什么上海黑帮会绑架施特伦茨这个异乡人？遭遇袭击后的施特伦茨又经历了什么？朋友杜穆深这位神秘人物的真实身份是什么？在真相大白之后施特伦茨又会做出什么选择？小说情节紧凑，悬念迭生。"外滩""汇中饭店""黄包车""黑帮头目"这些打着时代烙印的符号在这位德国作家的笔下显得熟悉而陌生、真实又虚幻。

胡戈·科赫尔（Hugo Kocher）的《苦力、走私犯与强盗——一则来自中国的小说》讲述了年轻的德国神父帕特·赫尔穆特在上海布道、救赎穷人的经历。当时的上海风起云涌，各色人等三教九流，赫尔穆特周旋其间，竭尽所能，不辞辛劳，给远在大山中的传教分站运送补给品。此时，给予他帮助的商人魏路请求神父帮他捎带一些神秘的箱子。魏路究竟是敌是友？神父赫尔穆特在执行任务时会遇到哪些威胁？他在上海的传教之路最终又会走向何方？

弗里德·略夫（Friedel Loeff）的侦探小说《上海恶魔》讲述了一个迷雾重重的案件：英国伦敦的一家诊所内，一名染上怪病的年轻人不治身亡，由此牵涉出另外三起死亡症状极其类似的病例，死者生前均在中国居留些许时日。极具侦探天赋的外交官约翰·罗伊前往上海调查此案。四名死者在上海居留时均出没于一名中国医生的社交宴会和舞会。罗伊以此为线索，一步步抽丝剥茧，最终将狡猾的犯人绳之以法。

罗伯特·雅克斯（Norbert Jacques）的《上海商人》讲述了一出惊险曲折的三角恋，既有东方神秘色彩的马来西亚魔法——血咒，又有中国玄学的意念操控，还有一系列谋杀中国人的案发现场，身心疲惫的男主角奈伊深陷爱情泥潭，又面临谋杀指控，最终洗脱罪名，在恐惧中与心上人逃离魔都上海。

君特·艾尔弗雷德·海因内克（Günter Erfried Heinecke）的侦探小说《上海来客》讲述了一起有关珠宝遗产的连环杀人案。诡异的事情接二连三地发生，几位合法继承人相继离奇横死。作为遗产托管人的律师协助警方查案，接连发现的证据指向两位来自上海的客人。这两位可疑的上海来客身上究竟隐藏着怎样的秘密？杀人凶手能否被绳之以法？连环谋杀案又与那座神秘的东方都市有着怎样的联系？

阿弗雷德·施洛考尔（Alfred Schirokauer）的《上海枪声》讲述了在闭塞的修道院内长大的德国女孩伊莎·霍费尔来上海投亲不成，举目无亲的她遇人不淑，不谙世事的德国少女与沉沦堕落的俄国瘾君子在繁华乱世的"东方巴黎"上演了一段荒诞而又离奇的际遇。东方与西方、闭塞与开放、落后与进步、善良与邪恶、文明与杀戮在上海错位交织……

恩斯特·阿道夫·比尔克豪泽（Ernst Adolf Birkhäuser）的《上海女孩》是一部带有浓厚东方元素的爱情悲喜剧。爱情围绕着眼睛的失明、复明，以及通过手术消除恋人之间种族和血统的差异展开。来自上海富商家庭的女主人公经历人生劫难，对自己的民族以及身份又会产生何种新的认识？跨越种族的爱情能否最终开花结果？

威廉·野原驹吉（Wilhelm Komakichi Nohara）的《埃尔文在上海——一则来自中国动荡年代的故事》以一对德国父子的视角描述他们在上海的所见所闻以及他们救助上海百姓免遭日军战火之苦的艰难历程。书中对于中国传统建筑、文化艺术的描述生动有趣，以德国人的独特视角还原了风韵犹存的老上海风貌。

乔·雷德勒（Joe Lederer）的儿童文学作品《阿凡在中国》围绕瑞士少年阿凡与中国少年阿程之间的友谊展开，他们从最初的互相看不顺眼，到后来成为朋友，再到后来一起经历劫匪事件，两个人相互陪伴、共同成长，纯真的友情不分国界。小说故事发生在二十世纪三十年代的上海，充满浓浓温情，有亲情、有友情、更有人间真情，是一部刻有浓厚老上海印记的德语儿童文学作品。

乌尔苏拉·梅尔彻斯（Ursula Melchers）的小说《蕾娜特和比尔在上海》以第一人称讲述了德国小女孩蕾娜特在上海的成长经历，及其与英国少年比尔的真挚情谊。两位小伙伴为寻找一份遗失的重要文件，在上海滩冒险游历，见识了上海的民生百态。上海沦陷后，比尔历尽艰难险阻，逃离日本人的魔

爪,逃亡前夜,他与蕾娜特约定和平时期再见。战争结束后,蕾娜特一家被引渡回德国,离开了被她视如故乡的上海。多年后,她突然收到一封中国老熟人的信,这封信里究竟写了些什么?蕾娜特为何激动不已,动身前往东方……

汉斯·海因茨·辛茨曼(Hans-Heinz Hinzelmann)的自传体小说《哦,中国:古老道路上的国度——由西向东生命之旅的真实发现》,用富有表现力的语言形象地再现了一个流亡至上海的犹太难民的命运。读者透过作者的第一人称视角,体味犹太难民生活的艰辛,感受主人公最初遭遇文化冲击时的不安和惶恐,并领悟他逐渐理解并接受异乡文化的过程。通过辛茨曼的叙述,中国读者们或许可以从别样的视角加深对本国文化的了解,并对二十世纪三四十年代的上海都市风情略窥一斑。

弗兰西斯卡·陶西格(Franziska Tausig)的自传《上海船票》以细腻质朴、略带幽默的语言真实地描绘了身为犹太难民的女主人公跌宕起伏的一生,塑造了一位勤劳乐观、坚强勇敢的独立女性形象。自传中不仅生动地刻画了众多犹太流亡难民的人物形象,还讲述了各国人民在上海的生存故事,勾勒出一幅千姿百态、繁冗复杂的上海多元文化景观。值得一提的是,德国当代女作家乌尔苏拉·克莱希尔(Ursula Krechel)的著名长篇小说《上海,远在何方?》中的女主人公便是以弗兰西斯卡·陶西格为人物原型创作的。

此外,鉴于"犹太难民在上海"的文学文本相对匮乏,我们编选翻译了《上海犹太流亡报刊文选》,所涉报刊主要收藏于德意志国家图书馆和美国犹太研究机构,国内现有可用馆藏极少。二战时期,犹太流亡难民在上海创办了五十余种报刊,我们从其中五份主要德语报刊中臻选出"以上海为叙事主题"的小说、杂文、诗歌等文学作品共一百四十余篇,犹太文化与海派文化历史性交汇与碰撞,呈现出犹太难民感受上海、认识中国、反思自我的心路历程,身处上海的犹太难民之境况悉汇于此。

阅读这些德语上海小说,"上海性"被重新"发现"。外滩大楼、上海大厦、国际饭店、摇着小铃铛的有轨电车、老年爵士乐、百乐门舞厅、咖啡店、石库门、新式里弄、南京路、上海青楼、黑帮大亨、风月明星、阿飞艳史……"魔都"上海作为现代性、国际化大都市的繁华魅影和"上海味道"一览无余,异国文学中的上海文本,以"他者"视角揭示上海作为城市文化载体的多维立面与意义,从而在跨文化的城市叙事之中观照作为中国现代性滥觞的上海文化在"他者"眼中的想象与构建,进而在对异文化与自我文化的镜像式双向审视之中重新探讨、界定上海之于中国现代性的历史及文化意义。

德语"上海小说"无疑是研究不同时期上海乃至中国历史文化的重要文献,对此进行研究将对深化和丰富中国文化的自我认知模式大有裨益。本德语上海小说系列大多创作于二十世纪三四十年代,且均为通俗小说和畅销书。这些通俗小说文本在其对日常生活与细节的描述之中成为见证现代上海的重要文献,具有重要的史料价值和学术价值,并将极大丰富和推动德语文学乃至西方文学中的上海形象研究。与此同时,透过文本"夸饰"与"误读"上海形象背后的文化动力路径,有助于中国学者探究这一时期德国的精神文化与民族心理。由此,对现代德语"上海小说"的阅读研究无疑将促进中德文化交流与理

解,具有重要的现实意义。

此外,在德语上海小说系列翻译的基础上,我们撰写了研究论著《德语文学中的上海形象》,对近四十部作品进行详尽解读,一是便于读者对德语上海小说有更加深刻的赏析和理解,二是推进挖掘德语上海小说的学术价值,为今后出版《德语上海小说研究文库》奠定基础。

"德语上海小说翻译与研究系列"作为(教育部备案)上海外国语大学中德人文交流研究中心的系列成果推出,值此出版之际,我要特别感谢上海外国语大学党委书记姜锋教授、科研处处长王有勇教授、德语系系主任兼中德人文交流研究中心主任陈壮鹰教授、德语系党总支书记谢建文教授的亲切关怀和鼎力支持。诚挚感谢我的导师卫茂平教授,铭记先生教诲,未敢丝毫懈怠。感谢德国弗莱堡大学Achim Aurnhammer教授,柏林自由大学Anne Fleig教授、Almut Hille教授,海德堡大学Gertrud Maria Rösch教授的学术交流与合作;感谢德意志学术交流中心(DAAD)外教Gabriele Otto博士、Maike Lechner女士,奥地利学术交流中心(ÖAAD)外教Andrea Plank女士的语言帮助。感谢国家"万人计划"青年拔尖人才项目、上海市"曙光计划"项目、上海市"浦江人才"项目对相关学术研究的资助。衷心感谢世界知识出版社章少红总编辑的鼎力支持和贾如梅编辑为审稿所付出的辛勤劳动。还要感谢参与丛书翻译和校对的每一位团队成员,她们虽然水平有异,但专注、认真、负责的态度,都值得称赞。因小说原作多为二十世纪上半叶的德语旧文,翻译过程中,颇费踌躇的困难不少,如方言俗语、生僻旧字、花体印刷等，虽然我们尽心耗时，细致推敲，勉力而为，但粗疏错漏想必难免，敬请读者批评指正，见谅海涵。

2018年7月于海德堡

译 序

德国通俗作家恩斯特·阿道夫·比尔克豪泽（Ernst Adolf Birkhäuser, 1908—1942）的小说《上海女孩》（Das Mädchen von Schanghai）创作于1938年，故事发生在一战后尚处于经济萧条时期的德国。作品开篇，A.雷茨布尔克机械制造厂的负责人保尔·雷茨布尔克正与儿子伯哈特·雷茨布尔克讨论工厂的经营困境，由于受英美企业联合打压，工厂亟待研制新的金属替代物，否则将失去同英美抗衡的市场竞争力。特露德·范·多伦是机械制造厂的核心员工，她外表精致、品位超群，苦难的童年过往使如今的她变得冷酷、干练且野心十足，超群的工作能力令她在公司各事务间游刃有余。她试图帮助工厂渡过难关，进而在事业上更进一步，却由于一次工作事故不幸失去了视力。为抓住最后的复明希望，她来到柏林枢密大臣霍内克的诊所，却获知他刚刚去世的消息。万念俱灰的特露德决定利用君特·勒恩霍夫医生对她疯狂的爱慕，帮助自己复明。

君特·勒恩霍夫是霍内克诊所的外科医生，年轻时曾在战场上遭遇过重炮袭击，并在那次袭击中亲手结束了音乐家好友克莱门斯·图尔·林德的生命。虽然这是他写在日记中不为人所知的秘密，但这在他心中自此便埋下了一颗随时爆发的死亡炸弹，他成了"被命运打上标记的人"。他害怕被审判，又渴望被审判。他感觉命运的车轮时刻催逼着他赴死，他也试图超越命运划定的惯常轨道，摆脱命运的追逐。为帮助特露德复明，他决定改弦更张，借助整容手术支撑霍内克诊所的运营开支，以维持原有的医学研究条件。

主人公杨桂檀是上海富商家庭的千金小姐，她随父赴德经商，在柏林上大学。一次高档酒店舞会上，她与年轻的弗里茨·海宁医生相识，两人互生好感。海宁和勒恩霍夫同为霍内克诊所的外科医生，但因霍内克的猝然离世海宁失去了工作，每天在与妻子的争吵和求职受挫的绝望中挣扎。他被杨桂檀身上的异国特质深深吸引，她正是他心中对遥远而神秘的东方世界的渴望与希冀。舞会一别，本以为从此不会再有交集，两人却在数月后不期而遇。两人爱意愈浓，却均无法揣度对方的心意。杨桂檀将此归因于自己的东方容貌，无法通过眼神向爱人传递真实情感。她决心摆脱自己中国人的容貌，幻想通过一次整容手术永远地消除她同海宁之间的文化隔阂，消除两人的血统差异，于是她来到霍内克诊所，浑然不知自己正置身于深渊的边缘。

小说分为二十六章，在前半部分中，几位主人公的故事情节平行展开、交替叙述，各章之间看似互无关联，仔细品读却可发掘作者穿插其间的诸多线索。直至小说后半部分，众人齐聚柏林的霍内克诊所，主人公们本不交叠的命运轨迹因欲望、渴慕、责任和希望彼此紧密交缠。对特露德疯狂的爱慕令勒恩霍夫逐渐跨越道德与法律的底线，此时主动找上门的上海

女孩杨桂檀顺理成章地成了他的牺牲品。手术后的特露德成功复明,杨桂檀却孤独地躺在诊所的病床上,等待看到她所期待的"改变"。得知真相的特露德深陷自责与恐惧的泥淖,果断拒绝了勒恩霍夫的求爱。犯下罪行且未能如愿的勒恩霍夫决心赎罪,以期所有牵涉其中的人能借此免除罪责。他选择结束生命,犹如响应命运一直以来对他的召唤。弥留之际,他的耳边再次响起几十年来不断折磨他精神的审判之歌,这一次他知道,歌声终于要永远地停止了。

总的说来,《上海女孩》这部小说贯穿着作者比尔克豪泽对中国东方名城上海的想象与希冀,这种对上海的想象在作品中则是以人物作为寄情载体来呈现的。故而小说的女主角,上海女孩杨桂檀被赋予了同样的想象意义:一张典型的中国女性的姣好容貌、狭长的双眼、不显露情绪的神情、笔直的脊背、含蓄而矜持的言语。她是作家心中对东方名城上海的神秘文化、梦幻、诱惑与美好的集结体,犹如一尊"东方的神像雕塑",无瑕而圣洁,也是作家在一战后经济颓丧的故乡德国所塑造出的精神避难所。杨桂檀屡次在其他主角遭遇精神危机后登场,其中尤为值得一提的是海宁与她的相遇。性格乐观、直率的海宁向往充满异国情调的远方,而他多愁善感、理智且悲观的妻子里斯贝特无法满足他的精神欲求,海宁对激情的渴望、对异国及远方的向往逐渐幻化为对上海姑娘杨桂檀的渴慕,仿佛能通过杨桂檀克服空间的距离,抵达充满异国情怀的东方彼岸,亦是无意识地将东方城市上海视为他躲避当下现实的精神家园。根据作品推测,作家很可能并没有到过上海,小说中有关上海女孩杨桂檀的描写和评价或许是作家从阅读或道听途说中获知,如"一位广游四方的先生曾将来自上流富裕家庭、接受过良好教育的中国姑娘看作世界上最美好的女性——那些贫穷的中国苦力妇女自然就被认为是最丑陋的"。这番评价即使在彼时的时代背景下尚且过于局限和片面,更遑论今时今日,但其宝贵之处也恰恰于此:从德国通俗作家的视角真实地呈现出二十世纪三十年代德国人,乃至西方人有关中国女性的认知。

除了借助作品表达对东方古国中国及东方名城上海的希冀与向往,小说也多处渗透着作家浓重的宿命论,如作品中所提及,"如果你想对命运安排的事情负责,这反而是一种狂傲的行为"。"命运"犹如一位看不见的人物影响着主角们的生活际遇和精神归属,他超然于善恶之外,超然于生死之外,"没有人能阻止别人实现自己的命运",只能放任命运的发展,如受战争阴影困扰,最终被命运蚕食但实现了自我救赎的勒恩霍夫医生。与此同时,"命运"也将人物引向了各自真实的内心世界,回归生命及精神的源头,如错认爱情、最终返回家乡的上海女孩杨桂檀和选择回归家庭的海宁医生。

小说主要人物（按出场顺序）：

保尔·雷茨布尔克，路德维希港 A.雷茨布尔克机械制造厂负责人

伯哈特·雷茨布尔克，保尔·雷茨布尔克之子

特露德·范·多伦，机械制造厂的核心员工

费尔曼，化学研究员

卡尔·霍兰德，巴特海尔顿疗养宾馆主人

霍内克，柏林一间诊所的负责人

君特·勒恩霍夫，医学博士

索尼娅，霍内克的夫人

阿格娜丝，护士

弗里茨·海宁，医学博士

里斯贝特，海宁的夫人

杨桂檀，来自上海的女孩

1

保尔·雷茨布尔克喜爱这黄昏时刻。时间接近下午六点钟，当工厂机器的轰鸣声一个接一个地沉寂下来，他依然喜欢不开灯待在他的工作室里。夕阳的红色光芒透过宽大的窗子落入房间，像一缕微风拂过房间内浅色的墙纸，并在雷茨布尔克坚毅且自信的面容上幻化成一抹喜悦而年轻的霞光。他从未像这样追随着太阳生活，直到今年他眼看着自己灰白的头发不断变成金属般的白色。他不得不承认，他的生命之光已经由当空的红日转向了落幕的夕阳。他因为置身于晚霞的柔光之中而越发由衷地感到愉悦。他确信，如今二月末的太阳，落山时间将会一天比一天晚。

他越过工厂的院子，望向那片平坦的土地。在公路那边的草坪上，深色的土地背景上映现出一块浅色的冰雪，在晚霞中闪烁发光。后面的低矮灌木丛同天空形成微弱的映衬，一切看起来都已了无生机。只有那里，斜坡后面的莱茵河在流淌着，几朵浅色的云朵碎片旋在空中。远处的天空呈现出泛着乳白色光晕的蓝色。雷茨布尔克看着它逐渐变得苍白。地面上的雪迹也突然失去了晚霞的光芒，犹如一块被冲压过的铝片，毫无光泽。雷茨布尔克的脚步从窗边移开。黄昏完全淹没了房间，书桌上方那张雷茨布尔克父亲的照片，这位A.雷茨布尔克机械制造厂的创立人，也只能勉强看清轮廓了。

安静地思考这一天的时刻到了。就在这时,伯哈特踏入了房间。他在身高和举止方面同他父亲十分相像,同样长着明显隆起的后脑勺。甚至那笔直的、姿态近乎僵硬的脖颈也一模一样;父亲并未因为衰老而失去这样的姿态。

自从伯哈特再次回到路德维希港——大学毕业后,他曾在美国继续深造了几年,同父亲分享一天中这样的寂静时刻已成为他的习惯。在这间宽敞而朴实的工作室中,两人相对而坐。漫长的沉默后,父子间亲密的对话便开始了。有时一人会站起来,缓慢地来回踱着步,透过窗户玻璃望向远方,面露深思,复又倚靠在沙发上。这是将杂物、杂事和思考进行归拢并梳理清楚的时刻。

"我们将失去世界市场。"保尔·雷茨布尔克在沉默的间隙开口说。数月以来,他们二人,直至整个工厂都一直在思考这个问题。

伯哈特微微耸了耸肩,拉了拉袖子。

"我们需要镍。英美两国利用镍向我们索取高价。这是大型康采恩企业上层耍出的阴谋诡计。如果我们不得已高价进购了镍,在世界市场上,我们的价格同他们相比就不再有竞争力,这正是他们所期望的。他们本身就能用低廉的价格进货贮备。"

"他们还希望,我们到最后根本买不了镍。"

"至少承担不起国外的订单。"

保尔·雷茨布尔克沉思了一会儿。

"我想我们这次必定要妥协了,"保尔·雷茨布尔克最后泰然地表示,"光是国内的订单就足够我们的工人忙活了。"

"都是暂时的！"伯哈特激动地站起，"不能这样轻易妥协。世界贸易意味着什么我已了然于胸。从前我们得益于世界贸易才发展壮大——不只是在商业方面。在过去，我们即便已产生了不小的影响，却依然怀有野心，这也助益了我们思想的转变。"

保尔·雷茨布尔克笑了。

"大家可能会认为，你还参与了这些事。"

"可惜没有。但我已察觉到这事注定将如何演变——外界和其他人。如果我们放弃，便无法维持现状。即使是现在也有人在同情我们，称我们是小手工匠，真让人受不了。这群狭隘的村民！"

伯哈特越说越激动，手指敲击着窗玻璃。他的父亲舒服地靠在沙发上观察他，眼神中流露出明显的宠爱和亲善，儿子这个样子正是他所期待的啊。伯哈特转过身来。

"原谅我，"他说，"您也许会从不一样的角度评判这件事。"

"完全不同。我只是没你那么有远见。"

伯哈特细细打量父亲的表情变化，左眼下细小皱纹的颤动，眼里流露出善意的嘲弄与轻微的满足。他大笑起来。

"您别这样想。"他真切地说道。

"这里的一切又再次运作起来了，"保尔·雷茨布尔克继续说着，"所以我暂时还是很欣慰的。你似乎早已忘记这里几年前萧条荒芜的景象了。那时国内市场完全丧失了购买力，无法运转下去。我们如今有足够的理由感到满意并为此骄傲。"

"那是当然。但是我不知道我们是否该因此放弃这些东西，这会带给我们沉重的损失。"

房间已在父子俩聊天的间隙变得愈发昏暗。街道边的煤气路灯亮了起来，路灯的光芒透进窗玻璃反射进房间。天空阴沉沉的，一颗孤星出现在了地平线之上。工厂的院子伫立在昏暗的夜幕中。只有隔壁建筑物的两扇窗子中还隐隐透着光。

"范·多伦小姐还在工作。"说着，伯哈特向光影方向摆了下头。

"她不够出色吗？"他父亲问道。

"她很出色，真的很出色。"伯哈特丝毫不掩饰对她的肯定。

"你应该和她结婚。"保尔·雷茨布尔克说，他的声音听起来很镇定。

伯哈特惊喜地走来走去。

"您说的当真？"

"完完全全。"

"喏，这很容易理解。她非常能干。"

保尔·雷茨布尔克永远不会忘记，特露德·范·多伦是怎样出现在他的视线中的。她是一个发育成熟的年轻女孩，略瘦削的脸上长着一双十分显眼的深色大眼睛。有一天，她就是这样——毫无预兆又令人惊喜地——踏入这房间。雷茨布尔克不记得曾听到过敲门声。这个女孩是如何悄无声息且不被察觉地走过守门人和秘书的办公室，穿过门房和三个前厅直接来到他面前的呢？这对雷茨布尔克来说迄今仍是个谜。"有事吗，小姐？""我叫特露德·范·多伦，想在这里谋份职位。"当时还处于大失业时期。A.雷茨布尔克机械制造厂几乎每天都不得已发出解雇员工的通知，所以不会考虑聘用任何人，尤其是完全不认识的人。学识？能力？证书？这些都不值一提。不论哪个条件看起来更有希望，她都不可能获得一份职位。徒劳寻找工作的人已经够多了，在这个陌生女孩的脸上也能稍微看出一些找工作的艰辛，非常细微，只有仔细观察才会发现。雷茨布尔克必须很细致地打量她才会注意到这一点。"这是不可能的，小姐……""……范·多伦。""范·多伦小姐。真的，我很抱歉，绝对不可能。""如果我能在这份职位上给您一个提示，能让您挣得足够支付我半年工资的钱，即使这样也不可能？""尽管我认为这绝无可能，但事实上我已经对您产生了好感。""请您派人将比利时的交货资料拿来。"——雷茨布尔克对她提出的要求感到诧异。按照惯例，他不会给陌生人看他的商业文件。但这个女孩显然已了如指掌。即将送往比利时的货物已经打包完毕，第二天就要寄送了。特露德·范·多伦粗略地翻阅着文件夹，很快便找到了海关申报单，异常专注地阅读了一会儿，接着迅速抓起雷茨布尔克书桌上的一支红色彩笔，在若干页上画了粗粗的叉，并说道："错了。现在您再请克鲁格先生过来。也许我可以坐一下。"说着她便坐在了一把椅子上。克鲁格先生是位代理人，负责这次比利时的货物运送。起先他因为愤怒涨红了脸，表情逐渐变得尴尬，最后变得十分惨白。因为这位陌生人，这位年轻的女士令人信服地证实了海关报单是通过其他渠道草拟的，且送货路线必须转为另外一条，以这种方式送货可以节省一千五百马克。波鸿一间大工厂曾经成功走过相同的路线——这条路是绝对可行的，但无论如何要对复杂的规定相当熟悉。特露德·范·多伦是从哪里获悉这些事情的，人们无从知晓。克鲁格先生从未见过这个

女孩。雷茨布尔克强压着怒火没有换掉克鲁格的职位。六周以后,特露德·范·多伦指证仓库管理员哈内特侵吞巨额财物,但是对于此人,雷茨布尔克就没有同样的耐性了。雷茨布尔克从前对这个人是完全信任的,但在工人中间他的人缘并不好。对这个人的揭露让特露德·范·多伦获得了工人们的喜爱和职员们的关注,还得到了第一次加薪。从那时起,她的路就顺畅多了。到处都有她的身影,她没有固定工作领域的限定,有她在的地方总是会出现成熟得令人惊奇的知识和建议。她的书信风格新颖独特,将账目规整得条理清晰,简化了不同类型的设计图。美国代表前来拜访时,她流利的英文令人惊诧不已。西班牙语说得虽然没有这么好,但总归比工厂的西班牙语秘书更加流畅。雷茨布尔克欣赏她的移情能力,也已经习惯询问她的建议。她始终如一——非常自信,非常谨慎,穿着优雅,护理精致,发式一丝不苟。她的面颊圆润了许多,即便仔细观察也发现不了一丝辛苦的痕迹。她深色的大眼睛深不可测,经受得住各种目光。没有人认得她,也没有人能同她更熟络,没有人听说过任何关于她的事。

伯哈特猛地拉上窗帘,打开灯。

"我觉得这事很可疑,"他的话中带着些许不满,"也许现在您还要说,这位神话般的年轻女子明天或者后天会在那下面发现合金,将我们从镍的高昂价格和稀缺中解救出来!"

"我不这样认为。"

"为什么不呢?"

"物质的本质属性会给我们造成某些困难。直到现在也未曾有理论成功证实,能有一种集所有所需特征于一体的合金。这些化合物不是不够坚硬，就是太脆了，要么就是无法焊接。费尔曼能更加确切地讲给你听。"

费尔曼是研发部门的负责人。自从单凭原材料支撑工厂的运营成了问题，特露德·范·多伦便十分热切地关注起这个部门，并推进一系列的实验。她自己也不离费尔曼左右。

"您知道这些根本就是毫无希望的，为什么还要允许这些实验开展？"

"费尔曼认为这些实验没什么希望。他有时会有一些先入之见，那些由呆板的原理和理论知识支撑的惯性思维。门外汉可不会受此负累。他们可以轻松地着手干起，有时还真能做出恰当的选择。"

"您相信奇迹？"

"不。我只是觉得，费尔曼需要一些鼓励。你知道的，他之前研发了许多可用的东西。但是这些年，他却变得越发迟钝。"

"这等稀奇的任务，您竟委托给了范·多伦小姐。这些实验难道不危险吗？"

"对于谁？对于费尔曼？"

"胡说！当然是对于特露德自己！"

"危险是必须要承受的，"保尔·雷茨布尔克冷酷地说，"如果特露德（他重读了这个名字）——如果特露德是你妻子的话，这些事情无论如何都得画上一个句号。"

伯哈特回避着不看他的父亲，自顾自地笑了。

"您的意思是，我也需要借助这个各方面都无比能干的小姐来获得一些鼓励吗？"

"她不只是能干,还相当富有生活经验。她有着讨人喜欢的举止。此外,她明显是个美人儿。我最近看到她身着一件精心挑选的浅蓝色晚礼裙,头上的发饰闪闪发亮,我有印象的,似乎像你这样的年轻男人都会觉得这样的姑娘值得追求。"

伯哈特发自内心地大笑起来。

"父亲,您在打探情报!"他有些生气地喊道。

"我完全没这个必要,"保尔·雷茨布尔克为自己辩解,"你难道没有被她的外貌深深吸引吗?你们闲谈的时候,我偶然从你身旁擦肩而过,你都没有认出自己的父亲。"

"真的吗?很抱歉。我的意思是,在这种特殊情况下,我感到十分抱歉。您很高尚,并没有打扰我们。"

"你们相处得好吗?"

"我觉得很好。"

保尔·雷茨布尔克站了起来,将手用力地放在儿子肩上。"这对于我是莫大的欢喜。"他随即说道。

伯哈特发现,这正是他所期望的父亲,短暂的犹豫过后,他向父亲表露出这个想法。紧接着他快速离开房间,跑了出去。跑下楼梯,跑到了工厂院子中。他心里有些失望,实验部门的灯光已经熄灭了。

他走上去,来到大门口,走进守门人的房间。

"范·多伦小姐已经走了吗?"他询问这个男人说。

"刚刚开车离开。与费尔曼先生一同走的。"

伯哈特粗暴地转过身去。

自从那个晚上,范·多伦小姐同意与他跳舞——那个无与伦比的、美妙而幸福的晚上,并非预言,但却似乎预示了所有梦想的实现，但在那之后却一直没有再给他单独交谈的机会。白天的时候费尔曼总是在她周围转悠，晚上她和他一同开车离开。应该怎么办？伯哈特斟酌了片刻是否要开车跟随他们，但他随即打消了这个念头。他面露深思，重新踏进了行政大楼接他的父亲。

2

特露德·范·多伦脱掉了在研发室穿着的蓝色防护服。她将连衣裙放平，洗了手，快速弄松了她因为防护镜的压力而紧贴在太阳穴上的头发。栗褐色的头发泛着铜色的柔光，柔和的波浪卷发环绕着她椭圆形的脸颊，脖背处有一串小卷发，围绕在她纤巧细弱的脖子周围，她的额头上也有这样的小卷发，犹如女王的冠冕。纵使拥有丰满的嘴唇，她的面容看起来依旧透露着些许高傲和孤冷，散发着不容否认的女性魅力，给人坚强而沉着的印象。

在她照镜子再次审视自己的空当，费尔曼拿来了她的外套，试图帮她穿上。这一切从镜中看来有些滑稽。因为费尔曼比她矮小很多，肥胖，还有些秃头，呼吸也有点急促。

特露德没有露出一丝笑容，她敏捷地穿上外衣，接着迅速地将她的小帽子戴在头上，拿起包和手套。

"好了吗？又有些晚了。如果您愿意的话，我开车送您回家，费尔曼先生。"

"非常愿意，范·多伦小姐。"

费尔曼内心欢喜，因为他可以省去在车站等待和在那班开

往市区的有轨电车上的烦闷时光。费尔曼坐上了那辆小型双座跑车,这辆车特露德·范·多伦已经开了几个月了。费尔曼心里想着,这些我本该早已拥有,随即不露痕迹地叹了口气。他知道自己永远不会过上这样的生活。他不懂该如何掌控生活,但在另一些事情上,他又是如此能干。这样的生活已经从他手中溜走了。他将永远是一个小人物,每天乘有轨电车去工厂,十年穿同一件破旧大衣,娶了一个爱吵架又多病的寡妇,认命而麻木地忍受着她的坏脾气和那三个没有教养、也不是他亲生的淘气的孩子。这样的生活已将他拖垮。特露德·范·多伦,这个将人生紧紧握在手中的女人,令他看起来犹如另外世界的生物——莫名其妙,毫无性感可言——令人无比困惑不解。

特露德绕过路德维希港,谨慎地向着莱茵河方向行驶。草坪上方悬浮着厚厚的雾团,街道上覆盖着薄薄的冰层,车很难开。她又一次拐进市区,驶上一座新修建的莱茵河桥的斜坡,汽车向下滑了几次。当她成功驶上斜坡时,费尔曼大声地舒了一口气。

曼海姆的灯光在雾霭中映现,平常能够照亮河岸两侧街道的煤气灯、十字路口和主干道的弧光灯将那些从莱茵河桥和火车站方向过来的汽车、有轨电车、骑行者和路人汇集起来,再将他们从树丛、咖啡屋的电灯广告牌和旅馆之间引向城市。

特露德没有将车拐进左侧的居住区,而是向右转进城区内一处较新地带,沿着一块绿化带绕行半圈,将车停靠在一条宽敞而干净的大街上一家新建的旅馆前面。

"费尔曼先生,请您陪我喝一杯好吗?我实在很口渴,想喝点儿什么。"

费尔曼顺从地下了车，有些拘束地同她一起踏进旅馆。有人过来取走了他的外套和帽子。特露德明显对这里的房间很熟悉，径直上楼走进酒吧。费尔曼迷迷糊糊地跟着她，片刻后便已坐在了一个异常柔软的沙发上。他拿起摆放在他面前小桌子上的菜单，尴尬地推了推他的钢架眼镜。

"请您给我来一杯威士忌加苏打。"特露德对服务生吩咐道。

"给我也来一杯。"费尔曼松了一口气。有那么一瞬间他想要一杯"俄亥俄"，尽管他既不知道这是什么，也不知道应该怎样读它。他又将菜单放回到桌上。

一转眼的工夫，盛满的玻璃杯就已放在他们面前，两人迅速端起。

饮品独特的烟熏味让费尔曼联想到了研发室。同时他又觉得自己有义务为范·多伦小姐解解闷。

"明天我们用新的化合物来做焊接实验吗？"他问。除了白天的工作内容外，他想不出其他的聊天话题。

他没有得到回应。他转过头看向特露德，并惊讶地发现，她正出神地朝一个方向凝视着。

特露德微微前倾，手指紧紧抓着玻璃杯，犹如已将杯子放回了桌上。她的嘴微微张开，能够看见牙齿闪现的光芒。她深色的眼睛睁得老大，眼里真切地透露出惊恐的神色。一抹不自然的苍白笼罩在她脸上。

费尔曼顺着她的目光望去。在这稍早的晚间时刻，酒吧内还是空荡荡的，光线也很昏暗，只有两台桌灯亮着：他们面前这一台，还有房间对面角落里的一台。那里正坐着两位男士，费尔曼这才注意到他们。其中一人身材高大，肩膀很宽，有些

肥胖。他的脖颈很短，宽大的头颅，强健的颚骨。他身着一件图案粗糙的浅色运动装。这个男人背对着他们，费尔曼没有机会观察他的脸。

另外一人背部倚靠着墙壁，费尔曼此时注意到，这个男人正目不转睛地盯着他们。或者更确切地说，不是盯着他们，而是盯着特露德·范·多伦。他的脸瘦削而苍白，留着黑色小胡子，他同特露德·范·多伦一样僵直着一动不动；只有他的眼睛在动，犹如一道快速闪烁的光。

"您没事吧？"费尔曼轻声向她关切地问道，"您认识那位男士吗？"

特露德又一次看向那个陌生人，好像她必须要记住他的容貌：黑色头发从中间分开，一缕灰色发束从中间穿过，肩膀瘦削而略微塌陷，身着低调的深色西装，双手柔滑而白皙。

他躁动不安的目光突然让她无法忍受。她迅速站起身。

"我们走吧。"她对费尔曼说道。费尔曼迅速喝光了杯中的饮品。这个场面也让他不舒服，他很高兴终于可以离开了。不，他和这件令他糊涂的事情一点关系都没有。他的妻子也许已经在等他了。他必须为晚归想出一个解释——一个不会让她发火的解释，这可并不容易。

特露德突然意识到他的尴尬和茫然。她驾驶着汽车向老城疾驰而去，最后将车停靠在费尔曼房子后街的角落里。

"我不可以开进去，"她撒了一个谎，"这是一条单行线。"

通过几次谈话，她大致猜到了费尔曼的家庭生活。她觉得，如果费尔曼被一位年轻女子开车送到家门口，可能会引起不必要的争吵。

"已经足够了,"费尔曼说,并快速下了车,"衷心感谢您,范·多伦小姐。祝您晚安。"特露德平淡地致谢,这个"衷心"感谢让她感觉不舒服。她继续开着车,心里盘算着:我必须让费尔曼的衷心离我远些,总之已经到了终结费尔曼事业的时候了。这个男人让她熟悉了实验程序中她所不熟悉的技术,从这一方面讲,他是有用的。他曾帮了她的忙,将她残缺的设想转换成了科学而精准的化学公式。她又继续推动他将这些公式转化成实验,这往往会变得相当困难。人总是需要新的实验指令。对于他不断产生的新困惑,她已经拥有帮其排遣和消除的能力了。她必须要引起他的疑惑来达到自己的目的,即在情绪上诱导这个单纯的、一生都从未被年轻漂亮女人关注的男人。她让他感受不到自己的不足。她将他作为一个被选中的同盟者,作为一个共同密谋策划的伙伴来对待。她深知,几句友善的话语、一个目光,或是一个笑容就能激发他潜藏的最后一部分能量——并在任何时候都不让他意识到她做的这些工作所产生的效果。于他而言,这些工作是这个年轻时尚的女孩愉快的消遣活动,他同时也宽厚地参与其中,因为面前的这个女孩让他感觉舒服。

他所取得的成绩都要归功于她的帮助。如果没有她,这些实验便永远不会实施。特露德抿紧了嘴唇。如果这些实验目前取得了什么成果的话,那也是她的功劳,她是不会同费尔曼分享的。这些最后的、最为关键的实验必须要由她自己来完成,这样她便赢得了这场比赛,费尔曼只是助她一臂之力。

当特露德驾驶汽车离开城市,沿着城市森林的跑马场行驶时,赛马的场景让她停下了车。骑马一定比开车更美妙。汽车

没有自己的意愿,马却是一个有生命的生物,它的执拗必须被约束住。我想拥有一匹马,特露德心想。以前,几年前,保尔·雷茨布尔克拥有过马匹。工厂里的老工人有时还会谈论起这事儿。

总是有新的愿望想实现!她期望拥有一辆车已经多久了!有了车,她便能住在这里——森林与内卡河之间,可以欣赏到青青草坪、树木和河流。整个城市,不,是两座城市和莱茵河都位于她的房子和工厂之间。特露德喜爱她的工作,但她休息时只想远离所有的日常琐事,过她自己的生活——伴着书籍、阳光、河流和森林。这辆车为她节省了时间,时间,属于她自己的自由时间,她一直视之为珍宝。她舍不得这些属于她的时光。对她来说,社会上普通人的生活都是在虚度时光。她很少遇见能让她感觉同类的人,她也从不让任何人熟悉她。她没有朋友,不被人了解能带给她安全感——即使是那些唤起她内心冷酷的人。她习惯于将他们推到一边,明天或者大后天,她也会将费尔曼推到一边去。

她将车停在车库里,上楼走进房间。这间屋子有一个宽敞的、兼具客厅功能的卧室,凹进去的墙壁中央放置着一张床,另外还有一间浴室和一个小厨房。拥有这样一间屋子,她早已梦想很多年了。如今这里的一切都是按照她的品位装饰的,墙上挂着优质的油画,小桌子和架子上摆放着几件精美的陶器。彩色的窗帘,精致的地毯——对她来说,这间屋子便是每日愉悦心情的源头。自从到保尔·雷茨布尔克这里工作,她便交上了好运,许多意料之外的好运。她毫不犹豫地抓住了这些运气。今天是她第一次对自己承认这个事实,这令她有些害怕。

她稍微吃了点东西，打开收音机，试图分散注意力。但她无法摆脱一种莫名的不安。

自从她与伯哈特·雷茨布尔克共同度过那个夜晚——一个独特的、轻松而愉快的幸福夜晚——她便再也不能忍受孤独了吗？他是少数能够懂得她的人之一。当她意识到这一点，她被突如其来的、沸腾而热烈的快乐淹没了，这让她觉得幸福又难以抵抗，但同时又有些害怕，害怕过多地交出自己。她什么都不想舍弃，她必须将自己的命运紧紧地握在手里，否则一切的努力都将变为徒劳，所以她在逃避他。

但自那以后，她会在某些瞬间害怕幸福就这样溜走了。这样一定会酿成恶果。她因此变得胆怯。她有一种模糊的预感，感觉有种让她无法承受的噩运就要来了，她自己也解释不清楚。今晚曼海姆旅馆酒吧里那个陌生人的目光让她心里瞬间充斥着恐惧，尽管她自己也想不明白其中的原因。她对生活中重要的人有种敏锐的鉴别能力。这个陌生人大概会在她的生活中扮演着某种角色——这是一种不详的、不可捉摸的关联。她不认识他，她不知道自己对他有什么期待。但是他的容貌在她脑中挥散不去。有些东西是没有人能够摆脱的，那个人也不能。这是可以肯定的。

3

这个高大魁梧的男人身着浅色运动服，手肘撑在桌上，宽大且粗糙的掌心支撑着下巴，手指粗壮，指甲宽大。他伸出右手抓起旁边的玻璃杯，拿到嘴边，或是凑近葡萄酒瓶，以便再

次加满它。桌边地上已经立着两三个空酒瓶。这个身材魁梧的男人偶尔也会通过简单的手势或是生气的嘟哝向对面的男士劝酒。另外那位男士不慌不忙地端起酒杯,这个强壮的男人又继续喝起酒来。其间他也会蹦出几个简短的句子,接着沉默几分钟,继续喝酒,思索,继续交谈。

"战争期间,我曾被俄军监禁。糟糕透了,那鬼日子。但持续的时间并不长,我逃了出来。可即使是现在,二十年后,每当我想起这事儿都觉得要窒息了。我没办法不想起这事儿,我无法摆脱这个记忆。被监禁!不得不等待!什么事也做不了!得不到任何消息!只知道:要和他人战斗,费尽心力,陷于危险之中,也许还会永坠地狱。而你,蹲坐在那儿,手指头都不允许动弹一下,还要做某种该死的毫无意义的工作,每一天都期待转机和变化。但都是徒劳,什么都没有发生,什么都没有改变。没有任何消息传来,就这样度过了一天又一天。你变得疲惫,生了病,长满了虱子,最后绝望。不,之后你又振作起来,抓住一个希望,将你的东西清洗干净,吹着口哨,打起节拍。直到现在我还能记起每一件小事,每一个声音。啊——还有一些更糟糕的事。我只是这样想着,为了不去考虑过去、当下和未来。而现在,情况恰好就是这样。大家根本,根本什么都做不了。不,现在比那时更没希望。那时我们几百人拥有相同的命运,大家互相帮助、互相鼓励,彼此说些心里话。现在呢,你必须和你这些鸡毛蒜皮的小事一起自生自灭。——您到底在看什么?"

健壮男人的声音变得沙哑和愈发微弱,也不再起劲儿地说着废话了。另外一人早就没在听他讲话了,此刻正失神而着迷地向一个方向看去。他的鼻翼在颤动，嘴角在抽搐，嘴唇也在发抖。

"您到底在看什么？"健壮男人大声斥责道。

另外一人吓了一跳。

"您刚刚有看到那个女人吗？"他轻声说。

"看到女人？"健壮男子嘟哝道，"看到女人！您别说笑了！我见过上百个女人！上千个女人！上万个！哈！"他用拳头击打桌面，玻璃杯跳了起来。他对面的男人望向它们，压低了声音，若有所思地说道："不。只有一个，只有一个。"他确定，另外一个人听得清他在说什么。接着健壮男人不慌不忙地继续开口："您可以相信我：我不再是狂热的小伙子了，我也从不是羞怯的人。我也结过婚，现在离婚了。在俄国的时候，他们曾用四把刺枪胁迫我，将我带出营地。我当时想着，一切都结束了。他们将我带到一个农庄，走进一座城堡，来到城堡女主人的房间。他们转过身去，幸灾乐祸地冷笑，让我站在那里。这只母狗在去往教堂的路上见到了我。您知道的：周日我穿上干净的制服去往教堂，当无赖还如此刁难我们时，我很克制自己。我说了什么？他们要求我站在这母狗前面巡逻。当她需要囚徒时，她就应该拥有他！不，上帝都不知道这点，我对于其他的性别不再有这样夸张的崇高敬意了。但半年前我遇到了一个女人，一个女人——"此刻的他像是在自言自语，脸上挂着若隐若现的笑容，目光看向桌面。"我们共同度过了几个小时，无与伦比的美好时光。她将我的情绪激发起来。自从我认识了她，我才知道，生活是多么的美好。是吗？啊！能够变得美好。如果是这样该多好……"

"是的，"另外一人认真地点了点头，"的确存在。半小时前我还对此持否定态度，现在我相信了。"

"她并不自由，和一个她不爱的男人结了婚。那个男人用他的财富和他在科学领域的声誉迷住了她。他用金钱，用他上百倍的奢靡征服了她，使她如今再也离不开这样的生活。也不应失去！我无法给她这一切。没有可能的，两辆汽车、仆人、侍女、陪着聊天消遣的妇女、柏林的别墅、山野中的乡间别墅、豪华旅行、欢迎会、舞会、戏剧，歌剧。我和您说什么呢？他什么都知道，不给她哪怕一分钟的自由。大概有六十岁，比她年纪大二十岁，枯槁且虚胖——总是提出许多要求！监视她，近乎疯狂地吃醋，截取她的信件，犹如间谍一般，挑唆侍女们监视她。您会如何看待这样的人？"

"令人恶心。"

"这还不是全部。即使她因为激动和厌倦生了病，他也没有从她的床榻边离开。'走开！'她喊道，'走开，滚开，滚开！'他没有走。规劝她，请求，央求，恳求，哀号，威胁，戏弄。你爱上了卡尔·霍兰德，我知道！那个酒店老板。酒店老板！优秀的擦鞋匠！飞黄腾达的管家！一个一无是处的乡下人！——您知道吗，巴特海尔顿疗养宾馆是我的。没有负债的主人，家族的第三代传人。宾馆被照管和维护得很好，干净整洁且体面。但这样一个有名又富有的男人竟然这样说一个人的坏话，还不觉羞耻。真是够了！这个男人的行为真是让人意想不到，但他的成绩却是公认的。医学界成功人士、高级称号获得者、枢密大臣、一间著名诊所的负责人……"

另外一人突然变得专注起来。

"在柏林吗?"他急切地问。

"是的,在柏林。"霍兰德肯定地回答。

"霍内克?"

"对!叫……不……这对我来说……"霍兰德困惑地结巴起来。

另外一人微微一笑。霍兰德调整了坐姿。

"这对我来说真的非常尴尬,您竟猜中了他的名字。您知道的,一般情况下没人会主动提起这样的事情。您认识我说的那位女士吗?"

"不认识,我只认识她丈夫。"

"枢密大臣霍内克?"

"是的,只是在工作上有所了解。我也是医生,勒恩霍夫医生。"

"霍兰德。"

"谢谢,您已经说过您的名字了。很抱歉,现在才向您介绍自己。"

"您刚才没来,我已经说了很多了。"霍兰德冷静地说道,"您是医生,这一点您说过一些了。人们是最容易同医生谈心的,也许我正是感受到了这一点。"

"我对您的事非常理解,"勒恩霍夫说,"我也曾上过战场。"他停顿片刻后补充说。他又犹豫了一下,快速喝光杯中的酒,几次想开口。他的脸颊上露出清晰的红色斑点。"在西部前线,"他终于开了口,"战争的第三年,作为一名相当年轻的医生。就在国家考试过后,最好的朋友死在了我的旁边。就在前线的第二天,我们遭遇了激烈的重炮袭击。第一发重炮就

将我朋友的两只前臂撕成了碎片。两只手都成了碎片，完全粉碎了，连一根完整的骨头都不剩。他是一个音乐家，一个没有手的音乐家。您知道吗，我们甚至还未习惯这样的恐惧。他就这样看着我——那目光——你是我的朋友，君特——是的，他想要这样说。我——"

勒恩霍夫喘吁着。到最后，他的声音变得微弱，充满疲倦。额头上挂着汗珠。分开双手的手指，抓着他轻微花白的鬓角。

他停了下来，没有继续讲话。

霍兰德并没在仔细听。他向后倒进沙发中，右手压在紧闭的双眼上，似乎想阻挡开什么。他眉头紧锁，或思索，或睡觉。反正他想要远远地摆脱勒恩霍夫和他的故事。

勒恩霍夫医生站起身。人们毫无目的地走向他，讲述他们的痛苦和抱怨。他适合做个听众，去理解、去提供帮助和帮助其他人。而积压在他心头的事情，没有人能帮他摆脱掉，没有人能驱散开他心中存在了二十年的阴影。二十年前吗？或者一百年，两百年前？时间是什么？没有人知道。有一些东西会一直在那里——超乎每个时间概念之外。

他迈着轻快的大步走了出去，手里拿着帽子和外套。他来到街上，此时的街道已被雾霭笼罩。他注视了一秒摇摆的转门玻璃上自己那张幽灵般苍白而严肃的脸，这张脸迅速变得越来越大，又突然消失。他自己的脸因玻璃的反光不真实地扭曲了？他不知道。他那有着塌陷肩膀的瘦削身体在门口的灯光中站了一会儿，犹如一只影子。接着他便消失了，就像在雾中消散了一般。

4

嘈杂的噪音从四面八方向勒恩霍夫袭来。近的、远的、吵闹的、轻声的，叫喊声、窃窃私语或轻声耳语，刺耳或温柔的诱惑都汇成一股令人焦躁的噪音，他在这股噪音中，突然听到一句带着令人恐惧的生硬和刺骨冰冷的话："法庭判处君特·勒恩霍夫医生死刑！"

"死刑"两个字不断回荡着，犹如从所有不同的声音中凸显，然后被重复无数遍。

死刑！死刑！死刑！

勒恩霍夫向下倒去。他发现自己步履蹒跚，跌跌撞撞地向前走着。他只能这样费力地行走，沉重的负担似乎要将他的四肢百骸压向地面。身后的噪声逐渐减弱，直至完全消散。除了自己的喘息声，勒恩霍夫什么也听不见了。那声音如何沉寂，负担便会如何增长，阻碍他的步子，直至他再也动弹不得，他试图看清周围的环境，却什么也感受不到，除了那些慢慢举向他胸口和头部的枪管。有那么一瞬间，他似乎看到了他的朋友克莱门斯那张僵硬的死人脸，接着一切都倒了下去，一个巨大的黑色数字"45"占据了他的整个视野，一声尖锐的响声将他体内的什么东西撕碎开来，他大叫一声——接着便醒了过来。

他费了很长时间才搞清楚自己是在曼海姆旅馆的一个房间里，毫发无伤地躺在床上，心脏正剧烈地跳动，他发现自己原来刚从噩梦中惊醒——上午九点，在他四十五岁生日这一天。

如果他现在不立刻起床，根据经验，他将会再次睡着，再

一次陷落在相同的恐怖噩梦中。

他起身下床。死刑……声音在他脑中回响。他来到镜前，看向那张昨晚出现在玻璃上的相同面容。他的脸。没有错。但是他已经死了。

他走进卧室，打开淋浴，喷出的冷水让他清醒了过来，也使他感到冰冷。他死了，没有生命了。

不要再胡说了！不能再这样下去了！他必须尽力克制自己。今天是他四十五岁生日。这个冬天他还是会去度假，就是为了能在自己的故乡度过这一天。为什么要这样安排呢？他在这里没有家人，没有朋友，也没有熟人。他们都死了，搬了家，或是已经疏远了。可以这样肯定地说吗？不能。他死了，没有人认识他了。他感到如此孤独，如此令人恐惧的孤独。

其他男人都有妻子。勒恩霍夫自记事以来便渴望女性之爱。他从未见过他的母亲。他是在陌生人中间长大的。打他记事起，女人们便躲着他。他很聪明，而且事业有成。他绝对不是面目丑陋的人，绝不是。虽然他的身材有些瘦弱，但很匀称。他有着帅气的外表，对待需要他帮助的人总是面容亲善。但她们在他旁边时总是表现僵硬，从未表现过爱慕或真心。是因为他冰冷而探寻的目光吗？还是因为他的沉默寡言？啊，如果她们知道他多么想敞开心扉，变得柔和、热烈而温柔！没人知道这一点。任何一句从他口中说出的爱语听起来都格外严肃。她们只看到了他表面的严厉。他无法激起任何爱恋，因为有一团影子始终笼罩着他。

当他昨晚和——他到底叫什么名字？——和这个巴特海尔顿的宾馆主人在酒吧里闲坐时，一个女人走了进来，一位尚年轻的姑娘，她的容貌撩动了他的心。如此耀眼的美丽，那样年轻、骄傲和自信，如此有生气！她身上具有迄今为止他所喜爱的所有女性特征。而她旁边呢？一个不起眼、矮小肥胖、气喘吁吁的男人，穿着滑稽的西装，行动还有些笨拙——一个极其普通的人，戴着钢架眼镜。

和其他男人的尖刻对比没有任何意义。没有人能真正阻碍到他，即使有也是他自己。他已经是一个死人了，女人们躲着一个死人，这有什么好奇怪的？

"判处死刑。"克莱门斯·图尔·林德说道，他看着他，目光几乎要将他穿透。他躺在一个土洞中，双手被炸得粉碎。每呼吸一次，鲜血都会高高喷出。必须要对动脉进行包扎……不……

勒恩霍夫抓起放在床头柜上的口袋日历本，翻到他生日的那一页，写道："我，君特·勒恩霍夫，于1916年5月23日在西部前线，用手枪射在了我的战友、我唯一的朋友、音乐家克莱门斯·图尔·林德的心脏上，将他杀死，因为手榴弹的碎片让他失去了双手。留住他的生命是不可能的。生命于他已不再有任何意义。我很快结束了他的痛苦。如果他也能如此对我该多好！"

没有人发现过这个秘密，他也没有向任何人倾诉过——这个秘密就在那里，它应该被公开，那么他们便会将他处决。但首先，他想要结束他的工作——这份工作令他总想从死神手中抢夺些什么，但所抢夺的终究将归于死亡。那么还有意义吗？

勒恩霍夫穿上衣服，离开了房间，走下楼梯。和他相同的

方向,一位纤细而瘦弱的少女模样的姑娘正走在他前面。这位少女般的人儿有着动人的、孩童般的肩膀和浓密的深黑色卷发。勒恩霍夫追上这个姑娘,匆忙瞥了眼她的脸,她那张异乡人的脸令他大吃一惊——那是一张面具般僵硬而平坦的脸,犹如被琥珀染了色一般,有着狭长的双眼和涂着口红的性感嘴唇。她的脸上挂着一个来自陌生世界的神秘微笑。待勒恩霍夫几步之后向四周环顾时,那个身影已经消失了。

他独自穿行在这座已令他感到陌生的城市里,那些折磨人的困惑令他迷茫。他的理智,他惯常的思考一下子都不听使唤了。他分辨不清梦想与现实。他认为自己必须要在这些瞬息即逝的人群中找到昨晚酒吧中的那位姑娘。他甚至觉得自己已经看到了她抛过来的忧虑而探寻的目光,此时他才意识到,他被自己的想象力愚弄了。或者说他已经死了,早已变成虚空。其他人从他身体中穿过,他也感受不到一丝的颤动?

真相到底是什么?

我精神错乱了,勒恩霍夫医生心里想着,接着探了探自己的脉搏。脉搏平稳有规律。他在一个被雨水打湿的长椅上坐下,在日历本上写了点东西。

"在今天,在思考了二十年之后,我还是会做和当时相同的事情。"

他合上日历本,将它放回怀中,接着走回了宾馆。

"今天我就要启程离开了。"他对接待处的先生简洁而果断地说。

"您要去哪里?"一个强劲有力的声音在他身后响起。勒恩霍夫转过身去,发出声音的人是霍兰德。

"我不知道,"他回答说,"总之我不待在这里了。这儿的天气一无是处。"

"的确,"霍兰德说,然后故作漫不经心地补充道,"酗酒的人就会有烦躁的想法。"

勒恩霍夫敷衍地应和他。

"您知道吗,"霍兰德开口说,"我要开车前往费尔德山滑雪。您帮我一个忙,和我一起去吧!"

勒恩霍夫突然感到一股暖流贯穿全身。终于是一个有血有肉的人了。

"我没有滑雪设备。"他仍旧坚决拒绝。

"没关系,"霍兰德满怀信心地回答说,"我那里的同事非常愿意提供您所需要的一切帮助。"

"您说话算话?"

"当然!"

"好,那我们走吧!"

5

A. 雷茨布尔克机械制造厂的研发部门单独设立在行政管理大楼一个侧厅的底层。这个部门使用着几间相互交错的房间——研发室内是依墙而立的工具柜,机器车间内放置有各种各样的仪器,水泥地面,另外还有一间布置舒适的办公室。白天,费尔曼带领六个人在这里工作——几个年轻的男人和一位负责记录工作的、毫无活力的老姑娘。

已经到了晚间时分,现在所有房间空无一人。特露

德·范·多伦借口说自己马上就下班，将费尔曼打发走了。他匆忙地离开研发室，以便赶上那班有轨电车——看起来他似乎并不想再搭特露德的车回家，不想。他更愿意自己乘车回家。他不是那种会跨出自己小圈子的男人，否则反而会令他感到不安。

他离开后，特露德将办公室内的一扇窗子打开，让夜晚的冷空气灌入房间。又变天了。一阵强劲的东北风在几小时内便会吹散雨、雾和湿气。地面也在严寒中冻僵了，但天空中依然繁星闪耀。

特露德坐到椅子上，她有些疲惫，必须要休息一下了。只休息一小会儿——她还有许多工作要做呢。她打开蓝色工作服领口的几颗扣子，深深地呼吸了一口新鲜空气。她那刚刚还很苍白而疲惫的脸又重新焕发出柔和的红晕，目光也更加明亮了。她只留下了一盏十分昏暗的阅读灯，呆坐在这明明暗暗的环境中。柔和的灯光洒满她的面颊和头发。

伯哈特·雷茨布尔克在院子里走着。他看到研发部门办公室的灯光还亮着，便果断走了进去。

"我终于遇上您了。"他说，他很高兴看到特露德一个人。

她用探询的目光看着他。

"喔，看看您的样子！"他漫不经心地说道，"您还在工作吗？"

特露德低头看了眼自己的防护服，疲惫地笑了笑。

"是的，我还想再工作一会儿。"

"但是您太疲倦了。"

"不，我没有很疲倦。"

他向她走去，直到挨得很近。他弯下身来，双手激动地抓住她的肩膀。

"特露德小姐，"他坚定地说道，"现在就结束工作吧，下班了！"

她慢慢挣开他的束缚，躲闪着不去回应他的目光。

"您不愿意称呼我为'范·多伦小姐'吗？——因为其他人都这样。"当她注意到，她的谴责令他有些不悦，她略微支吾地补充道。

"但这里只有我们两个啊。"他大笑着说，"特露德·范·多伦小姐，现在就脱下这件旧罩衫，和我一起去吃晚饭。之后我们再在哪里听一会儿音乐，接着再聊些什么。就像最近那次——是如此美好。"他恳求说。

"真的非常美好，"她缓慢地回答，"但所有的美好都是唯一的，无法复制。或者每天都去制造美好，美好也终会消散。"

她注意到了他的沮丧，沉默不再说话，她似乎说得有些多了。

"和您在一起的每一天，我都能将一切美好当成新的一样去感受，而不是作为唯一的。"他轻声说。

她摇了摇头。

"您将我置于一种我并不喜欢的处境中。"停顿片刻后她坚定地说。她尝试开一个小玩笑，"老板和秘书——您不觉得这也有些乏味吗？"

他生气地转过身去，在房间里迈着大步来回走着。

"我并不是老板，老板是我的父亲。我只是儿子——只是儿子。"他若有所思地重复道。"在您面前我真的感到很惭愧。

您比我更加了解这个企业,您取得的成就远胜于我——"

"很高兴,您能想起我所做的工作。"特露德说罢站起身来。

他挡住了她的去路。

"您已经工作够久了,晚上不该再继续工作了,您必须吃些东西。"

"我已经吃过了。"

"那回家吧,或者做点您想做的事,但请您把这里关掉吧!"他情绪激动地说,"我无法忍受看到您这样过度疲惫。"

"您不必担心我。我一般并不习惯过度工作,但当下要视情况而定。如果您将时间耽误在不必要的担忧上,您就是在给我们帮倒忙。"

"我们?"

"工厂需要原料,或是新的材料。否则我们便会被挤出世界市场——就在此刻,新的可能性就会出现:南美,满洲国,阿比西尼亚……"

她站在那儿,工作服口袋中的手已攥成拳头,脸颊因为激动变得燥红,眼里闪烁着光芒。

伯哈特着迷地看着她。她刚才所说的,正是他所想。

"特露德,您很了不起。但是您也想过您自己吗?"

"我考虑过自己。"

"我知道,您是有抱负的。但是每个理智的抱负都必须清楚其界限所在。您没必要去坚持不可能办到的事情。"

"不可能三个字很容易说出口,"她回答说,"但我们不该甘心止步于此。"

"您把一切都搞得太复杂了。对我也是。"

"您？"

"是的。但即使是这样，我也一定要对您说，特露德，我爱您。"

她低下头，看向地面。

"不。"她终于开口。这个字听起来犹如是从很远的地方传来一般。

"您不相信我？"

"我相信您很喜欢我。可您千万不要将这视为爱。您完全不了解我。"

"我想我是了解的。"

"您了解我什么呢？"

"很少。"

"不——完全不了解。"特露德·范·多伦走到窗前，关上了那扇敞开的窗子。她将脸贴近玻璃，抬起头看向繁星点点的天空。她就这样站在那儿，轻声开口继续说道："您不会了解一个在贫苦且愤世嫉俗的公务员家庭成长起来的孩子，在这个家里什么事情都不被允许，禁止一切活动，从不公开，封锁一切，什么都不会被讲述，所有的一切都在沉默，没有事物被喜爱，所有的一切都是被憎恶的。一个孩子，一个小女孩，从未有过孩童的无拘无束，由于父亲严厉而讥讽的目光失去了属于孩子的笑容。此外还有战争、贫困、饥饿和恐惧。因没有供暖的东西冻僵在床上。颤抖着膝盖，站在发霉的空气中几个小时，就为了能拿回家一整筐土豆，筐的重量对于疲劳的手臂是如此沉重，如此沉重。战争早已结束——苦难却没有。对于

这个孩子一切都是难以想象的，然后这个孩子一下子便懂事了，还没有成人，还没有真正的年轻过，便突然间变老，体验年轻的感受只有在梦中和愿景中才会出现。女孩长高了，男人们开始注意到她，但现在的她已变得冷酷无情、沉默寡言——一个有着坚忍的意志、警戒的眼光、无情的双手和一张说惯了谎言的嘴巴的生物。只有她的内心深处还热烈燃烧着渴慕的火焰。想要逃离所有的丑陋，离开所有的压迫，去往更自由的天空，拥抱更明亮的曙光。愿望是有力量的，似乎非要实现不可。这个女孩启程了——一步一个脚印。有时会失望，也有绝望的时刻。但渴望会一次又一次煽起希望的火焰。值得感慨的是，昨天实现的愿望，今天就会觉得理所当然。就好像我重新寻回了失去的东西，就这样，我很快便会对所有实现的愿望习以为常，就好像我只是在完成我本来的使命。就这样，每一次成功之后我都变得更年轻，更明朗，更自信，但也更冷酷了。这也使我明白，仇恨、斗争、饥饿也有其自身伟大之处，有其宿命般的意义。我知道的越多，大家就越难通过我的外表看出我所经历过的那些事。我用美好的事物包装自己，总是说中对的、真实的事情，当我可以为任何人做事，听命于任何人时，我变得更加挑剔。人们不会看出我的出身，也看不清我会怎样继续走以后的路。没有人可以说，'回到你来的地方去吧，那里才属于你'，因为没有人知道我属于哪里。"

"不是的，"伯哈特在她耳边轻声说，"我知道，你属于一个男人，一个非常非常爱你的男人，特露德。"他走过来，离她非常近，小心地将手臂放在她的后颈上。

她吃了一惊。她怎能如此忘乎所以地将这些不可与外人道之的、存在于她内心一年又一年、深深封闭着的往事说给人听呢？所有的一切，包括害怕、软弱和孤独。

她悲伤地摇着头。

"我不能爱上不了解我的人。了解我的人还很少，没有人会爱我。"

"不，特露德，我爱你。"

伯哈特想要将她拉到自己身边，但她挣脱开了。

"不，伯哈特·雷茨布尔克！我不想这样。您生活中的一切都是很容易就得到了，所以您并不能理解我。如果我是一个会去冒险的女人，我就不会过得那么辛苦了。我的路还要继续向前走——我还没有到达终点，也许很快就要到了。自由、无须依赖、不需要询问任何人。去旅行，去看世界。我游览过哪些地方，几座城市、几个村庄、几处小块的水源和森林。世界那样大，这一切我都只能从电影和书籍中获知。亲眼去看，我想要亲眼去看！光芒与色彩，广度和深度！"

她像着了迷一样地站在那儿，目光望向无垠的远方。此刻，她的大眼睛变得异常深邃。

"做我的妻子您就不能完成这一切了吗？"伯哈特·雷茨布尔克平静地问。

她慢慢地朝他转过身来。

"伯哈特，"她微笑着，声音温柔地开口说，"您是一个很好的青年，但是非常草率。"

"这话是什么意思？"

"您不是刚说过您自己是什么了吗？"

伯哈特没有理解她的意思。

"我真是健忘,我已经不记得了吗?"

"难以置信。'只是儿子'——这是您刚刚使用的表达。"

"您想要借此来表达,我依赖着我的父亲吗?凡事我都需要向他过问是吗?"

"是的,您不得不这样做,"她冷漠地回答道,"您不可以让他直接面对既成的事实。"

"我的父亲太过于理智,他会阻止我做一些会使我感到幸福的事。"

"我不确定他是否会将我们的结合看成一件幸事。"

"是的,他是这样认为的。他向我讲述了一些传奇般的故事,您多么能干啊!"

"原来是这样!现在我明白了!"她嘲讽着喊道,"你们共同利用了我!为了能为公司留下一个能干的劳动力!事实上,非常理智。只是在这之前,您必须过来征询我的意见。"

"特露德!"他惊慌失措地说,"您真的非常懂我!我的父亲对您的评价非常高。他欣赏您的个性、您的品位、您那女性特有的灵敏感觉、您的外表。他简直爱上您了!"

"那么,亲爱的伯哈特,我将会嫁给您的父亲。"特露德·范·多伦冷漠地说。

伯哈特难以置信地望着她,试图挤出笑容。但她脸上的表情令他大吃一惊。

"您想要折磨我。"他无力地开口说道。

"不,伯哈特。我很喜欢您,所以我才愿意向您坦白我的故事。您现在已经足够了解我了,您会理解,我不会愿意为了婚姻而陷入一种双重的依赖中。"

"双重的依赖？"

"是的。作为您的妻子我首先要依赖您，其次要依赖您的父亲，因为您自己就是依靠他的。那么还有什么是属于我的呢？大概连我的时间也不再属于我了吧。"

他耸了耸肩，转过身去。

"我所提到的是爱情和幸福，而您提到的却是独立性与变少的权利。您并不信任我。"

"只要我还能思考，"特露德微微扬起下巴，"我就会独自对抗这个敌意的世界——我已经学会了只信任我自己。我就是这样变成了一个愉悦和骄傲的人，一个能为自己负责的人。您就让我如此下去吧。"

"好吧。"伯哈特点头说道，他意识到自己必须要给她一些时间，他想要努力取得她的信任，"但是关于和我父亲的事情——您只是为了违抗我才这样说的，对吗？"

特露德沉默了——保尔·雷茨布尔克夫人，她在思考，工厂的女主人，一幢属于自己的房子，马匹，旅行。保尔·雷茨布尔克比他的儿子更容易依从。一个淡泊的老主人，会是一个体贴而可爱的丈夫。外表也还不错——特露德感到有些羞愧，不能再继续想下去了。但被激起的思绪却恣意地继续向前蔓延——保尔·雷茨布尔克已经老了，只需要再忍耐几年，他年轻的妻子便彻底自由了，她将是财产的继承人，至少能拿到一半遗产。

这个身穿蓝色防护服的年轻姑娘沉迷在自己毫无顾忌的野心之中——一个有着深色大眼睛和娇嫩脸庞的年轻姑娘。

伯哈特能否猜到她心中所想？她试着摆脱掉一切思虑。

"我现在想要工作了。"她开口说道,拿起了放在桌上的防护镜和石棉手套。

"我可以帮您什么吗?"伯哈特问。

"您不能,在这里不能。您对此一点也不了解,只会酿成灾祸。"

"那我在这里等着,直到您结束工作。"

"这我可拦不住您。"

她将工装裤的扣子扣到领口处,然后走进隔壁房间,在门口她还转过身来。

"您不可以不戴护目镜就走进研发室。"她警告伯哈特说。

伯哈特点了点头,在书桌旁坐下。

不一会儿工夫,变压器的嗡嗡声便提示他,研发室中那个神秘的勤奋者已经开始工作了。他听着里面传出的噼噼啪啪的隆隆噪音,片刻后陷入沉思。

他和父亲的关系一直以来都是非常愉快而充满信任的,对他而言,这只是理所当然的事。父子俩的和谐关系也帮助他克服了八年前失去母亲的伤痛。特露德的话让他意识到,他作为儿子所享受的童年、同父母的和谐融洽不仅仅是一种理所当然,而是一种幸运和恩赐。而没有获得这份幸运和恩赐的人,会不得已成为完全不同的另外一种人。他开始理解特露德,她的命运令他感触,与此同时,他的内心对她充满敬佩。她是对的,所有的一切他都很轻易地得到了,导致他没能正确认识到其他人对生活的艰苦挣扎。他从未考虑过满怀热情地工作,就如同热烈的幸福感,但他会带着幸福感去犒劳奋斗者因绝望而尽心工作所取得的成就。他必须取得一些成绩,只有这样才能从特露德·范·多伦那里获得一份信任。

一阵爆裂声、当啷声和碎裂声打断了他的思绪。伯哈特从椅子上跳起，他听见一声刺耳的尖叫从研发室传来。他没有多想便跑进了隔壁房间，从那里走进了通往研发室的短廊。一声绝望的"停下！"朝他迎面袭来。

护目镜！他想起来了，他没戴护目镜。

他转过脸，后退了半步，又继续向前冲，用肩膀将门用力推开。

一股特殊的气味向他涌来。整个房间都很昏暗。

伯哈特试着看清周围的环境。研发室的中间是一个连着不同仪器的大型工作台，很明显已陷入瘫痪。一股半焦化的浓烟从那里升起，令他无法呼吸。他呻吟着围绕工作台不断摸索，直至触碰到了对面挂着配电板的墙壁。一个已陷入昏迷的身躯虚弱无力地躺在地上。

"特露德！"

她必须用尽一切力气，吃力地拖着脚步到达配电板，将电源关闭，否则——

伯哈特还不敢去思考到底发生了什么，以及还会发生什么。烟雾紧勒着他的喉咙。他发觉意识在逐渐消失，他重新振作精神，他不允许自己在这个时候出问题！

他拼尽全力，将这个身体已无法动弹的姑娘抬了出去。

到了户外，他感觉好些了。他让特露德滑坐到地上，解开她工作服领口的扣子。她已经失去了意识，但还有呼吸。

伯哈特跑向守门人的房间，激动地快速说了几句话。守门人只领会了"意外"这个词，从棚屋中拖出了一个担架。伯哈

特打了电话请求医疗急救。

当特露德被小心翼翼地安顿在担架上时,似乎又恢复了意识。她气喘吁吁,突然喊叫起来,呻吟,再次喊叫。她的面容因为剧烈疼痛而扭曲,深邃的双眼大大地睁着,却呆滞而毫无光泽。她的手空洞地向前抓着什么。

"您在这儿吗,伯哈特?"她用痛苦的声音低声说道,"您看到我了吗?"

"是的,当然。"他朝特露德弯下腰去,抓住了她的手,"谢天谢地——您说话了!您还好吗?"

"我的眼睛!"特露德叫了一声,猛然直起身来。

男人们陷入狼狈的沉默中。他们没能注意到她所受的伤。他们现在觉察到了,陷入刺骨的恐惧中。

特露德在呻吟。

"我……什么……也……看……不到了……"她低声说。她痛苦得无法发出声音。

6

伯哈特用拳头按压着太阳穴。

"太可怕了,"他结结巴巴地说。"太可怕了,"他持续不断地重复道,"太可怕了。"犹如他所有的思绪和感官全部崩塌,只剩下这一个词。

"像个男人,伯哈特。"保尔·雷茨布尔克严肃地说。

伯哈特抬起头,目光迎向他的父亲,不知所措地注视着他。保尔·雷茨布尔克眼神黯淡地望着他,精神很衰颓——儿子从未看过父亲如此衰老的模样，如此精疲力竭和憔悴，只有眼中还闪烁着熟悉的活力。

"我无法忍受她的哀叹，"伯哈特呜咽着说道，"没有人能帮助她吗？"

他们将特露德带到雷茨布尔克家族那幢位于城市郊外莱茵河畔的别墅中。因为第一个到达的医生说他无能为力，伯哈特便开车从曼海姆接来了一位眼科专家，同时把费尔曼也接来了。

当急促的门铃声将费尔曼和他的家人惊动时，他正想上床歇息。

他还没有完全清楚事情发生的全过程，糊涂地从一个人看向另一个人。时间折磨人地流逝着，从分钟延续到小时——那位专家和一位护工依旧照料着特露德。

"医生先生，请尽您所能。"保尔·雷茨布尔克向医生恳求道。

有人轻声下达了指令，着手置办药品。女佣、女厨、园丁——所有人都在忙活。每个人都在害怕而紧张的氛围中偷偷留意客房里的动向，那里躺着一位出了事故的女士。医生终于走出来了，他的面容比平时更加严肃和苍白。

"我给她注射了一点吗啡，她会暂时稳定下来。"

"只是暂时的吗？"伯哈特激动地问道。

"必须要做好高烧的准备，可以采取一切降温手段，但是体温升高是不可避免的。"

"这……非常危险吗？"伯哈特只能结巴着讲出这些话。

"病人的身体健康，可以克服发烧。"医生说，很明显他在

努力回答得简明和实事求是。所有人都知道,那句重要的话还没有说出。没人有勇气提出最后的问题吗?

保尔·雷茨布尔克站了起来,走向医生。

"她的眼睛怎么样了,医生?"

医生仔细端详着这位年老的男人,似乎想探寻出他在期待什么。

"请您告诉我!"保尔·雷茨布尔克坚定地命令道。

"视网膜已完全损坏。"

"什么意思?"

"视力已被破坏。"

"永久的?"

"永久的。"

一声沉闷的响声让两个人同时转过身去。伯哈特从椅子上跌了下来,倒在了地上,他的脸色苍白如蜡。

费尔曼赶忙走过来,想扶他起来。

"躺着不要动!"医生喊道,他用力推开了窗子。接着将伯哈特的脚向上抬了一点点,让血液能慢慢地回流到头部。

伯哈特有种从湍急的漩涡中渐渐上浮的感觉。

"有一点软弱无力,对吗?"医生问。

"已经感觉好多了。"伯哈特惊讶地快速跳起。他还有一点摇晃,尽管头部还有刺痛感,但他很快恢复了力量。"这真的太可怕了。"他轻声说,踱步到窗边。星星在夜空中闪烁着,罕见的壮观和浩繁,特露德再也看不见这些了。伯哈特突然想起她曾经贪婪的话语:"去旅行,去看世界。亲眼去看,我想要亲眼去看!光芒与色彩,广度和深度!"

所有人都出去了。

一个再也看不见的人要如何生存？一个像特露德这样的人，永远渴求光芒与美好的人，简直难以想象。

人该如何忍受所有注定会到来的事情，这是完全无法想象的。

伯哈特感觉有人在他旁边，他转过身去。是他的父亲，他正若有所思地看着他。他感受到这位年老的男人目光中饱含的催促与提醒。命运的触角已经触碰到你了！你要做一个男人！

"关于事情的整个发生过程，我需要一个解释。"医生嘟囔道，然后低着头在房间里走来走去。

费尔曼注意到，所有的目光都聚集在他身上。他开始急急忙忙地说起来。

"我们在制造一系列合金——合金其实并不是最准确的表达，这指的是金属与非金属物质的结合，就如碳、氮、硫等物质，其组成成分不像其分子结构那么不同。特露德·范·多伦小姐的想法是，通过强制改变非贵重且无法使用的原材料的内部结构，来获得聚合物以及类似的合适的材料……"

"就像人们从木炭中提取出钻石？"医生打断他。

"大概是这样。人们从铁中提炼出钢，从炭中提取出钻石。您将——为了描述得符合外行人的理解，"在说这些话的时候，费尔曼的脸开始变得阴沉，"您将这两个程序组合起来，再将其乘以几次方，所获得物质就是范·多伦小姐脑海中所期待的了。"

"我们需要镍，"保尔·雷茨布尔克插话说，"或者是一种

能够替代它的材料。"

"您不相信这个想法吗?"医生问。

费尔曼表现得很犹豫。

"本来,"他犹豫地开口,"本来是不相信的。我们无法焊接新的材料。焊接实验起着决定性的作用。成败与否决定能否进一步使用,我们尝试着用铝热剂进行焊接,但失败了。"

"这些实验是很危险的,"医生摇头说,"您怎能容许一个年轻的姑娘独自做实验呢?"

"我本来是不允许任何人这样做的。但对于范·多伦小姐一切就都不同了,她想做什么就会付诸行动。"

伯哈特不得不用沉默对他的话表示赞同,连他都没能让她离开那些实验,更别说费尔曼了!

"即使是这样,我也不知道她今天晚上竟然还在工作,"费尔曼虚弱无力地说,"否则我决不会离开,一定不会。"他悲伤而肿胀的脸上写满了自责,真诚的双眼濡满泪水。

"是这样,原来是这样,"医生生气地转过身去。"今天晚上的实验是什么?"片刻后他开口问道。

费尔曼吃力地站起身。

"我看过实验装配还剩下什么。"他解释说,"很明显,范·多伦小姐使用了电弧进行焊接。在这个实验过程中一定会生成钢,但防护镜对钢是不起作用的。"

医生表示赞同。

男人们都沉默了。伯哈特走出房间,但又立刻折返回来。

"她在睡觉。"他说道。

"您也应该睡觉,"医生建议道,并准备起身离开,"明天您有一项艰巨的任务要完成。"

"她还不知道那事吗？"

"知不知道已经无法改变了。您必须要和她讲这事。她越快接受这个事实，对她就越好。让她抱有无谓的希望没有任何意义。但请您陪伴在她身边，这会对她有所帮助。"

伯哈特点了点头。

"我送您回家，医生。您也一起吧，费尔曼先生。晚安，父亲！"

"晚安，我的孩子！"两个男人互相握了握手。伯哈特惊讶地发现，他父亲的手十分冰冷。

在路上——雷茨布尔克的园丁驾驶汽车时——伯哈特又语气恳切地问了一次："让她的眼睛重现光明，真的不存在哪怕极微小的希望吗？"

医生摇了摇头。

"这不是精神方面或是外界因素造成的障碍，而是视网膜的结构受到损害，即使有再生的可能，根据目前的科学情况，也和没可能没什么区别。"

"也和没可能没什么区别。"伯哈特语气低沉地重复道。

"无论如何，"医生继续说，"如果能更精确地研究一下这次造成明显伤的钢材料，一定是有吸引力的。"

医生到家下车后，伯哈特转向费尔曼。

"费尔曼先生，您帮我照看一下，研发室中的一切都保持原样不要动。我需要您负责此事，"他威胁着补充道，"我要重复这个实验，并完成这个实验。"

费尔曼吃惊地盯着他。

"雷茨布尔克先生……"他结巴道。

"不要反驳!"伯哈特打断了他的话,"我需要您。您要费心了。"

"好的,雷茨布尔克先生。"费尔曼恭顺地回应。他感觉到,伯哈特难以捉摸的果决是无法违抗的。人们必须放任命运的发展。

医生说得很对,接下来的几天才是苦难的深渊。特露德要经得住巨大的痛苦。每天晚上热度还会升高,令人担忧。她会尖叫,会胡言乱语,还会喊叫。她的幻想揭露了她生活中的所有苦痛:那些令她变得冷酷且不为人喜爱的内心孤独和爱的缺失。伯哈特被她的经历触动。当她恢复了意识,游荡在崩溃的边缘时,他会和她一同承受痛苦,同她一起流泪,安慰她。当她在高烧中呼喊他的名字,疯狂地寻找他,即使他不在她身边,也能感受得到。当他握紧她的手,她便会安静下来,否则她便会慌张地、来来回回不停地摸着被单。

保尔·雷茨布尔克自己也感觉身心交瘁,他发现儿子有了明显的变化。这些年来,放任、体谅和父亲的所有引导都无法做到的事,如今苦难在短短几天之内却做到了:它让他成了一个真正的男人。伯哈特·雷茨布尔克正看向苦难的深渊,他直到现在也对其一无所知。

保尔·雷茨布尔克请来两名教授为特露德检查眼睛,一位来自海德堡,一位来自波恩。他们用精心斟酌的表达方式、温和的语言互相争论起拉丁文的表达手法。他们用德语所表达的意见却是统一的:她没有希望复明。

"现在就只还剩下一个希望了。"保尔·雷茨布尔克对儿子说。

"什么希望?"伯哈特惊讶地询问。

"柏林的枢密大臣霍内克。"

"那个著名的外科医生?"

"是的。但就我对他的了解,他是不会过来的。他不会放下他的诊所不管。我们必须等特露德情况再好些的时候,把她带去柏林。目前请来的这些医生只会给她带来不必要的不安。我们暂且取消对她的进一步检查,直到她能重新振作起来。"

"您说得对。但是霍内克并不是眼科专家啊?"

"我所说的希望正是出于这个原因。专家并不能对她有所帮助,现在我们都已经知道了。只有一些相当新颖的治疗手段才有成功的希望。霍内克可能正是这样的人。"

伯哈特决心尽快同费尔曼开展实验——当特露德的烧稍微退一些的时候。

7

关于那个占据了他所有感官和思维的女人——枢密大臣霍内克的妻子,卡尔·霍兰德从未忘记任何一个与她相关的词语,他似乎从未见过索尼娅·霍内克。勒恩霍夫私下里是感激霍兰德的,但就枢密大臣这件事,他觉得这事有些卑鄙和不够正义,即同另外一个男人讨论他婚姻的秘密,即使这个人是卡尔·霍兰德,即使这位枢密大臣的婚姻或许的确充满疑惑。霍兰德已经忘记自己说过的话,勒恩霍夫也谨慎地避免提及此事。

刚刚下过一场新雪,费尔德山的冬季风景很壮观。两个男人和其他人一样在阳光下的雪地中嬉闹奔跑,在这个幸福的假日里忘却了平淡的日常。霍兰德是一名优秀的滑雪者,水平远高于一般人;勒恩霍夫只是中等水平,他对任何形式的运动都没什么野心。霍兰德越是不让勒恩霍夫感受到自己的运动劣势,他心里就越是感到舒服。没错,霍兰德一次也不能忍受,将勒恩霍夫较弱的运动技能同他自己的相比较。他是力气很大的人,这对他来说就注定要放弃这种比较。但他从不承认自己是个体贴的人。另外一人的安静和缄默不知怎么竟很吸引他。他们之间除了进行一些必要的交谈外,交流并不多,但彼此相处得很好。

山中清新的空气也并非没有对勒恩霍夫产生任何影响,他变得更加安静平和了,那些令人感到压抑的想法和回忆渐渐远离了他。他暗自为这样无忧无虑的生活感到高兴,希望一切都能这样继续下去。

但一周之后,霍兰德突然对他说:"我再也受不了了。我要启程离开了。"

勒恩霍夫吃了一惊。

"为什么?"他开口问道,"是什么令您不悦?"

"再没有什么能让我高兴了!"霍兰德暴跳如雷地说道,"我一定要看到她!我要去柏林!不能再这样下去了。"

"您想要做什么?"

"我还不知道。但我知道,我一定会做些什么。"霍兰德愤怒地说,双手握紧拳头。

"您不要草率行事,"勒恩霍夫试图让他的情绪缓和下来,

"请您再等等。"

"不！三月底我在巴特海尔顿的企业就开始营业了。之后我就不方便再出去了。我必须要在那之前同她说上话。"

也就是说，他还不知道自己向勒恩霍夫吐露过什么。但霍兰德没有接受他的建议。没有人能阻止别人实现自己的命运，勒恩霍夫心想。人们从各自的轨道带来一颗行星还更容易些。他又开始陷入思索了。难道命运不是超然于善恶之外？不是超然于生死之外吗？

霍兰德一刻也没有犹豫。

"您当然继续待在这里，"他以一种不容反驳的口吻对勒恩霍夫说，"这对您有好处。"

一小时之后他就做好了出发的准备。

"我还有一个请求。"勒恩霍夫离别时开了口。

"什么请求？"

"请您不要提起我的名字，当您在——"他犹豫了一下，"在柏林的时候。"他完整地说出了这句话。

"什么意思？"

"我和您讲过，我是名医生。"

"嗯，然后呢？"

"我在霍内克的诊所里任职。"

"真了不得！"他脱口说道，语气中带着不悦。

勒恩霍夫一个人留下了。其他冬季运动员很少关心这个沉默寡言的医生，他既不是一名优秀的滑雪者，也不会融入他们因为一些小事而处处爆发出的高傲的大笑中。他将一切置身事外，躺在躺椅上几个小时或者脚步沉重地走过雪地，孤独地走

在路上。

又下雪了。雪很快覆盖了每一处容易消逝的痕迹，似乎想要表达出每一个行动和改变的徒劳。勒恩霍夫坐在音乐室内的钢琴边，演奏着安详而思慕的旋律。音乐让他沉醉。稍纵即逝又永恒存在的音符在他脑海中回响着。旋律可以成为慰藉，也能承载更多的含义：沉迷、陶醉和永生。如果旋律有如此巨大的影响，人们就应该控制住音乐。音乐具有比医学更强的能力。有关他的科学工作、实验和研究，勒恩霍夫思考了很长时间，最后他决定放弃这些工作。生活的斗争者？这没什么意义。所有的生命都是暂时的，终点是死亡。在终点？不，是在中途。活着都是不真实的，只有死亡才是真实的。判以死刑！这个声音在他的脑海中呼啸，犹如千万人异口同声唱起的赞美诗。勒恩霍夫尝试着演奏它，他完成得很好。旋律将他深深吸引。突然，勒恩霍夫感觉似乎有人在倾听他的演奏。他转过身去，房间内空无一人。他又继续弹奏。他现在知道了，那是克莱门斯·图尔·林德，他在聆听他的音乐——在那里，在所有活着的生命界限的另一边。他在走近他吗？他自己已经跨越那些界限了吗？

勒恩霍夫拿出他的口袋日历本，试图将这旋律记录下来。不必了，归根到底这并不重要。旋律就只是在那里。一段旋律是没有生与死的。

他走进书房，给阿格娜丝护士写了一封信。他觉得自己很健康，但他还是想继续待在这里。她可能会对枢密大臣婉言相告，他不会再回去了，她会体贴地为他做好准备。

"还是老样子！"当阿格娜丝护士读完这封信，她大声地自言自语道。

上午八点钟。春天里的第一缕狂风席卷了柏林。霍内克私人诊所的花园里盛开了五朵藏红花，三朵黄色的和两朵浅紫色的。阿格娜丝护士正站在窗边，她注意到了这些花朵的绽放，她轻蔑地观察着花园中幼小的桦树，摇曳的树枝在风中弯折了腰，树枝伸展着，似乎已迎来了夏季，甩开了冬季的所有僵硬。

"慢一些，慢一些，"阿格娜丝护士愤怒地责备道，"才五月份呢！"接着她拿起电话听筒，打电话给厨房，下达清晰的指令，交代每一位病人的早餐安排。

交代好了。接着进行下一件事。她看了一眼挂钟，有些不悦地意识到，枢密大臣霍内克每天准时八点整踏入诊所的习惯已经有一段时间没能精确地遵循了。她决心好好思考一下这件事，但往往很快就又忘记了。现在已经过去三个小时了，紧张的工作填满了这些时间，她无法拿出一分一秒的时间来沉思。如果没有她，这间诊所简直无法想象。她把所有的心思都放在了上面。她和这间诊所——两者已经融合得不分彼此了。她知晓所有，胜任一切，洞察四方。不论是一级没有清洁干净的台阶，还是四号病人对年轻助理护士的偏爱都无法逃过她的眼睛。没有她也不会出什么岔子，这倒是也不错。

阿格娜丝护士身材高挑又瘦长，无法确定年龄，但无比精明能干。她留着干练的灰色头发，狭长的鹰钩鼻，机敏的眼睛，浅灰色的眼球被细细的深色边包围着。"伦琴之眼。"枢密大臣霍内克习惯这样开玩笑，因为这双眼睛可以穿透一切。阿格娜丝护士从未离开过他。日俄战争期间她便是他的助理。世界大战期间，她同他一起在西部前线四年之久。她陪他去了查

科、墨西哥还有新几内亚。在野战医院的时候，伤寒、疟疾和麻风病的肆虐令他们培养出一种粗糙但却坚不可摧的伙伴关系。他们一直携手工作，但从未想过，那时他们的这种关系也许还会有另外的可能性。这条路为霍内克带来了极致荣耀，阿格娜丝护士在这充斥着战争与动荡的四十年里也同样得到了一名护士所能获得的所有嘉奖。她始终保持着相同的状态：只有在繁忙而紧张的工作中才会感觉幸福，果决而霸道，动作看起来很笨拙，但实际上她很温柔、周到和可靠。第一眼的印象——一条龙，长久相处后——好心肠、无私忘我、忠诚如金。她已经习惯忍受生活中的劳累，她就是这样，对一切事物吵嚷叫骂，但内心却是平和的。

十一点钟，她踏进霍内克的工作室。

"巡房？！"在身后那扇门再次关上之前，她说道。

枢密大臣霍内克没有回答她。他坐在那里，粗大的颈脖转向门，正向前俯身伏在桌案上，双手支撑着头部。他是一个中等身高的男人，有相当大的肚腩。他脸部和手上的皮肤是棕色的，犹如皮革一般坚硬。在他光秃秃闪闪发亮的头上，血管凸显出来，仿佛呆板的深蓝色浮雕。眼下深凹的皱纹形成巨大的眼袋。灰色小胡须的尖角一路垂至嘴边。

阿格娜丝护士仔细打量着这些从脖颈延伸至耳根，又从耳根延伸至下巴的皱纹。在她看来，今天霍内克身上的每一个细胞都散发着憔悴和消瘦。

"我来晚了，"枢密大臣喃喃自语道，他没有看向护士，而是低头看了眼自己，"我的妻子生病了。"

她当然会生病，阿格娜丝护士心想。被惯坏且无所事事的女人当然总会生病。这点大家都知道。这样的病也不需要给予任何重视。

她保持沉默，内心暗自反对霍内克的这段晚婚。每当提及索尼娅夫人，她都会长久地保持沉默。

霍内克瞥了她一眼，在这样的情况下，他那双蓝色且布满红血丝的眼里总会闪现出一丝恼怒。神经质的女人！是这样叫的。然后他又独自出神。他的面前放着一瓶波尔多红葡萄酒和一个大腹的吊脚酒杯，酒杯的底部还留下了葡萄酒棕红色的淀积物。

阿格娜丝护士拿走了酒杯和酒瓶。

"您不该上午就喝如此浓烈的葡萄酒，"她说道，"这对您没有好处。"

"您还想愚弄一下上了年纪的我吗，我难道就忍受不了这几滴酒？"霍内克大声叫骂道，"在这里我是病人吗？不是的，小护士，您别费力气了，您管不了我。您把它们拿过来！我们还要互相碰杯呢。您还记得吗——在索姆河战役中？如果没有我们的波尔多红酒，我们哪能完成工作？"

"我可以，"阿格娜丝护士开口说道，"您不可以。但是当时您年轻啊。"

"年轻！"她又触碰到一个恼怒的目光，"难道我现在已经太老了吗？"

"您刚刚自己说的：上了年纪。"

"我说什么了？"他嘟囔道，"原来如此。是的。哈！那时我还是个孩子——一个爱喝波尔多红酒的孩子。现在——作为一个男人——我不能再喝酒了吗？"他大笑起来。这笑容令阿

格娜丝护士感到毛骨悚然,她继续谨慎地观察他。霍内克毫无预兆地绷住脸,恐吓着喊道:"认为我已经没有了工作能力,想要将我抛弃了吗?思想僵化,嗜酒成癖,虚胖浮肿!一副生了锈的躯体,不再有价值?"

"净是蠢话。"

"不,不。您不必骗我了,小护士。不要骗我。"他慢吞吞地站起身,手肘撑在桌面上。"但我依然健康,"他含怒说道,浓密眉毛下的双眼闪烁着霸道的光,"我还很健康。是的。你们应该感到惊讶,你们——和其他人。你们所有人都该感到惊讶。霍内克还活着,还有他是否还活着!"一阵抽搐贯穿他全身。有一瞬间,他看起来好像失去了对行动和思考的掌控力。接着他又恢复常态,只有眼神中还透露出恍惚的神色。

阿格娜丝护士不得不承认,他的情况比她一开始所认为的还要糟糕。那个女人!当然是因为她!这一点是能够预见的。大家不得不一同看着,她是如何将他引向地狱的,大家不得不忍受这一不幸的发生。

"勒恩霍夫医生不回来了,"她开口说,试图分散他的注意力,"海宁医生昨天开车出发了,您知道的,他要去度假了,他结婚了。"

"真是幸福的旅程!新婚礼物买过了吗?"

"是的,买过了。"

"好的。所有人都应该留在外面。我谁也不需要。您跟我过来,阿格娜丝护士。"

他迈着坚实的脚步走了出去,没有转过头看她。阿格娜丝护士顺从地跟了出去。

巡房持续三个小时。每一个病人他都叮嘱了很久,当他离开,继续巡房时,每个病人都感激地目送他。信任和信心向来是霍内克最大的力量,他将这股力量分给所有人。

阿格娜丝护士同他一起坚强地坚持到了最后,尽管她的膝盖很痛。她总是过于悲观,但枢密大臣依旧健康。那么她也必须在那里。这使她感到快乐。

终于又回到了他的工作室,霍内克将自己重重地摔进沙发中,他的头垂到了胸前。

"您不该对自己如此地过高要求,"阿格娜丝护士说罢走到电话旁,"我让您的车……"

她的话停在了嘴边。

她仔细观察着霍内克。她的眼睛睁得很大,眼球周围的深色突然变成了深黑色,显得她那钢铁般的灰色眼球越发鲜明和冰冷。她跪在了地上。

8

高烧已经消退,眼眶的疼痛也消失了。只有一股强烈的虚弱与无力感遗留在特露德身上。大多数情况下,她都是一动不动地躺着那儿,对任何事情都提不起兴趣,整个人昏昏沉沉。伯哈特·雷茨布尔克始终不断试着将她的注意力从折磨人的沉思中转移出来。每到吃饭时间,他便同她一起用餐,她不吃饭的时候,他便会威胁说自己也不吃。他帮助那双无力的手不断适应环境,或是体贴地轻声低语,或是恳求的、担忧的语气,抑或是刻意表现自然时的镇定,他的声音同她的绝望进行

着一场顽强的抵抗。

"您别管我了,"特露德开口说,"没有用的。"偶尔她也会陷入痛苦的自怨自艾,"我只考虑我自己,总是这样,从不会考虑他人。我冷酷、无情、无所顾忌。我从未帮助过任何人。如今所有的帮助对我也不起作用。"

"但我在帮助您,我们所有人都在帮助您。"

"您对我太好了,伯哈特。我最近对您非常恶劣,对吗?"

"也许吧,我忘记了。您也应该将所有糟糕的事都忘掉。"他握住她的手,轻吻了一下。"特露德,"他真诚地说道,"我什么愿望都没有,只希望您能快乐和充满信心。做我的妻子吧!"

她飞快地抽离了她的手,转过头去,一股酸涩的抽噎扼住了她的喉咙。

"您就不能稍微喜欢我一点吗,特露德?"他惊慌失措地问道。

她摇着头。

"一切都过去了,"她悲伤地回答,"我不可以让您感到负累,因为我喜欢您。一个看不见的妻子!您一生都要背负这样一个负担。"

"如果我们两人共同承受这个负担,那么它对于两个人来说就变轻了。"

"不,还有更难忍受的。我要每天去感受那些您完整而健康的感官所感受到的年轻活力和对生活的兴趣与幸福吗?您要如何去做和亲眼去看那些于我而言永远也无法做到的一切?我应该每天、每时每刻都忍受这样的比较吗?"

他吃惊地沉默了。他不得不承认她说的都是对的。所有他可能拥有的美好，她都无法同他一样去欣赏。但如果幸福无法同她分享，那幸福于他又有什么意义呢？放弃和绝望能令一切黯然失色。

特露德继续慢慢地说着，此刻她的声音听起来十分理性和克制。

"我曾想要攀登生活的高峰，但我却不幸坠落。如今我折断了翅膀，躺在深渊中。所有的一切都成了徒劳——野心、奋斗、工作、渴望，所有的一切。您就放任我在孤独中吧。过去我一直是孤独的，现在我也是孑然一身。我只有一个愿望：请您将我带离这里，然后忘记我。"

"这就是您所希望的？"他感到震惊。不，她不可以这样从我身边离开。他必须抓住她，不惜一切代价。他抓紧她的手，将脸同她的贴得很近。"特露德，您还这样年轻，这样美丽。除了独身一人，您真的就没有其他愿望了吗？"

她颤抖着，嘴唇在抽动。

"还有一个，一个无法实现的愿望。"她屏气说道。

"也许并不是无法实现。"伯哈特的内心受到一股突然的感召，"我不会放弃希望的。"

"我还能再看见吗？"

"是的。我带你去柏林见霍内克。他很有名，是一名顶尖的研究学者和外科医生。我父亲认识他。他将极尽所能。"

"如果他和其他医生说的一样呢？"

"那我也不会相信他。还有其他著名的医生，我带您去巴黎，去纽约，去弗里斯科。我们去世界上所有的大学。您会去上大学、工作、搞研究——直到取得成功。那些看起来不可能

的事情,也已经完成很多了。"

"如果我能重见光明……"她恍惚地呢喃。

"伯哈特,如果我能重见光明该多好!"她摸索着将手放在他的肩膀上,将头倚靠在他胸前。"我想看见!"她用有些窒息的声音说道,"继续在彩色的世界中寻找出路!"

他用手轻轻抚摸着她的头发,古铜色的光泽在晚霞中闪闪发亮。

"那么你愿意永远和我在一起吗,特露德?"

"我愿意,伯哈特。"她由衷地说道,她已从伯哈特的话中获得了鼓励。

他们紧紧拥抱在一起,一遍又一遍地彼此亲吻,完全沉浸在这一时刻和他那虚假的希望中。特露德感觉到,这个男人对生活的勇气和意志力犹如一股热流注入了她的身体,弥漫在她的全身各处,并将她带到一个她本以为已永远失去的世界——爱情。她的内心充满一种从未体验过的幸福,一种黑暗中的幸福,却是不可言说的甜蜜。所有克制她成为一个如花般绽放、闪着光芒的美丽的爱的宠儿的东西,此刻她都慷慨地贡献了出去。能时刻保持冷静和清醒,于她而言一直是一种特别的恩赐。而现在的她却任凭此刻的心醉神迷尽情燃烧,他越是让她感觉迷惘,她越是感激他。这种思想的迷惘是空气,是遗忘。

但是,一个残酷的提醒将她的思绪拉回,特露德又变得垂头丧气。伯哈特觉察到了她再次萌发的绝望。

"你怎么了?"

"啊,我没什么可期望的。"她悲叹道。

"我们会想尽一切办法。世上的某个角落一定有人能帮到你!"

"世界上的某个角落——"她苦涩地重复,"我们只能寄希望于德国。"

"为什么?"

"我们没有钱。没有美金、英镑和法郎。即使我们有钱,也必须用这些钱购买镍。"

"镍!现在谁还会考虑镍!你的健康,你的幸福,你的眼睛——这一切才是真正比镍更重要的!"

特露德摇了摇头。

"不,伯哈特。你看,"她继续不慌不忙地说,"直到现在我也总是这样思考问题,我始终只考虑自己。当然,我总是想要取得一些成绩。但并不是为了他人,只是为了我自己。我想要看世界,想成为自由而独立的人,我也为此而努力工作过。唯一的一次失误就将这一切化为泡影。我比那时的自己更不独立了,没有其他人的帮助,我几乎走不了几步路。尤其是我还活了下来,我得感激你。如果有一天我还能重见光明,我会感谢其他人。不论我现在在哪儿,其他人都不必为我承担责任!"

"但这是理所应当的事!"

"是这样吗?那么我自己微不足道的命运退后到成千上万人之后,也是理所应当的了。是什么构成一个独立的人?"

"所有的一切!"伯哈特激动地说。

"不错,但只有和其他成千上万、上百万的人联系到一起时才有意义。如果只有自己,那他就什么都不是,我已经足

够痛苦地体验到了这一点。当一千人的工作和生计成了问题时——迟早的事,我的眼睛是多么重要?不,现在镍对于我们来说真的更重要。"

"那么,如果你的工作能为我们带来所需要的生产材料呢?"伯哈特问道。

特露德立刻抓住了他的手。这是她第一次重新意识到,她和工厂还存在那么紧密的联系。她又萌生出生活的设想,已经如此陌生了,她突然闪现出重新投入工作的念头,这令她感到意外。她曾以为,她的一切都已被远远地遗落在另外一个更加幸福的世界中,但她此刻又站在了那个世界的中心。

"伯哈特,"她激动地说,"我现在回想,我曾距离目标很近。我必须得好好思考一下。"

"当你觉得自己更有力气一些的时候,你把一切都讲给我。然后我们一起考虑这件事,我去做新的实验。"

"不要!"她大喊,"你不许这样做!难道我身上的教训还不够吗!"她紧紧抓着他。

"我们清楚实验的危险所在,"他平心静气地回答,"我们将共同思考一切,保持万分谨慎。"

"想想你自己吧,伯哈特!"她恳切地请求道,"想想你的父亲,也稍微考虑一下我。"

"我会考虑到我们所有人,也会考虑那一千个工人,我要对他们的工作和生计负责,迟早的事。"

他用她自己的话来提醒她。特露德沉默了。

"你一定要帮助我。我需要你,我们所有人都需要你。我突然想问你一些事。"

伯哈特突然开始谈论起商业上的事情。最近那些不安宁的白天和那些无眠的夜晚，他都是用工作来分散自己的注意力。他必须了解这个工厂，不只是表面上的了解。他到所有的部门去，研究他们的工作方式，熟悉他们的工作。他整夜伏案研究文件，以便能将所有的联系从头到尾思考一遍。一些岗位上出现了令人不愉快的停滞、拖延和失误，很快这些就再也瞒不过他的眼睛。其中的原因直指管理部门，他在那里发现，大家多么惦念特露德。她过去一直在监督这些工作，下达指令，给予建议，为大家提供帮助——决定、责任、判断——这一切都取决于她。人们信任她，如今没了她，大家都应付不过来了。

"我们没有你不行。"他承认说。

她解释了一些问题给他，心情很激动。她惊讶地发觉，伯哈特已经对许多难题了如指掌。他也为特露德重新参与到工作中而感到高兴；她将很快摆脱她的绝望。

从那之后，她的确恢复得很快。她的思维又重新回归到生活上，身体也开始察觉到这一点变化；她挺直身子，很快就克服了发烧留下的后遗症。在这个充满青春活力的年轻姑娘身上，人们完全看不出，永恒的阴影正笼罩着她的双眼。

特露德想住在自己家里。她了解那里的一切，感觉更加熟悉，更有安全感，也更自由。伯哈特很乐意满足她的愿望，对此表示赞同。

"需要有个人在那里照顾你——你把我们的厨师带走吧。"伯哈特宣布他的决定，"我每天都会去看你，我们有这么多话题要聊。"

特露德微笑着。伯哈特开车送她过去。她为他描述路线，他一边开车一边向她描绘周围的一切。她剩余的所有感官必须被唤醒和强化，这样她才能在眼睛损坏之后少吃些苦头。

"现在我们正开车路过工厂。此刻正穿过路德维希港。当下正驶过莱茵河桥，马上我们就到曼海姆了。"

伯哈特将车子停在市中心，他要买些东西。不一会儿他就回来了，将一个清新而芬芳的东西送到特露德面前。

"小紫罗兰！"她高兴地叫道，把脸深深埋在花束中。

他们沿着城市森林行驶，开进那片空旷地带。在这里，人们已经能在户外感受到春天的气息，尽管一切都还很荒凉且尚未萌芽。特露德舒展开身体，仿佛要将大地和树林中那看不见的唤醒力量，神秘地注入她身体中。

"我感受到，太阳在照耀。是真的吗，伯哈特，太阳在照耀吗？"

"是的，亲爱的。你的头发在阳光下闪闪发光。天气晴朗，太阳高高在上，小朵白云闪烁着微光。这里的树木、房子和花园，一切都好像是用彩色粉笔画出来的——如此简单地草草画成，似乎还没有完全画好。"

特露德依偎在他身上。

"待在我身边，伯哈特，讲给我听，一切都是什么样子的。"她低声恳求。

但在家里时，她又开始自顾自地讲起来。她在这个宽敞的房间里慢慢行走，从一个物件到另外一个，把所有东西都摸了摸，在记忆中搜寻着这个物件的样子和颜色，以便让伯哈特确认她说得是否正确。就这样，她以一种出乎意料的方式将她所有的物件重新拥有了一次。每一个家什都有它的故事。

"你看到这个花瓶了吗,伯哈特?它一定是灰色的,瓷釉上有一层薄薄的淡绿色微光,如果把它放到灯光下,灰色后面还似乎透出粉色,对吗?我还没住在这里时,我就将它买下了。这对我来说并不容易,因为它非常昂贵。但我必须拥有一些美好的东西,否则我承受不住绝望的感觉。"

她的手顺着瓷瓶的完美纹路抚摸。"那边的那幅画——飘着云朵的冰冷天空下,被高树环绕的湖边小屋——那是我最后一个圣诞节礼物。大学的展览会曾展出过这幅画,我非常欣赏它,所以我经常去那里——去了许多次。我日日夜夜梦想能拥有它。意外的是,紧接着工厂的奖金补贴就发了下来,我就将它买下了。你喜欢这幅画吗?"

"非常喜欢!"伯哈特环顾特露德·范·多伦居住的这间屋子,内心满是欣赏。房间里的一切都在极力体现她全部的天性。一个坚强、聪明、年轻的人儿的天性,拥有艺术鉴赏的天赋,对所有美好的事物有着丰盈的喜爱。他意识到,她正被迫面对多么可怕的事情,如今这里所有的一切她再也看不到了。

他们手牵手坐了很久,像两个孩子一样对彼此讲述各自的秘密。雷茨布尔克家能干的女厨师在旁边的小厨房里忙碌着。她很快就熟悉一切,做好了一桌简单菜肴,将红酒倒进外形漂亮的高脚杯,将花束插到花瓶里。

伯哈特一直待到星星出现才离开。他离开时,特露德感觉到一股强烈的悲伤情感就要笼罩在她身上。她此刻明白:这也许就是她生命中最大的幸运了。但没有苦难,就没有幸福。

9

一阵寒风掠过勃伦纳山口的火车站。售货员正沿着月台迅速奔跑,用有些混乱的德式意大利语兜售基安地红酒、饼干、巧克力、橙子、阿斯提香槟酒和一些其他的东西,他的脸已经快被冻成蓝色。

在这辆慕尼黑火车的一节二等车厢里,一扇蒙了雾气的窗户玻璃被打开了一个缝隙,一头金色的卷发出现在窗口,一双滑稽的浅蓝色眼睛正好奇地向外张望,像木偶一般噘起嘴,缓慢而费力地大声喊道:"Brennero."[①]

"Salamine calde, Signorina, salamine calde!"[②] 从外面传来一阵激动的叫喊声。

那头金色卷发已消失在窗口。

"喂,弗里茨!Salamine calde 是什么意思?"

"热腾腾的小香肠!"车厢里那位胡须刮得很干净的年轻男人大笑着说。

"你撒谎!"

那个年轻男人笑得更大声了,露出两排结实、洁白而不太整齐的牙齿。他脸上的气色很好,微微泛着红光。他的女伴和他一样,有着浅金色的头发,她刚刚也将头探出窗外,看起来正好奇地四处张望。

"事实上,你说的没错!"她突然喊道,"你怎么会懂意大利语?"

[①] 意大利语,意为勃伦纳山口。——译者注
[②] 意大利语,意为"热乎的小香肠,小姐,有热乎的小香肠!"——译者注

"我什么都会,这你应该知道。而且你学得也很快,我们这就开始。"他迅速又大力地将她从窗口猛地一拉,她顺势坐在了他的膝盖上,他随即用手臂将她抱住。"所有你不知道的事情都要给我一个吻!"

"那我知道什么?"

"两个吻。'爱'怎么说?"

"我不知道。"

"Il amore。亲一下,就是这样。我们继续。'里斯贝特'怎么说?"

"不知道,啊,我知道,等一下——Lisa?"

"说对了。了不起!两个吻,蒙娜·丽莎!"

"现在轮到我了!"里斯贝特兴奋地叫道,玩笑似的打他的嘴。"那这个怎样讲?"她随即问他。

"这个叫:cosi fan tutte!"[①]

她惊讶地停手,又突然明白过来。

"等一下!"她恼怒地说,又一边拉扯他的头发。

两人暧昧地扭打起来,直到海关人员进来才停下。里斯贝特羞怯地滑到软椅上。

"你让我们丢脸了。"再次只剩他们两人时,她满是责备地说道。

"我暂且还不想讨论到底是谁让谁难堪了,"弗里茨漫不经心地回答,"另外我也不再考你了。这里的这些人跟我们有什么关系?我们想要快活些!因为我们的钱吗?!"

---

① 意大利语,意为"这样就好了!"——译者注

"当然了。在意大利要花多少钱?!你又说这种话!拿着你的旅行支票去吹牛吧……"

"这可不行!"他抓起钱包,在她面前翻动起支票簿来,"看这儿!始终有相当一大笔钱。德鲁泽公司每月付给你多少工资?"

"省省你的暗示吧,"她生气地回应,"我赚得并不少,不论怎样都够我花的。"

"你又这样想!我真的不是这个意思。"他失落地将支票簿放回衣袋里,开始好言好语地哄劝里斯贝特,"我们能度一次假,难道你不高兴吗?你听我说,你不会是想在德鲁泽公司一直干下去吧?"

"如果没有你,我那时也不会变得又土又衰老。"她顶撞他说。

"不,不。你本该步入影坛,好莱坞本已看中你。我让你远离了影坛,我会一辈子责备自己。也许你还会从我身边逃开,但还没到那个时间呢,在那之前,我们暂且好好相处,好吗?"

她点了点头,仍旧沉思了片刻。

"弗里茨,"她突然开口说,"你真的想在这次旅行中花掉所有钱吗?"

"当然,"他不胜惊讶地回答,"每个人都该给予自己一些赏赐!"他继续说道,"不花光最后一分钱,我们就不回家。"

"你总是这般忘乎所以,至少稍微节省一点吧!"

"啊,火车已经启动了吗?"他不耐烦地向天花板伸展手臂,"我应该节衣缩食吗?"

里斯贝特看向窗外。火车咔嗒咔嗒地从那片空荡荡的、被白雪覆盖的岩石景观中穿过。

"这就是有名的意大利春天？"里斯贝特的语气中透露出藐视。

"且等着瞧吧。"年轻男人命令道，接着继续埋头读报。里斯贝特将她满是金色卷发的头靠在他肩上，很快就睡着了。

当她醒来，眯着眼睛透过窗玻璃看向窗外时，她几乎不敢相信自己的眼睛。

"弗里茨，快来看！"

弗里茨依然埋头读报。

"已经看到了。"他镇定地说，接着站起走到窗边，在她的旁边站定。

"所有树都开花了！看那草地，多美啊！七叶树已长出宽大的绿叶！樱花草！还有那边，那是什么？"她不停地四处观望、询问，被眼前的美景所震撼，被孩童般的快乐包围。弗里茨内心无比喜悦，那是一个男人将南部太阳的奇观展现给自己年轻、充满魅力且敏感的宠儿时才能感受到的满足感。等到了那不勒斯，里斯贝特又会说些什么呢？

两侧的果树已经开花，草地闪耀着绿光，火车在中间穿行了数小时之久。地平线上浮出蓝色的山峦，天空万里无云，犹如海蓝宝石一般清澈。

这对年轻情侣在梅拉诺下了火车。他们乘坐一辆马车，穿过一条条生机勃勃的棕榈树环绕的街道，路过百花盛开的花园，经过横跨在狭长而湍急的河流上方的拱桥，最后抵达旅馆。一位礼貌而周到的先生将他们引入房间，房间的规格和令

人心情愉快的摆设让里斯贝特不禁叫出声来。她走到阳台上,映入眼帘的是广阔的、花繁叶茂的山谷,后面的山峰斜斜地耸入云霄,山顶和山脊岩峰上依旧覆盖着白雪。

"很好,"弗里茨说道,"我们将在这儿待上五六天,然后出发前往加达湖,再从那里去罗马和那不勒斯,回程中还可能到佛罗伦萨和威尼斯去。"

那位礼貌的先生对这番旅行计划表示赞赏,顺带着向女士和先生索要护照。弗里茨的表情变得有些尴尬。

"护照……我们……"他有些语无伦次地将护照交给那位先生,"我们昨晚才结婚。我妻子的护照还未改成我的姓氏。"他鼓起勇气讲出余下的解释。

站在他旁边的里斯贝特羞红了脸。

那位礼貌而客气的先生微微一笑。

"那是当然,医生先生。"他看了眼年轻男子的护照后说,并用一个手势表示不必在意此事。年轻人真的不必为此感到忧虑,他心想。一眼就能看出这两人是在度蜜月,没人会不愿给他们同一间卧室。他表达了一些祝愿后便退出了房间。

"但是你本可以办好这件事的。"他离开后,里斯贝特小姐愤怒地说道。

"谁会考虑到这些啊?"弗里茨耸了耸肩。"一本正经!"他轻蔑地回答道。他走到阳台门边,道:"来这儿,快来看看这儿。这难道不美好吗?"

里斯贝特的眼睛顺着他手指的方向看去,她看到了棕榈树、彩色花坛、开着花的树木还有鲜绿色草地上的躺椅。

"弗里茨,如果你不总是这样轻率该多好,"年轻的女士担忧地说道,"我有时会有这样明显的预感——"

"注意喽!没有人能漫步在棕榈树下,却免受惩罚。"

"哎呀,我没有在讥讽你。我们本不该结婚的——就这样无忧无虑的。我们还这么年轻。"

"正因为这样才结婚!难道我们要等到老得生锈才结婚吗?只要还年轻,生活就是最美好的。因为人们能紧紧抓住它!这到底应该叫什么?无忧无虑的生活?当然——我还没有独立。但至少我有一份工作,有些人还会因此嫉妒我,毕竟我还如此年轻。"

"但这也是你所拥有的一切了。"里斯贝特迟疑地反驳道。

"足够了!我们还需要什么呢!为什么你要在最美好的年华里,日复一日地每天工作十个小时呢?无论如何你都会变得有些纤弱,你需要更多的阳光。你应该看一看,此刻的你绽放得多么美丽。"

"我不知道。我们两个人都是这样孤零零地生活在世界上——你和我都是如此。其他人都有能帮助他们的父母或亲戚,我们谁都没有。"

"我们也不需要询问任何人的意见。"

"那倒是,但我有些担忧。"

"现在就为你永恒的担忧画上句号吧!你有我了,我总能交到好运,但我必须看到高兴的笑脸!否则我就会遭遇不幸。"

里斯贝特用手轻轻抚摸他的头发。

"别生气,弗里茨。我只是一个愚钝的小女孩——"

"一个很累很饿的小女孩,"弗里茨平静地补充道,"你现

在躺一会儿吧。趁这个时间,我整理一下行李,然后我们去吃晚饭。"

晚间时分,他们互相挽着、闲逛着穿过城市公园。夏日般温暖的空气中弥漫着醉人的芬芳。里斯贝特的步子轻盈而欢快,她不再感到疲劳和压抑。弗里茨注意到了她的变化——比起曾经他所熟悉和习惯的样子,现在的她变得更加温柔,更加温顺,也更加亲密了。他们在一家小酒馆享用了一顿奇特的异国美味,品尝了费尔纳斯白葡萄甜酒,喝下之后血液中犹如有一团火焰在燃烧。公园里的树枝上挂着红色的灯笼花,小河的潺潺流水声透过敞开的门传至屋内。两个幸福的人儿互相倾诉,直到深夜,谈起爱情和他们传奇的相遇。他们相遇在熙攘杂乱的大都市,简单的对话便让彼此觉得相见恨晚,两人对此感到惊讶。他们在很多方面都很相似,两人都已认定对方。他们曾经的相互渴慕如今已变为现实,这对爱侣又一次愉悦地交换彼此第一次见面时所有细节的记忆。

第二天早上又是阳光明媚。他们在岩石、仙人掌和杜鹃花簇之间向上攀爬,里斯贝特身着轻薄的夏裙,弗里茨身穿浅灰色套装,一朵大大的白色丁香别在扣眼中,两人都没戴帽子,阳光舒适地洒在他们的脸和头发上。

"我已经被太阳晒成棕色了,"里斯贝特以自己的方式自顾自地唱起歌来,"你要长雀斑了,亲爱的!"

他们高兴地捕捉蜥蜴。被太阳晒得发热的石头上,蜥蜴们闪电般疾呼而过,总比他们最迅捷的捕抓更快,但还没有快到足以让里斯贝特放弃对一双鞋的念想——

"由蜥蜴皮做成,简直美丽得令人沉迷,一定很合我的尺寸！就在疗养地公园边的一间商店里！"

弗里茨愉快地大笑。

"那么我们就去那里吧。你也一定要在梅拉诺买一件纪念品的。"

"我的丈夫如此地宠爱我。"里斯贝特用新的旋律将自创的歌词唱了出来。

之后他们便伸展四肢，舒舒服服地躺在了旅馆公园的躺椅上，讨论起他们未来的家。自从他们在柏林弗里德瑙租了一间漂亮的新房子，这便成为他们最感兴趣的话题，讨论起来也总是不乏新鲜而惊喜的词语。

"一考虑到这一切的花费，就变得不那么简单了。"里斯贝特若有所思地说道。

"啊，先付几百马克就已经够添置我们最需要的那些了。剩下的部分我们分期付款，渐渐就能添补上所有的东西了。"

"如果我已经拥有那套床单被套该多好！"里斯贝特叹息道，"还有毛巾，还有羊毛毯。弗里茨，在你拥有的财富也还不够多时，你本不该娶一名如此贫穷的女孩，她连一份嫁妆也没有——在你自己同样不够富有时。"

"恰恰因为这样！"弗里茨回答说，"你的意思是，我要靠一个女人发财吗？之后不想成为家里的主人？那你还不怎么了解我。这样我们两个至少就不会彼此责备了——这难道不好吗？"

"你这么好，弗里茨……"

旅馆服务生匆忙地端着一个小银托盘穿过花园，停在他们面前，托盘上有一张折叠的纸张。

"海宁医生的电报。"

弗里茨有些恐惧地直起身子,拿起电报,比起恐惧,他感受到的更多是惊讶。他下意识地看了一眼邮寄标识。

"从慕尼黑转发过来的。"他将电报打开,脸色突然变得苍白。

里斯贝特惊跳起来。

"发生什么事了?"她低声问。她的眼睛由于恐惧而张得很大。

"那么现在,"弗里茨含糊地自言自语,"那么现在。"他又重复了一遍,接着揉了揉眼睛,仿佛必须要确认自己是否被一个噩梦愚弄了。他犹豫着将电报递给妻子,然后起身站定,此刻他的脸已变得严肃而沉重。"我们必须立刻返回柏林去!"

里斯贝特没有回答他,她一句话也说不出,整个人仿佛要瘫倒在地。他们一同无声地走回了旅馆。

10

"我想明天带你去柏林。"伯哈特·雷茨布尔克说。

特露德并没表现出完全赞同。

"日本委员会这些天没有过来吗?"

"来过了。我父亲也可以和他们商谈。"

"我觉得,如果你能在旁边的话更合适。"特露德说。

"父亲已经给枢密大臣霍内克写过信了,我们为什么还要浪费时间呢?"伯哈特急迫地说道。

"那么我要独自前往,"特露德坚定地说,"乘飞机过去。你送我到机场,然后打电话给柏林那边,让他们派人来接我。这样就很简单。你相信我吧,这点独立性我还是有的。"她恳求着补充道。

能够勇敢地表达自己的想法,燃起对生活的勇气,这一切在特露德身体中重新苏醒了。伯哈特对此无比欣慰,就这样依从了她的建议。

那位女厨师在整理行李。那些连衣裙、大衣和皮草在特露德的手中一一滑过,然后开始仔细设计起自己的装扮。她一再感到无比沮丧,因为她无法看到镜中的自己。女厨师是一个十分体贴而忠实的人,帮助特露德克服了所有困难,不断审视她的着装和形象,为她提建议。

"您一定得去一次理发店了,范·多伦小姐。"她肯定地说,直到一辆租用的车载着他们一同前往市区,她才表现出满意。

能再次看起来打扮精致、着装充满品位的感觉令特露德倍感自信。当然,她只能通过其他人惊诧的赞美来获知她对周围人产生了怎样的影响。那种细微的悲痛感却始终伴随着她。她绝不能永远屈服于命运。任何事物都无法支撑起她的意志,除了重见光明的希望。

"我太感激您了,罗泽尔小姐。没有您,我在柏林怎么能行呢?也许我会让您晚些也过来。"

女厨师的双眼因喜悦而散发出光芒。

几天以来,一股超强热风怒吼着掠过博登湖,从上莱茵地带呼啸而下,将一股热流一路带到黑森林地区,就连高大的冷杉树都被嘎吱嘎吱地吹弯了腰。不同于头部和胸腔感受到的沉重的窒息感,人们还感受到了大自然另外一种不同的力量。他

们变得疲惫、易怒或是粗暴，天气仿佛拉扯森林和田野一般地拖曳着他们。冬日里清新的空气同温热的烟雾混杂在一起，但是那股寒冷却迟疑着不愿退去，寒冷又顽强地紧紧抓着坚硬的土地，在一个又一个夜晚中不断出现。晌午时分，太阳所到之处的雪迹均融化成雪水，雪水融汇到森林的溪水中。溪水咆哮着从地下冒着泡儿溢出，木头和石块夹杂着黏土的棕色潮水在山谷中翻滚。树木和土坡阴影处的雪还没有融化，结了冰，成了埋伏的阴险狡猾的灰白色冰块。

最后一位滑雪者也从费尔德山离开了。勒恩霍夫医生几乎是唯一一个留在山上的人。尽管他从不刻意探寻其他人的世界，但如今这空荡荡的四周似乎令他绝望和恐惧。他坐在三角钢琴边，倾听狂风演奏的和弦，不经意地插入那黯淡而恍惚的旋律中。他想仔细思考一下自己和自己的生活，但思绪却越来越乱。他看不见开头和结尾，春天已从他身边滑过。一股陌生的力量笼罩在他与命运之上。他对此束手无策，只能任由这股力量掌控自己。他斟酌着是否开车前往巴特海尔顿找霍兰德，但他有些担心山谷中狭窄且浓雾弥漫的潮湿地面。他也不确定霍兰德是否已经不在柏林了。他就这样又一次放弃了自己的想法，无所事事地等待，似乎只有外界的决定和鼓动才能促使他做出新的行动。

启发很快就出现了，它源于一个勒恩霍夫从未预料过有任何特别的事件会发生的方面——如果他曾将全部的精力用于猜测的话。那是一封由阿格娜丝护士发来的电报：枢密大臣霍内克患上了中风，情况令人十分担忧。不管勒恩霍夫将来作何安排，他都希望他此刻能够紧急返回柏林。

这个消息令勒恩霍夫决定，立刻以最快的速度启程返回柏林。尽管他心里对此勉强满意，至少还有一些事情是同他相关的，但他也没有仔细思考，他的行为到底出于怎样的目的和意义。他所做的事情看起来相当理智，并且都根据情况清楚地思考过，但他这么做并不是出于他自己的自由意愿，而是受到一种难以名状的感情的驱使。他只是走上了一条唯一提供给他的路，一条被万丈悬崖峭壁约束着的小径，他无法向左或向右偏离，他也不清楚这条小路将指引他走向何处。

当特露德·范·多伦在曼海姆登机时，勒恩霍夫就确切地知道自己已没有退路，无法逃脱了。他再次看了眼这位同他并不相熟的女士，几个星期前，她的匆匆一瞥就已夺去他的思绪。过去几个星期的迷途，不，他一生所有的迷途都已消散，是她将他指引到这里，这个姑娘就这样出乎意料地出现在这儿，为了——多久呢？——为了能和他一同坐在这架飞机的客舱中。

只是勒恩霍夫很快便注意到特露德光滑但有些苍白的面容，富于表情的嘴唇和那个小小的、有些高傲的鼻子。尽管她的出现令他惊讶，衣着也有了变化，但他依然立刻认出了她。那个晚上，当他和霍兰德坐在曼海姆旅馆的酒吧里，正是她走了进来。她再次转过头望向她的同伴，勒恩霍夫用灼热的目光目不转睛地盯着这个身穿旅行装和皮草大衣的高挑而纤细的姑娘。他感觉自己的血液在沸腾，心脏在剧烈狂跳，甚至要从喉咙跳出来。

特露德跟跟跄跄地有些昏沉地走进飞机客舱。尽管这不是她第一次坐飞机，而她突然被某种特殊的感觉攫住——一种

异样的感觉。但她还不知道,这感觉该令她感到高兴还是恐惧。她转过身,像寻求庇护一样探寻着倚靠伯哈特的手臂,以便为她探路。

"已经有乘客到了吗?"她轻声问。

伯哈特从容地看了一眼机舱,整个情况尽收眼底,一位德国国防军军官、一位老妇人,还有几位不同年龄的男士。雷茨布尔克的目光与一位瘦削、身材中等的男性交汇了一两秒钟的时间,那位男士的肩膀略微耷拉,黑色头发中夹杂着灰白发丝,短短的小胡子。

轻声而简洁地说了几句话后,伯哈特便将特露德引到一个新的环境中。他带她来到机舱很前面的位置,帮助她舒舒服服地落座,弯下腰拍了拍她的手,以示告别。

"你害怕吗?"

她微笑着说:"不害怕,亲爱的。"

"你会想我吗?"

"会一直想。"

"那么祝你好运。"

雷茨布尔克离开的时候,他又一次感受到那个坐在特露德后面两排的瘦削黑发男子锁定在他身上的目光。真是张奇怪的面容,他心想,坚定而自信地回望了他一眼。他发觉还有一点时间,便请求女乘务员多多关照特露德。接着机舱门便"啪"的一声关上了,木质踏板收起,飞机螺旋桨开始发动,一阵风吹打在伯哈特的脸上。很快地面便只剩下痕迹了。在发动机的呼啸声中,飞机缓缓前行,伴着猛烈的阵阵气流轰轰隆隆地在地面上空行进,接着逐渐减弱,化为螺旋桨形成的强大的、悬浮着的气流声音。

勒恩霍夫医生靠回到椅子中。他感觉自己情绪高涨，已摆脱尘世那股令人憎恶的魔力。飞机越飞越高，一切令人沮丧和不利的过往均被深深遗留在脚下，都变得毫无意义，成为渺小而次要的小事，那个陌生人也一样。每当勒恩霍夫苦恋和挂念一位女士的时候，另一个男人就会出现，那个如此冷静且自信的男人，勒恩霍夫甚至不敢从远处仔细观望。这种冷静而克制的行为——在他看来——比爱人之间那悸动的爱慕还要来得自然。但他从来都不是自己情欲的主人，因而爱人从未对他产生过信任。就这样，他将每一个外人都看作享有优势的强敌，连他的厌恶也可以看成是他人的一次胜利。

对于那位将那个姑娘引进机舱的、高大而肩膀宽广的男人，勒恩霍夫不再抱有任何期待。他目光平静地看向那张年轻却十分坚定的面容，他高傲的举止，他表现出的沉着，这一切让勒恩霍夫似乎感受到了他短暂的、不经意间暗示出的威胁——你什么都别想了！但这是勒恩霍夫第一次能将这种不平常的内心活动，同自己作为一位旅者的尊严相对抗。令人惊讶的是，关于对手的思考所形成的幻象消失了——他现在意识到，这种思虑总是存在于他自己那高傲的卑劣心思之中。他很感激过去几个星期在黑森林中度过的安详冬日，令他的心力得以缓和。他感觉自己充满力量，内心平和且满怀信心。他四十五岁的年龄也足够年轻，也许能在爱情中，最终同这位二十五岁左右的姑娘找到他这一生最大的，也是唯一的幸福。

那位陌生男子已经离开，勒恩霍夫已将他忘了。此时他所爱的姑娘正孤身一人。是的，他的爱人，君特·勒恩霍夫心

里已经承认了这个称呼。这个姑娘不能、不允许再对他不熟悉。难道他不是穷极一生都在等待她吗？如今他们彼此都独自一人了——其他那些乘客于他又有什么意义呢？没有任何意义。他相信自己正同这个女人通过一股强烈的且看不见的电流彼此连接。伴着发动机的轰鸣声，他们飘荡在空中，彼此挨得那么近，在空中摆脱掉一切沉重的过往。对他来说，他有两个多小时的幸福时刻，没有比观察她更好的事情可做了。她坐在他前面，脸朝着飞行的方向。她并没有在看他。他只看到了她纤细的脖颈，被大衣的皮草领子装饰着，她那闪烁着铜色光泽的栗褐色头发，只被那顶浅蓝色的小帽子遮盖住了一点点，她稍稍低头，帽子便会遮盖住她额头和下巴的前端。勒恩霍夫记不得自己从前是否也曾这般开心和幸福过。

当飞机降落在滕伯尔霍夫时，他决定片刻不再犹豫。他站起身，想要帮助那位与他并不相熟的姑娘。他必须同她说上话！但乘务员小姐已赶在他前面行动了。就这样，他快速地从她身边走过，跳出机舱，等在外面——他看到了站在对面的阿格娜丝护士。

"你好！"

"啊，勒恩霍夫医生。"阿格娜丝护士的语气并没有特别激动，而是目不转睛地盯着那些正在下飞机的乘客。"您看起来状态很好，医生。"她顺带着说道。

此刻这位年轻姑娘在女乘务员的搀扶下正走下狭窄的木梯。阿格娜丝护士朝她走去。

"范·多伦小姐？"

"是的。"

"我是阿格娜丝护士——霍内克诊所的。"

特露德摸索着迎向她。勒恩霍夫紧张地注视着她,这是他第一次完整地看清她的脸,他在她深色的大眼睛中找寻令他难忘的目光,她的眼神已变得冷漠而没有感情,只剩下冰冷的恐惧。他同时也从她的行动注意到了她作为盲人明显的无助。他极力控制自己,掩盖自己的震惊。

"这是我们的勒恩霍夫医生。"阿格娜丝护士说道,"他之前和您在同一架飞机上,但却同您不相识,否则他便能为您省去这一趟旅程了。"

"为什么?"特露德和勒恩霍夫几乎同时问道。"啊——枢密大臣……"勒恩霍夫无声地补充道,他完全没有料到这件事。"情况怎么样了?"他转向阿格娜丝护士轻声问道。

"已经过世,"她同样轻声地回答说,"昨晚。"

"如果您不想解释给我听的话……"特露德不确定地开口。

阿格娜丝护士果断地打断了她的话,用眼睛向勒恩霍夫示意了一下。他们让特露德走在中间,引她走向那辆等在路边的汽车。勒恩霍夫负责提行李。

"雷茨布尔克先生已经写信给枢密大臣霍内克,告知了您的情况。"阿格娜丝护士转向特露德说道。

"是的,我知道。"

"这封信,"护士继续说道,"当您的电报发过来时,我才打开这封信。那时已经太晚了,已经来不及回绝您,您那时已在来的路上了。"

"到底发生了什么事?"特露德困惑地问道。

"我们的枢密大臣无法再帮助您了,他于昨晚去世了。"

特露德大为吃惊。她感觉自己深深地陷入一个望不到边际的强力旋涡中，里面充斥着所有令她害怕的事情和情绪。又一个希望再一次破灭，她仅存的唯一一个希望。一种模糊的恐惧感淹没了她，她默不作声地将自己蜷缩在汽车的角落里。

阿格娜丝护士亲昵地抚摸着她的手臂，她能够料到发生在特露德身上的事，试图安慰她。但是要如何安慰她呢？那个能带给她安慰的人自己都已经不行了，霍内克已经死了。最后也没人能帮助他——他，却已帮助了许多人。他固执而孤独地去世了。现在一切都结束了。尽管看起来毫无意义，但还有一些事可做。阿格娜丝护士已经外表平静、镇定且果决地立刻履行了一切义务，承担起与霍内克去世和诊所有关的所有责任。但却没有东西能填补她内心一下子出现的空白。

汽车停下时，特露德吓了一跳。

"您要带我去哪里？没有意义了，我必须立刻回去。"

"您一定要先休息一下，范·多伦小姐。"勒恩霍夫医生温柔地关心道。

这是特露德第一次听到他开口讲话。奇怪的是，这些话令她产生莫名的信赖感。她突然记起了这种异样的气场，就是在她踏入机舱时便立刻将她攫住的气场。她回忆起自己从前也有过类似的感觉。不，不是类似的，她惊讶地意识到——正是同一种！

在她快要跟跄摔倒前，勒恩霍夫抓住了她的手臂，将她慢慢引过花园，进入房中。阿格娜丝护士付给租车司机报酬。勒恩霍夫医生陪着特露德走进门厅，坐在沙发上。

"我们必须看阿格娜丝护士将如何做决定。您不得不在我们这儿待到明天了。"

"您和我是坐同一班飞机来的吗？"特露德开始和她的同行者交谈。

"是的，"他回复说，"我之前去了费尔德山做冬季运动，突然被叫了回来。谁会想到，枢密大臣他——"他中断了自己的话。提起霍内克已没什么意义了，霍内克已经死了，世界属于活着的人。"您一上飞机我便立刻认出了您，"他突然说，"我之前见过您一次，唯一的一次。"

"在曼海姆旅馆的酒吧里。"特露德不禁脱口而出。

"您认识我？"勒恩霍夫问道，他无法掩饰内心的惊讶。

特露德摇了摇头。

"我根本看不见您，"她轻声说，"您的名字我也没有听说过——请您原谅。"

"没关系。事实上我并不出名。"毕竟我不叫霍内克——勒恩霍夫在心里补充道。

"这只是我突然想到的一个特别的记忆，"特露德继续说着，"在我发生意外之前的那个晚上——"

意外！勒恩霍夫明白了。

"几周之前？"他问道。

"是的。那个晚上我去了那里。"

"我知道，我就坐在那儿，我也没忘记。"他若有所思地仔细盯着她看了很久。"那么您知道我长什么样子了吧。"他最后说道。

"是的。"特露德简短地承认说。

"我对您不像对其他人那样陌生，"勒恩霍夫缓慢而急迫地

说道,"我的意思是:不像您在此期间接触的其他医生那般陌生。这样我更容易说出我对您的请求。"

"什么请求?"

勒恩霍夫在回答之前又思考了片刻。

"您来是想找枢密大臣霍内克——"

"我来找一位死去的人帮忙。"特露德语气平淡地说。这些话触动了勒恩霍夫,犹如一只冰冷的手抓住了他的心脏。他感到一阵眩晕,但他强忍着虚弱,继续快速说道:"我是霍内克最信任的同事。我也许会被委任,继续霍内克的研究,通过我自己的研究进行补充。我不愿同您讨论我的想法,我已经将这些想法很贴近地转化为一种新的、令人惊异的现实成果——"

"我曾经也有过类似的想法。"特露德开口说道,声音听起来并不振奋。

"那么您知道,总会有一些失败出现。人们永远无法确定失望会在什么时候出现。我不是想唤醒您内心的希望,但我想试着帮助您。我不知道自己是否可以,但是我知道,我愿意为您做一切,一切。"他抓住她的手,紧紧握着。"请您允许我这么做!"他克制着内心的激动恳求道。

特露德无意志地任由勒恩霍夫握住自己的手。一种重新燃起的希望占据着她的思绪,将她拉向这位陌生人,把她带往某一个地方——也许是迎着光芒而去。她无法思考,也无力反抗。一种渴望在她心里燃烧,她唯一的渴望:光亮,没错,就是光亮!能够看见,看见!

勒恩霍夫亲吻了她的指尖。她感受到他嘴唇的炽热,犹如一个濒临渴死的人,她有些害怕他火一般的热情。但她很快克服了这种恐惧,因为她一下子便看清了隐藏在这个男人身上那股狂热的力量——这股力量必须要一根使用得当的缰绳才能有效利用。难道她不是一直十分懂得如何操控陌生力量为她所用吗?现在她要看看,她是否还有足够的优势和把握,那个意志坚强、有些高傲的特露德·范·多伦,穿过一切厌恶的事物来为自己开辟新路。关键在于这个男人,他让她突然体会到愉悦的惊喜之感,就像那最原始的、几乎要被忘却的坚强,再次在她心里建立起来那样吗?伯哈特的爱,他不知疲乏的关怀,还有过去几周内无所事事的孤独已将她变得柔弱。如今生活再次将她攫住,那种熟悉的感觉,但每一分一秒却又是崭新而陌生的。她必须重新振作,打起精神,以便和他共同办成此事。

她缓慢而温柔地将手从勒恩霍夫的手中抽出。

"如果我能帮助您,那我就是最幸福的人。"他轻声说。

"如果您无法帮到我的话,我就是最不幸的人。"她用清晰的嗓音,缓慢地一字一句地强调着。他不懂她的话是威胁还是预言。

"我需要时间。"他说。

"我有耐心。"得到的是她冷静的回答。

阿格娜丝护士终于来了。

"我已同路德维希港那边通过电话了,"她转向特露德说道,"电话还未挂断,雷茨布尔克先生叫您听电话。"

"我来了。"特露德站了起来,被阿格娜丝护士引到电话机旁。

伯哈特还完全沉浸在霍内克死亡的消息中,他对特露德的

决定也感到惊愕,她竟愿意留在柏林,接受一位他不熟悉的医生的治疗。他也因为特露德声音中的陌生声调而惊慌失措,那声调既冰冷又心不在焉。他努力用这不期然的变故来解释这一切,特露德似乎并没有因为霍内克的逝世而表现出绝望,就像他自己那样绝望,这一点让伯哈特略感安慰。如果她对另外的医生有所期待的话,他也不想夺走她的希望。尽管如此,他依然要同一种不愉快的感觉作斗争。

11

霍内克躺在无数气味刺鼻的花环和花束之间。这些花,由于被过早地结束生命而迅速枯萎,从而散发出一股不健康的温室的香味,似乎在象征着死者的味道。房间很昏暗。躺在灵床上的死者两侧的枝形烛台上燃烧着蜡烛。跳动的烛光在死者的面容上形成倏忽而过的影子,犹如鬼魂的游戏。他脸上的肌肉也在烛光的影子中呈现出不真实的、连续而僵硬的运动。死者的脸上露出倔强而蔑视的神情,这令他多了几分在世时也未显露出的凌厉。塌陷的太阳穴上方的眉毛显得越发浓密和愤怒,凸起而秃顶的额头看起来更加倔强,鼻子和下巴之间的面容越发显眼,浓密的胡须遮盖了死者已松弛的皮肤。眼睑没有完全合住,留下一条狭小的黑色缝隙。枢密大臣看起来好像正阴沉着脸看向自己宽阔的胸膛,宽大勋章的丝绸佩带将房间内所有胆怯和鬼魂般的光芒都汇聚成一注温暖的光源。

弗里茨·海宁医生尽力克制着不打哈欠,颤抖着耸了耸肩膀,蜷了蜷鞋中的脚趾,以抵御突然袭来的疲倦和烦闷。上周发生的这些不寻常的事、漫长的火车旅行和最后一晚的不眠之夜,让他浑身难受得很。他别无他求,只希望能踏实而无梦地睡上许多个小时,无数个小时。他清楚地知道,他首先要做的就是不去想这件事。不只是因为他过度紧绷的神经不允许他继续思虑此事,更是因为有太多事情需要他立刻去做。尽管他浑身所有的关节都很痛,但他依然在坚持。他的手心出了汗,眼下也出现了黑眼圈,眼珠子在眼窝中不停跳动,他金黄色的头发一再地凝成一绺绺厚重而坚硬的发束,残忍地拉扯着疼痛的头皮。他感觉自己无比渴望新鲜空气。

"我们不要离开吗?"他轻声咳嗽,微微碰了下阿格娜丝护士。

阿格娜丝护士抬头匆匆看了眼他。可怜的小伙子,她心想,这场意外的发生让他整个蜜月旅行都泡汤了。自身的绝望并没有令她忽视他人的不幸。正如她过去四十年中所学到的,如今的她正努力通过几句平淡的说辞来摆脱所有的内心感受:既有她自己的痛楚,也有其他人的痛苦。但在她的意识中,这次所耗费的力气要比从前多得多。

她又看了最后一眼,点了点头,轻声叹了口气后便离开了霍内克。

"嗯,我们走吧。"她说着转向海宁医生。两人转身离开,又有些犹豫。

站在他们旁边的勒恩霍夫医生却没有动。很明显,他还没有注意到他们正打算离开。他正沉浸在死者的面容之中,紧张地思索着。他在寻找一种旋律,犹如自远方而来,在他心中响起,就像远处汹涌的波涛中响起的雷鸣,涛声伴着狂风涌来,

紧接着又平息下来。只有几个声音逃出了耳朵，赞美诗的碎片，包含一些熟悉的话语。难道不是在说——判以死刑？但这时声音逐渐减弱，勒恩霍夫努力想回忆起几天前一个完全占据他内心的旋律，却只是徒劳。

"走吧，勒恩霍夫医生。"阿格娜丝护士催促道。

他和其他人一起来到外面，抬头注视天空，天空中浅紫色的云朵正快速向前移动着。空气纯净而新鲜，但并不寒冷。他还无意识地陷于被热风席卷的费尔德山上孤独的印象中，勒恩霍夫愉快地观望着柏林城的交通，心情逐渐明朗。必须要给特露德·范·多伦买几枝花，他心想。但一想到花，他的眼前便又出现了墓地中小教堂的内部场景。他放弃了这个念头，特露德对他的期待并非是花。现在他只想做医生，除了医生他什么都不想做。一股强大的信念填满了勒恩霍夫的内心，他镇静、泰然而有把握地走着，信念令他明显有别于他人。阿格娜丝护士的外表看起来并没有什么变化，但显而易见的是，多年来她背负着重担，这是勒恩霍夫之前在她身上从未察觉到的。而对海宁医生的印象始终只是幽默、聪明且严厉，而现在的他却是慌张、疲惫而压抑的。他很担心。

他们在诊所寂静无声地一同吃过了午饭。海宁医生竟然也在，勒恩霍夫很惊讶。为什么他要让他年轻的妻子一个人呢？为什么午饭过后，他依然没有离开，而是犹豫不决地在他的椅子上滑来滑去？勒恩霍夫渐渐明白，枢密大臣的突然去世为诊所带来一种令他难以忍受的不确定性。诊所会变成什么样子呢？

是的，会变成什么样子呢？海宁在等待一次不可避免的谈话，这令他十分煎熬，可他自己却害怕开始这段谈话。

最后还是阿格娜丝护士先开了口。

"勒恩霍夫医生已经接手了一个新的病例。"她如此说道，目光呆滞地看向窗外。

"您是说范·多伦小姐？"勒恩霍夫平静地问道。

"范·多伦？"海宁医生努力地在脑海中搜寻着，他自从回来后就有些心不在焉，他费力地回忆着那些名字、面孔和疾病记录。但他突然记起了这件各方面都不太寻常的事情，就像一名因粗心而被捉住的中学生，想要在迷惘的监禁中适应这个对话过程。"这究竟是怎样造成的？是事故，对吗？"

"是的，"阿格娜丝护士继续说，并认真地看了眼勒恩霍夫，"您对此到底有什么想法？"

"目前还完全没有头绪。"勒恩霍夫医生回答道，"但我已下定决心帮助范·多伦小姐。"

海宁医生看向这位年长的医生，眼神中透露出毫不掩饰的惊讶。

"您已经阅读过波恩和海德堡那边的医学鉴定了吗？"阿格娜丝护士问。

"读过了。"

"但您应该知道，没有希望的。"

"我不抱希望，至少不抱错误的希望。普通的治疗和实验方法一定起不到作用，我不打算使用这些方法。波恩和海德堡的医生已帮我省去了这些辛劳。"勒恩霍夫医生闲聊般地说道，内容并不是十分合题，语气同他人努力克制、敏感的语气明显不同。

阿格娜丝护士做出一个不耐烦的动作。

"您到底想要做什么？"

"寻找一条新的出路。"

"令视网膜再生吗？"海宁医生问，比起诧异，他此时表现出更多的是若有所思。

"是的。"勒恩霍夫又倚靠在椅背上，脸上的表情坚定而从容。他的一只脚搭在另一只上面，双手插在裤子口袋中，继续说道："复活坏死或变质的细胞，或促使细胞正常生长，这应该不是第一例了。我们知道，每个细胞的生长都依赖于某种物质的存在，同时这些物质对细胞也起到兴奋和监视的作用。"

"这些研究奠定了霍内克的科学声誉，"海宁说，"每一组细胞的运动物质都是不同的。"

"的确。这个——"

"它们一旦被消耗殆尽或被消灭，"勒恩霍夫打断他的话，"那么一个器官便会彻底坏掉。我们现在就有一个这样的病例。"

"那么也就是说，要从外部去补充这些物质。"

"通过腺液吗？"

"或从一个健康的机体，移植相关腺体到她体内。"

"移植到缺少的地方。"

勒恩霍夫微微耸了耸肩。

"也许可以使其裂变，从而使他们能在健康的躯体中重新生长。也许只借助腺液也能起作用。"

海宁在房间里来回走着，怀疑地摇了摇头。

"这是否恰巧也能用于眼部治疗呢？"

"我们会看到结果的。我首先需要进行一系列动物实验。"

勒恩霍夫表示。

海宁停下了脚步。

"您不愿意认真研究这个病例吗?"

"愿意,"勒恩霍夫说,"这甚至是唯一促使我坚持继续做医生的理由。阿格娜丝护士会向您证实,我几乎打算放弃一切。"

"您将来很有可能也会这么做,"阿格娜丝护士再次插话,"至少在这里。或者您认为,这里的一切会这样继续下去?我不这么认为。这间诊所属于枢密大臣私人所有。这个遗产——"她没有继续说,沉默了一会儿,"我不知道。"她语气忧虑地将她的想法完整地说了出来。

海宁的脸色变得相当苍白。阿格娜丝护士讲出了他所害怕的事情。他们知道,这间诊所不仅没在盈利,反而在持续不断地消耗大量费用。比起盈利,霍内克更看重的是他的研究,因而他甘愿不断资助这间诊所。他不愿依靠富裕的病人。他只做他愿意做的事,只治疗那些在他看来某种程度上值得他关注的病例。大多数病人都是他在柏林医院搜寻到的,他完全不会考虑某个病人是否有能力支付治疗费用。

如今更是无须再考虑这些事情了。但即使不再延续这个传统,如何将这间诊所继续经营下去也是个问题。

"继承人是索尼娅·霍内克夫人。"尽管勒恩霍夫语气中没有表现出明显的激动,但他也没有掩饰内心对于这个问题所体会到的难处。但他有种美妙的感觉,就是这些困难并不能对他产生丝毫的损害。

"也许枢密大臣先生已经通过遗嘱宣布了一些决定。"阿格

娜丝护士不确定地说，她自己也不相信会有这事儿。

勒恩霍夫用一个简洁的手势否认这种存在的可能性。

海宁突然萌生出一个念头。

"那么为我们送来这位年轻夫人的雷茨布尔克究竟又是谁呢？"

"路德维希港的一位实业家。"阿格娜丝护士说。

"如果他重视的话，也许他会资助您的这些研究。"海宁慎重地说，认真地看着勒恩霍夫。

勒恩霍夫医生的脸上显露出拒绝的神情。

"您不必操心我的事。"他的语气出乎意料的严厉，"毕竟我还有些钱，我想自己负责这件事。"

海宁失去了耐性。

"勒恩霍夫，我觉得您已经疯了！"他生气地喊道。

勒恩霍夫依然面无表情。

"也许吧，"他冷冷地回答，"我的祖父就是在精神病院死去的。"

"作为一名医生。"海宁微笑着说。

"不，是作为病人，"勒恩霍夫带着有意强调的客观语气回答说，"精神分裂症。"

海宁笑不出来了。他从侧面仔细盯着勒恩霍夫，敏锐地上下打量着他。此刻他的行为没有一丝偶尔表现出的孩子气般的软弱，他似乎正准备做些什么。他打量着勒恩霍夫这个年长者的眼神，是认真、审慎而坚定的——那是医生特有的探究目光。

勒恩霍夫觉察到了这目光，因为他突然快速转过身来，同这位年轻医生完完整整地打了个照面。

"或者您真的有什么绝妙主意!"海宁迅速脱口而出。

"也是有可能的,"勒恩霍夫医生回答,他露出了嘲弄的笑容,"众所周知,天才和疯子之间仅一线之隔。"

"我想二位先生是外科医生,而不是精神病科医生!"阿格娜丝护士大声斥责,"我需要最后能听到几句理智的话。"

"我也是,"海宁附和道,强迫自己挤出一个短暂的笑容,"无论如何我们都必须考虑到,这里会发生变化。"

"我请求您对此做好准备,"勒恩霍夫认真地说,"您不得不考虑到您年轻的妻子,海宁医生。您已经有住房了吗?"

"还没有,我的意思是:房子还没有空下来。我们本打算较长时间外出的。"

"那现在呢?"

"我们当下住在膳宿公寓。"

"你们有租住的固定房子吗?"

"有的,旅行之前就有了。在弗里德瑙,非常漂亮。但我们现在完全不确定是否还能布置这间房子。"海宁尴尬地看着他。

"如果我是您的话也不会草率行事。"阿格娜丝护士大声说。

"所以您不必立刻就垂头丧气,"勒恩霍夫安慰他,"如果您真的失去这里的职位的话——"

"这正是我所害怕的。"

"害怕?我从未想过您会害怕什么,海宁医生!"阿格娜丝护士假装愤怒地说。

"这有那么糟糕吗?"勒恩霍夫忧虑地问道。

海宁的脸涨得通红。

"您的话还不至于,"他迟疑着说,"但是如果刚刚结了婚,并且希望能置备得起一套房子,并且已对此有所设想,并且一位年轻的妻子也同样如此,并且即将在她婚姻的一开始就陷入痛苦的失望——"

"并且,并且,并且!"勒恩霍夫站了起来,安慰地拍了拍他的肩膀,"您是医生,我的同事先生!那么您应该知道,还有比这更糟糕的事。您还很年轻,还能解决几个小的经济问题。当您的生活没有遭遇其他的事,您就能高兴起来了!"

海宁感激地点了点头,挤出一丝笑容。他用力握了握勒恩霍夫的手。

"现在您先去找您年轻的妻子吧,"勒恩霍夫说,"今天这里什么也决定不了。那么我们,小护士,我们去照料病人,怎么样?"

"好的,医生先生。"

海宁走了。勒恩霍夫说得没错,这世上还有更糟的事,里斯贝特必须认识到这点。他们两人都还这么年轻,他们确实可以办到。最重要的就是保持健康。也许里斯贝特想和范·多伦小姐交换吗?不会,她一定不愿意!提起那位失明的姑娘,海宁想起了勒恩霍夫那几句反常的话。很明显,他所说的一切都是认真的,令人不安的认真。他果敢的计划在海宁心里留下烙印,并刺激到了他。他本来是最愿意为勒恩霍夫提供帮助的,但这样不行,他要照顾到里斯贝特。除此之外,那些令他不舒服的话也是顾虑之一。勒恩霍夫到底想要做什么?难道他——疯了吗?海宁不敢再想下去。这件事对他来说,就犹如命运本身突然充满威胁地站起,向着四面八方下达保持沉默的命令。不，答案其实比想象得更简单，即使这答案让人无法平静：勒恩霍夫爱上了那位女士。所以他不想借助雷根茨布尔的帮助，是嫉妒！勒恩霍夫爱上了那位女士，他吃醋了。这个雷根茨布尔是怎么样的人呢？年老还是年轻？他这么照顾她，这位年轻的女士要如何走向他呢？啊，弗里茨·海宁，这关你什么事！

里斯贝特无所事事地坐在窗边，表情沮丧地独自出神。如果几天前还欣赏着美丽的梅拉诺旅馆的豪华房间、盛开着花儿的树木、满目充盈着绿色的花园、布满白雪的山峦和湛蓝的天空，那么此刻注视着眼前这样一个脏乱的、被高墙紧紧围住的后院和廉价房间内俗气而磨损的设施，嗅着充斥着整间公寓令人作呕的煮烂的泡菜味，这是多么令人沮丧。

此刻弗里茨已经出去整个上午加半个中午的时间了。里斯贝特，作为一位年轻有为的医生的妻子，她已将生活做出了另外一番设想。她想家了，想念起她那间位于库尔曼的，配有家具的小房间，她在结婚前放弃了它。她还想念她在德鲁泽的工作。为什么她要把自己所有的后路都切断呢？现在她已经没有任何退路了。

弗里茨·海宁看到妻子坐在窗边的这个样子，沮丧的心情又再次淹没了他。他用力甩开内心的烦恼，打起精神，走向里斯贝特，亲吻了她。

"有什么新消息吗？"她不安地问。

他摇了摇头。

"我们必须再耐心等上几天。就算是枢密大臣没有去世，他也很难做出决定。所以不要板着脸了！你吃过东西了吗？"

"你别管我!"她将他推开,动作疲惫地转身走向窗子。

"丽莎!"他用恳求的语气安慰她。但他那些令人振奋而信服的语言全部被她绝望的想法反弹了回来。

"你这样说,就好像这件事不会再有转机了。"她说道。

"那你的行为,就好像你一定会食不果腹、衣不蔽体一样!"他生气地反驳。

她哭了起来。

弗里茨不再好言相劝了。伴着眼泪的家庭口角——在他尚未拥有一个属于自己的家之前!他内心愁苦地想到——我还缺少一个家。他想着自己是否应该离开这间屋子,但他始终不忍心让里斯贝特一个人沉浸在绝望中。他有些虚弱,极度困倦。他又在房间里狐疑不决地走了几步,接着便倒在那个有些硬且散发着霉味的沙发上,尝试着入睡。

12

霍内克的葬礼进行得很顺利,很奢华,满足了一个名人去世时可以提出的所有要求。堆积的花环可盛满一整辆货车,墓前的悼词几乎永无止境。勒恩霍夫、海宁和阿格娜丝护士失神地站在人群中,最后终于拼命挤过人群,路过那位用面纱紧紧遮盖面部的寡妇,她对这件事并没表现出明显的悲伤,只是耐心地忍受葬礼上的深沉哀悼。

葬礼过后的第二天早晨,报纸上就刊登了大篇幅的报道和讣告。与此同时,一辆租用的汽车停在了霍内克诊所前。一位戴着宽边软呢帽、身穿双排扣大衣的男士,手臂下夹着公文包，快速从车内下来，步伐急促地穿过花园，一路疾跑，面容自信地踏进了诊所。

"律师古尔登纳先生想同您谈话。"一位助理护士转过身向勒恩霍夫医生报告说。

勒恩霍夫吹出了一个口哨。

"啊！您待在这里，海宁，我请求您。请您把阿格娜丝护士也叫过来，乌尔苏拉！"

就这样，所有人一同坐在了去世的枢密大臣那间位于诊所二层宽敞的工作室中。三十岁的古尔登纳是一名在政府任职的律师，面容圆润且精神焕发，头发向后梳着，戴着牛角框眼镜，他是作为索尼娅·霍内克夫人的法律顾问兼全权代表出现在这里的。很显然，他正努力用一种温和的方式，弱化他所讲内容的尖锐感。

"工资当然会支付到法律规定的解约期。因为没有特殊的协议存在——或者您有文件能够证明这些吗？"

"没有。"勒恩霍夫说。

"这是给您的，您作为主治医生的三个月合同。"

"海宁医生也是。"勒恩霍夫插嘴说道。

"好的，可以。此外，针对取消的实物工资还会有一笔补偿费——"

"什么意思？"阿格娜丝护士打断说。

"如今您得知道，霍内克夫人一天也不想再继续养活这间毫无用处的诊所了。枢密大臣先生去世之后，这间诊所更不可能再实现其使命了——"

"对此您无权评价！"勒恩霍夫激烈地反驳道。

律师继续保持他试图调解的语调。

"我指的不是诊所的科研使命。我决不想侮辱您的医疗能力,我只是想暗示说,霍内克夫人认为死者的科学研究工作已经结束了——"

"决不会结束!"海宁插话说。

古尔登纳惊讶地打量了他一瞬。这里似乎酝酿着一场完完全全的造反!

"我不能,也不想去评判这件事,"他继续说,"我再清清楚楚地表达一遍:因死者没有立遗嘱,也没有亲戚在世,因而我的委托人是唯一的继承人,对于这样的遗产有自由支配权。这间诊所的科学成绩大家有目共睹,毫无疑问,在座的所有人都参与其中,但可惜不得不提的是,诊所需要依靠持续不断的巨额补助费来支撑。"

阿格娜丝护士忧伤地点了点头。两位医生也默认了。

"没人应该为之受到谴责,"古尔登纳用安慰的语气继续说,"但霍内克夫人当下的愿望也是可以理解的,对于一个同她毫不相干的事业,她不打算再给予资助。这间诊所每天都在耗费金钱。所以我必须请求您,勒恩霍夫医生,立刻关掉这间诊所。"

"这是不可能的!"勒恩霍夫惊讶地回答说。这件事令他无法冷静。

"很抱歉,我不懂您的意思。"律师说。

"我们还有病人。"

"将病人转到公立医院去,这并不是什么值得一提的困难。枢密大臣的逝世证明就是个完全充分的理由。"

海宁医生又绝望地尝试了一次,试图争取到转机。

"这间诊所将来也有盈利的可能啊!为什么要采取最后措施呢?"

勒恩霍夫不由得笑了一下,他并不是很信任海宁的经济才能。

"霍内克夫人对此并不指望什么,"古尔登纳回答说,"我必须承认,我本人对此也不抱什么期望。对于这样的企业,您是找不到投资人的。如果我们能在企业尚未损失巨大时将其关闭,并把大楼卖掉,我们应为此感到高兴。"

勒恩霍夫意识到,这种情形下,任何人再多做反驳都是徒劳的。他必须为特露德赢得时间!不惜一切代价赢得时间!

"我或许愿意买下这幢楼。"他冷静地说。

阿格娜丝护士惊讶地张大嘴巴,似乎想说些什么,想了一下又沉默了。海宁试图读懂勒恩霍夫的脸,也终是徒劳。古尔登纳怀疑地笑了笑。

"您了解,"他问道,"要承受哪些负担——"

勒恩霍夫打断了他的话。

"我想在适当的时候向您咨询个中细节。但在这之前,我必须同霍内克夫人谈一谈,要尽快。"

"霍内克夫人目前不接待任何人。"律师犹豫地说。

"这件事情足够重要,理应差别对待。我请求您为我争取这次的谈话机会。"

古尔登纳站起身来。

"好,我看看情况,上午会打电话给您。"

"非常感谢。"

各位先生相互告别。

"您想买下这幢大楼,您不是认真的吧?"律师离开后,海宁转向勒恩霍夫问道。

"不是,"勒恩霍夫回答,"我只想同霍内克夫人面谈。"

"面谈!"阿格娜丝护士气愤地喊道,"我们没这个必要,勒恩霍夫医生!"

"我们没这个必要,小护士。但是有人需要。"

"您的这股同情心是哪儿来的?"阿格娜丝护士略带嘲笑地问,"您本来是要放弃医生这个职业的。自从遇到范·多伦小姐,您甚至还想超过枢密大臣先生。"

"您说得对,阿格娜丝护士,"勒恩霍夫看着她的脸,认真地说道,"我做这些只为她一个人。我恳求您不要因此放弃我。"

"啊,那好,如果您对这件事如此认真的话,"护士声音沙哑地回答说,"该我做的事我一定会做到。"

"您对索尼娅·霍内克夫人怀有什么期待吗?"海宁沮丧地问。

"说实话,亲爱的海宁,对您来说无须再抱有期待了。如果我成功拖延了时间,也将由我来承担费用。我特别愿意继续和您一同工作,但您必须明白,我的方式——"

"那是当然。我理解。"

"此外,这里的事业不会再有任何未来,继续耗在这儿对您也没什么好处,您必须尽快找到新的工作。"

"没错。"

"现在您不必再在这里耽搁了,利用好您的时间,我临时给您放个假。我们会把大多数人都打发走。我和阿格娜丝护士两个人就能搞定这些事。"

勒恩霍夫的内心突然被决断力和工作欲所填满。他感到，他需要研究出清晰而完整的解决方案。他需要安宁和统观全局。一切无法直接实现伟大目标的事物都必须从道路中清除掉。海宁？是的，海宁本来是有用的。可如今金钱突然成为一个必须要考虑的问题。必须要节约了，因为还将需要多少钱仍是个不容忽视的问题。

"好的，"海宁压抑地说，"好的，谢谢。"

勒恩霍夫向他鼓励地点了点头，心里早已完全被其他的事填满。

海宁缓慢地走回家。家——有里斯贝特的地方，在这个贫穷的膳宿公寓，这间压抑而散发着霉味的房间里。本来他们在弗里德瑙还有一间空闲的房子，那是一幢三个房间的新住宅，能将绿树和花园尽收眼底，配有装修好的浴室。卧室本该涂有耐磨清漆，悬挂着彩色窗帘。客厅中会有一张相当柔软的沙发——你知道的。里斯贝特本该找得到一个带有落地灯的舒适角落；弗里茨本应拥有一个书架和一张书桌，简约的男士风格，表面非常平整，线条笔直。地毯不一定是纯正的东方风格，却有着美丽而简单的图案。如果有点品位的话，什么样的布置做不到？一切都结束了，一个美好的梦，这本就只是一个梦！但那时的租赁合同签了半年的解约期限。如果莫茨先生对此坚持的话……他当然会坚持了！合同就是合同。毕竟，几乎可以说是一股更加不可抗拒的力量——枢密大臣的逝世——必须要同莫茨先生商量一下。也许他可以和莫茨先生谈一谈。但

海宁想独自一人前往，里斯贝特不该一下子面对这一切，否则她的绝望会更加沉重。她要何如接受这件事呢？

里斯贝特正打算出门。当她看见弗里茨时，她吓了一跳。

"你回来了？发生什么事了？"

"我休假了，"海宁苦涩地说，"勒恩霍夫医生的好意，他准许我休假。"

"为什么？"她满是忧虑地看向他。难道她一直抱着什么幻想吗？

"这样我就有时间找一份新的工作了。"弗里茨努力用轻松的语调说。

身着外套、头戴帽子的里斯贝特就这样倒在椅子中大哭起来。

弗里茨用手臂环住她颤抖的肩膀。

"你不用这么急着哭的！我还会获得三个月的薪水。在这期间，我有许多机会可以找到另外一份工作。"

"那么我们就能留下那个房子了，你是这个意思，对吗？"里斯贝特满眼泪水地抬头看向他。

"事到如今要做一个理智的小妻子了，丽莎。你看，如今不再那样确定了。当务之急我还不知道会在哪里找到工作呢，也许根本不在柏林，所以我不能在弗里德瑙布置一间昂贵的住房。装修将会花掉一大笔钱——我们根本没有这么多钱。现在我们必须得节省些，这样我们遇到什么事还能有个依靠。"

"我一直都是这样和你说的！"里斯贝特抽泣着说。

"什么？"

"我们本不该结婚的。我也有过这样的预感——"

女人怎么总是有预感！弗里茨气愤地想。他必须尽力克制自己不喊出声来，他的内心涌现出一股抗拒感。

"这一切究竟有这么糟糕吗？"

"我们就买下那个房子吧，弗里茨。我们必须知道自己属于哪里。我受不了这里，一切都毫无希望，我讨厌这里的人。你就该看看今天早上他们端给我的咖啡——一杯稀汤水！我们还必须为这里的一切支付昂贵的费用，我们本可以住在家里，更便宜也更加舒适。我也可以再找份工作。"

"不，丽莎，这不行。你现在属于我了，我会养活你，过上和从前一样好的日子。只是你不得不暂时在这里将就一下，我们不能有不必要的花销。这一切很快就会过去了。"

她摇了摇头。她更了解当下这种情况。

"厄运来了。"

"我们现在不要为不必要的事情为难自己，丽莎！我一向认为你会更勇敢的。"

"我的工作一直能养活我自己。你就应该把我留在我原本的地方！我在那儿过得很幸福，现在一切都变了。你还不如从未跟我提起过那个家，从未给我展示过那个房子！"

"你现在到底是嫁给了我，还是嫁给了房子？"弗里茨大声喊道。他的克制已达到极限。

"现在你还冲我喊叫！"里斯贝特满是责备地说，"我一直梦想有一个家，"她轻声地补充，"我曾以为，你是理解我的。我曾经相信了你，盲目地相信。"

"我也没有预料到霍内克会突然去世，否则一切都在计划中。我们只是恰好遭遇了不幸，所以你依然可以信任我。"他

痛苦地说。

"对我来说这很难，"她伤心地表示，"你对待所有事情都这样漫不经心，你的草率害苦了我。这是我的错，我怎么就说服了自己，能够交上这样的好运呢！"

她柔弱的胸膛剧烈地颤抖起来。

弗里茨·海宁没再回答她什么。他坐在桌边，双手支撑着头，忧郁地独自沉思着。从厨房传来的令人窒息的酸白菜臭味和旧家具的霉味顽固地混杂到一起，渗进他西服的料子中，紧紧扼住他的喉咙，麻痹了他的思维。

"厄运来了。"

13

卡尔·霍兰德冲进一扇敞开的门中，却发现门后什么都没有。在这第一次被惊喜冲昏了头之后，他停下来思考。那个夹在他和索尼娅小姐之间的男人，在他未做出努力之前，被迫给他让出了路。他未做努力吗？自从霍兰德看清自己对索尼娅小姐热烈的爱欲后，他从未碰到过霍内克。尽管霍兰德始终未能同索尼娅小姐见上一面，但枢密大臣可能已经知道了他在柏林的事。最近这些天她同霍内克之间到底发生了什么，将永远成为她的秘密。每当霍兰德触及这些想法时，他总会产生一股强烈的畏惧感。毫无疑问，不会是什么令人愉快的事情。霍内克病倒之前一定受到了巨大的刺激，只有这样才能解释这个一直以来身体硬朗的男人的突然离世。或者说，他内心的抗争已被慢慢瓦解？没什么异常的地方，不，这正是符合一切事物的自然规律，即前辈必须让位给后辈。霍兰德可以自私地忽略这其中的不公平。曾经同他这个充满力量的莽汉相抗衡的人，如今却因这个决定成为一个静止而毫无反抗能力的死人。他曾如此热烈地期望索尼娅小姐能从和这个男人的婚姻中获得自由，尽管他既不能出什么主意，也想不出任何办法。他试图加深自己对霍内克离世的负罪感。对他人的失败负有一定责任，这本来会带给他满足感。但他不得不承认，这种形式的胜利并不是他想要的。他的内心从紧张焦虑到撕心裂肺，从纠结到精疲力竭，他本来是个敢为几小时的幸福投入大量精力的人。他最不愿忍受的就是，在报纸上如同读到一则天气预报一样读到霍内克的死讯。没有人能赋予他将其中一部分责任归咎于自己的权利。想成为这件事的同谋，这是一种对抗命运的独断狂妄。也许人们能接受这件事带来的后果，但同一个死去的人争论责任与功劳何其愚蠢，想要廉价抛售自己的权利又何其可鄙！

霍兰德突然意识到，自己正面对比人性的自私自利更加伟大的东西。他应该从这个死去的人手中，将他渴慕的女人视作礼物来接受，唯独这个想法令他反感。他用自己对索尼娅热烈的爱慕和狂热的性情，与这个潜滋暗长的想法不断斗争着，从而战胜这个念头，并试图彻底消灭它。

霍内克葬礼结束后的那个早晨，他拨通了索尼娅的电话。

"是你吗，卡尔？"她的声音听起来很平静、镇定，甚至还有些无所谓的味道。她让他感觉困惑。

"我打过来是想听听，这件事对你……你……啊，我在胡说些什么！我一定要见你！"

"卡尔!"她叫出他的名字,声音中带着轻微的责备,"但不是现在。不是在这里。"

"没错,你说得对。不是在这里,再过一段时间吧。"

"是的,再过些日子。"

"只是……我必须要走了。巴特海尔顿的工作不能再耽搁了。"

"当然,你必须得走了。你在那儿还有工作要做。我现在在这边也还有好些事得处理。你明白吗?"

"我明白。你应付得过来吗?"

"非常好。我有一位能干的律师,他加快了所有事情的进度,目前一切进展顺利,我马上就要同勒恩霍夫医生商量一些事。"

"勒恩霍夫医生?是那个医生——"霍兰德立刻打住,他怎么能如此口无遮拦呢!

"是的,"她惊讶地问,"你是怎么知道他的?"

"啊,我胡乱猜的。是因为诊所的事情吗?"霍兰德立刻问道,但又很快意识到自己是多么笨拙。

"是的,因为诊所的事情。"索尼娅夫人冷淡地回答说。有些反常,她心想。霍兰德什么时候关心起这些事了?

空洞地说了几句话后,她挂断了电话。

过些日子——一个迟疑而不确定的"过些日子"——这便是霍兰德从她那儿获得的全部答复。他感觉自己的头部被重击了一下,有些发昏。不,没有东西会无缘无故地赐予你。索尼娅对他比从前更加疏远了。他必须得理解那些纠缠她思绪的、新的思想斗争。过些时日,当她不再像现在这般难以接近的时候，她当下依旧处于这件事的魔圈中，她依旧住在那个过世的人的家里。霍兰德十分后悔，后悔自己没有闯入这个魔圈，即便只是一通电话。一定是失败了。的确是失败了。但这并不是全部。霍兰德试着理解她，索尼娅如今同他的距离要比普通的矜持还更远一些，一定是社会道德与感情令她这个同不爱的男人结婚的寡妇难以承受，毕竟她的丈夫才刚刚去世。不，索尼娅从前是个不会理睬世俗约束的女人，如果她喜欢，她毫不在意一时出现的情感，这也许会对其他人有所警示，但对她，绝不会有什么影响。她只会顾及自己的感受，不会考虑他人的意见。但随着枢密大臣的去世，各方面都出现了变故，这些变故在活人眼里是反常的，因为并没有满足活人从这件事中生出的期望。

怀着压抑的心情，卡尔·霍兰德从柏林启程离开了。

勒恩霍夫医生有些失望。根据霍兰德热情澎湃的描述，索尼娅·霍内克夫人的画像已在他的想象中无意识地形成了。勒恩霍夫本来认为，一位能在霍兰德这样的男人心中唤起如此深刻情感的女性一定是美丽得耀眼而迷人的，并且异常自信。他的脑海中出现了特露德·范·多伦的脸孔——那位女士到底会是怎样的一位女性，能令霍兰德爱得失去了理智！与此相反，他看到的，是一位疲惫的、显然已丧失了从前那份美丽的女人，岁月在她脸上留下了难以掩盖的痕迹。勒恩霍夫猜想她差不多四十岁左右，他记起来了，这正符合霍兰德的描述——比枢密大臣年轻二十岁！和霍内克相比，她当然是年轻的。但像霍兰德一样的男人也会渴慕这样的女人吗？勒恩霍夫感到吃惊。霍兰德并不比他大，索尼娅夫人比他还年轻了几岁。

"您请坐,医生先生。"

"谢谢,夫人。"

"古尔登纳先生请求我接待您,我不得不接受他的调解。您应当知道,我从不关心枢密大臣工作上的事。"

勒恩霍夫点了点头。事实上,在此之前,他从未见过索尼娅夫人——如果不算上霍内克葬礼上的那次匆忙一瞥。那次葬礼上,面纱遮挡了他的视线,这会儿是他头一次认真地观察她。她看起来疲倦不堪,皮肤苍白,脸上还有些皱纹。黑色的高领连衣裙令她看起来有些无力,甚至有些虚弱。

"您想要接管诊所?"索尼娅夫人继续说,"我无法理解您。但是您比我更清楚,这间诊所并不能盈利。"

"如果您指的是金钱方面的收益,我赞同您说的话,夫人。其科学的获益始终是非常巨大的。"

索尼娅夫人向后仰着头,半眯着眼睛扫了一眼勒恩霍夫。她的唇角向下,脸上如刀刻般留下了深深的皱纹。

"科学研究对我来说并没有重要到让我愿意投入金钱的地步。"她表示拒绝,"您也许有不同的观点。那您能筹措到必要的钱款吗?"

"我不能。"勒恩霍夫坦率地回答。

"那么我就不理解,为何您能向我的律师提出一个这样的建议!"索尼娅夫人毫不掩饰她语气中的责备。

"我必须要同您谈谈,"勒恩霍夫坚定地说,"夫人!一定会找到一个能令诊所至少再继续经营几个月的方法,即使是通过紧缩开支。"

"为什么要这样做?"索尼娅夫人诧异地问,"您总归会再拿到一个季度的工资——诊所解散后，您便空闲下来，这份工资对您是恰到好处的。"

"请您原谅我，我必须反驳您，夫人。"勒恩霍夫停顿了一会儿后开口说。他不得不承认，要说服索尼娅夫人，他所做的努力几乎是毫无希望的。"对我来说，这并不是一份无关紧要、随时可以中断的职业，这关乎更多的东西。枢密大臣霍内克先生——在一个十分特定的领域——未能完成他的工作。这些工作必须继续进行下去，直到完成。"

"必须？"

"这项研究承载着巨大希望，如果科学界未能引起注意的话，那将是一次无法弥补的损失。"

"医生，我已经向您暗示过，科学研究并不能对我有所触动。对于科学，我已经——"她的话语中隐含着一股蔑视的弦外之音，"牺牲得够多了。对于牺牲的方式和程度，您是根本无法料想到的。"

勒恩霍夫比索尼娅料想的更能理解她的经历。她在婚姻中品尝的痛苦令她憎恨与霍内克有关的一切。情况一定如同霍兰德所讲的那样，她的恨比死亡持续得更久。勒恩霍夫突然有点同情这个女人。

"我可以想象，"他轻声说，"一个像枢密大臣这样的男人——完全从人道角度考虑的话——有时会给周遭的人留下冷酷的印象——"

"他不只是看上去冷酷，他根本就是一个冷酷的人！"索尼娅夫人激动地说，"尤其是对我。所以我现在也不想顾及任何事。"

"我没有要求您顾及——"

"但您要求我继续支付补助费用！这便是了。"

"不，夫人。只要我还在那儿工作，我愿意自己想办法承担诊所的费用。我只是恳求您，为我留下大楼和设备以供使用。这将是您唯一，也是最后一次为我们的工作作出贡献。"

"我对这些工作完全不感兴趣！"她激动地回答，"我也不愿让您投入费用。我想将这一切做个了结。一切！立刻！"

"但是延迟几个月——"

"我不会延期。大楼和设备都会卖掉，而且是尽快。"

"我愿意支付您合适的租金——"

"不，医生。"她摇了摇头。她的额头上出现了沟壑一般的皱纹。"请您也理解我一下吧！"她痛苦地恳求道，"我想要自由，摆脱一切的自由。我不需要对您撒谎，我也不会使用任何托词，我只希望您能理解我。我已经像囚犯一样生活了三年——在这个婚姻里。他用他的妒忌、无休止的折磨、顽固和粗暴不断地摧毁我。您看，他将我变成了什么样子！"她激动地站起，打开隔壁房间的门。那是一间路德维希十四世风格的客厅。索尼娅夫人指向墙上的一幅画——一位等身量大小的年轻女性，只略有略无地穿着衣服。

勒恩霍夫惊讶地走到画前。画上的人物充满活力，画作上的女人拥有令人迷醉的美貌，充满青春朝气的面庞，闪闪发光的眼眸，熠熠生辉的黑发。四肢温暖的肌肤被昏暗的丝绒背景映衬得十分诱惑。女人的胸部完美无瑕，犹如正值青春的少女，却好像因为炽热的欲望而颤动着。她的嘴唇性感迷人，她的鼻子……

勒恩霍夫吃惊地后退一步，以便将正站在他身旁的霍内克的寡妇同画上的女人相比较。这真的可能吗——？

此刻他才注意到，索尼娅夫人正紧张地注视着他。他来不及隐藏自己的惊讶。索尼娅夫人的嘴角抽搐着。

"舞蹈家索尼娅·卡尔斯顿。"她苦涩地说，"这是曾经的我。早就不存在了，如今再没人认识她了。"

"请您原谅，夫人。让人意想不到——您黑色的连衣裙——"

"您别白费力气了，亲爱的医生。我知道，我的外貌已不复从前。"她走向墙边，站定在画像边。她轻抚着自己的头发，双手慢慢从脸颊滑下，指尖好像故意抚过脸上的皱纹，接着又继续抚摸至凹陷的胸部，双手合抱片刻，她似乎想无比深刻地感受身体上这些悲哀的变化。她的手臂放弃地垂下。"痛苦就是这样折损了我的容貌。我只看到了他的金钱和无忧无虑的生活。为了这些，我出卖了肉体和自由。我遭遇了无休止的折磨，而不是关爱。但他的钱根本不属于我。这些钱如今终于属于我了，我却已变得丑陋、衰老、不中用。这不是给予我的馈赠，不是，我已经为此奉献了太多。生命不会为我延期哪怕一秒。难道我还应该继续放任下去，或是拖延不管，浪费时间？我还要顾及什么吗？为了完成他的丰功伟业？不！"

"请您只针对霍内克这个人，他于您如何如何。请您不要对身为研究者和医生的他下断语。请您想想那些能从我们的科学研究中获益的人。"勒恩霍夫恳求道。

"我不想帮助任何人，也不想为科学研究提供方便。我想做一些适合我的事情，不需要询问任何人的意见。我想让他们

感受到,金钱到底意味着什么,就如同金钱让我感受到的那样!有什么人帮助过我吗?如今有谁能帮助我吗?有谁能帮我找回那些被骗走的时光吗?我本应依旧年轻的时光——年轻、美貌又欢乐的时光!您所说的科学能帮得了我吗?"

"可以。"勒恩霍夫说道,他突然产生了一个灵感。

索尼娅夫人惊讶地停住,随即突然爆发出一阵尖锐的大笑。

"难道枢密大臣刚好在研究他长久以来寻找的返老还童的药物吗?也许吧,为了使自己重返青春?如果是这样的话,站在我面前的会是怎样的他!那我可能还有幸福可言——"

勒恩霍夫吃了一惊。霍内克究竟是如何对待这个女人的,才令她这般不能自制!或者说,这根本不是霍内克的责任?难道是命运令这两个性情截然不同的人彼此消磨对方?与此同时,勒恩霍夫感觉到,自己已引起了这个女人的反感和厌恶。此时他最好的做法便是离开这里,不再多说一句话。但他立刻想到,一切都取决于这个女人。她手中紧握着他和特露德的命运——幸运的是,她对这一切并不知情。勒恩霍夫差一点就要向她袒露一切,在他看来,这曾是最直接和正确的途径,他庆幸自己在踏上这条路前有所犹豫。对于这个女人,轻率地摧毁陌生人的幸福,将其粉碎于萌芽之中,也许会成为她仇恨的一个廉价补偿。不,这条坦率之路无法冲破她纷乱的心境。

索尼娅夫人可能被自己的笑声吓到了,她忽然停了下来。

"不,亲爱的医生,"她的嗓音发生了变化,"您不必让我怀有这样的希望。我并不相信有什么返老还童的药物。"

"您并不需要返老还童的药物，"勒恩霍夫断然回答，"即使有这类药物，您本身也不需要，因为您根本不老，您是一位处于最佳年龄的女士。您的确经历了一段沉重而痛苦的日子，这段时光在您身上留下了痕迹，但这些痕迹是可以抹去的——彻底抹去。"

索尼娅夫人怀疑地看着他。

"您所需要的，"勒恩霍夫继续说，"是重新鼓起生活的勇气，改变生活环境。您的精神过度紧张，您需要时间和静养，以便能再次找回重获的自由，还有您从前稳定的心态。您不可以遇到任何一个这些年里认识的人。您听好：任何人都不要见！"

索尼娅夫人点了点头。她本来就有过类似的想法，她不想见任何人，包括卡尔·霍兰德。他会令她想起霍内克对她的咆哮、嫉妒，和他残忍的监视，她始终坚信这些监视时刻潜伏在她周围。

"那些不幸的记忆在您脑海中太过根深蒂固。"勒恩霍夫平静地继续说道，这也似乎说中了他自己的心思，"您必须忘却过去，慢慢习惯一种新的生活。"

"说得漂亮，医生。但单靠这些是不够的。"

"是的，单靠这些是不够的。您需要规律的生活、精心调配的饮食，此外还有浴疗和按摩。您必须重新学会喜欢您的身体。"勒恩霍夫指向墙上的画，他似乎想将她曾经的形象——舞蹈家索尼娅，说成是如今这个正在衰老的索尼娅的榜样。

"这已经是过去了。"索尼娅夫人摇着头忧伤地说。一缕黑色的发丝蓬乱地落在她的脸上。

"不是过去,"勒恩霍夫回答说,"如果您像我建议的那样生活,您很快就会意识到,您曾经多么愚钝。您将再次看起来如同龄男士所渴慕的女性一般——"

"看起来?"

"不只是这样。您将成为这样的女性,您自己也将确信,您就是这样的女性!"

"医生,请您不要过度要求我的想象力。您说话的样子很像一位浴疗医师。我已经经历和见证得太多了,就是因为相信通过一点点节食和运动,还有几次浴疗就能再变年轻。"她用手背按压着松弛的面部皮肤,以便让勒恩霍夫看清她脸上的皱纹,"这些始终原封不动。"

"夫人,我非常欣赏您的智慧和勇气。但您说错了,'这些'自然不会再出现。"他轻轻握住她的一只手,将索尼娅夫人带离到距离墙面三步远的位置。接着令她转过身,让她同画像面对面地站着。"我并不是浴疗医师,重要的是,我是一名外科医生。偶尔也是有些好处的。"他的双手迅速捧起她的脸,绷紧皮肤,将推后的皱纹夹在两指之间,"我们将这部分切去。小事一桩,完全不痛,也不会留下痕迹。"他放开了她。

索尼娅夫人迷惘地抬头看向他。

"可以吗?"她深吸一口气问道。

勒恩霍夫的脸上拂过一抹稍纵即逝的微笑。

"我许诺对您的面容进行修复,让它同这个人,"他指向画像,"不再有区别。况且——"根据医生的习惯,他将他的指尖轻轻地放在她的肩上,沿着她的上臂滑下,"您允许我以一名医生的身份和您讲话吗?如今的您同过去一样苗条。"他转头看向索尼娅·卡尔斯顿——那个舞蹈家,"还会有相当大的改善。让您变得和从前一样,这很容易。胸部也不再是这个样子。我们会对胸进行同脸部类似的手术,并获得同样的成功,只是局部麻醉后进行一点无痛的整形术。可以吗?"

"如果可行的话——"索尼娅夫人轻声说,语气中透出贪婪。

"这就是可行的。"勒恩霍夫平静地回答。

"您愿意做这个手术吗?"

"如果您相信我的话——我愿意。我希望您能重新变回您自己,这是个令我欣慰的使命。"他满腹思绪地将目光停留在舞蹈家的画像上。

"好,我愿意相信您,"索尼娅夫人突然果决地说,"请您不要令我失望!"话音听起来像是一句警告。

"我们不要急,得一项一项漂亮地做好,到时候您自己就可以密切关注这些变化。您最好能搬到诊所来住,这样您也能有一个不一样的生活环境。"

"也就是说,诊所要继续经营下去?"

"通过紧缩开支的方式。"勒恩霍夫迁就着说。

"这是您的条件?"

"这是我为您治疗的唯一可能。"

"这我同意。但是——"索尼娅夫人又一次不经意地换上商人的口吻,"这期间的开销由您来承担!我必须得保证,这不是单纯的缓兵之计。"

"这我理解。"

她将手递给勒恩霍夫,后者快速地握了握。

特露德！他在心里想着，再一次感受到前两天在飞机上，他爱慕的姑娘坐在他前面时的幸福感觉。如今他赢得了时间，路上的障碍也已经清除，他可以帮她了。

勒恩霍夫信心满怀地告别了索尼娅夫人。他并不担心诊所资助金的问题，因为他突然想到了一个极好的办法。他迈着急促而轻快的脚步穿过街区，吹着口哨独自愉快地踏进诊所，冲上楼梯。阿格娜丝护士的目光一路追随他，随即摇了摇头。

14

"您结婚了是吗，医生？"这位外表整洁、留着山羊胡子的年长男人问道，并透过眼镜片上下仔细地打量着海宁，"什么时候结的婚？"

"大概……半年以前。"海宁撒了谎。他此刻仍能清晰地回忆起，当他承认他才结婚八天，那些人处处展现出的难以隐藏的惊讶。一个如此年轻又没有固定生计来源的新婚丈夫很容易遭受那种随处可见的、混合着蔑视的同情，可这正是海宁无法忍受的——尤其是这些同情并不会对他的职位申请起到任何作用。

那位年长的男人尴尬地清了清嗓子。

"我不太想考虑聘用您。其他那些年轻的医师，您看，都还是单身，他们住在这里的一家疗养机构中，的确也只能这样做，否则就无法值夜班了。您知道，这份工作要求——关键就在这里——完整的人。婚姻，新婚会不自觉地分散注意力和精力。这样不行，请您理解我，医生是不该结婚的，我真不想说这种话，因为我自己也结婚了。但对于如今这里的职位，我只会考虑无所牵挂的先生，我不能再允许例外情况了。您也许应该试着自己经营一家诊所，对吗？肯定的，没错，我了解，作为一名年轻医师这并不容易。您应该和一位同僚合作。说不上是什么——现在，您自己得再看看了。不，在这儿我为您做不了什么。真的很遗憾，的确。真的很难办——"说罢便站起了身。

海宁医生向他告别。他又失去了一个希望，离开了这座大楼。情况总是相同的，所有人都会为霍内克的助手敞开大门，并友好地接待他。只是当人们了解到他已经结婚，便面露为难，回给他多多少少拒绝的托词。没人想雇用一位已婚的助理医师。只要还没有经济独立，或是尚未居领导职位，人们是不考虑娶妻的。

海宁漫无目的地穿行在街道间，他垂头丧气地思考着将会发生哪些事。里斯贝特的预感难道是对的吗？生活是昂贵的，如果没有固定工资，任何开销都很痛苦。一马克又一马克永远地消失了。如今还必须为差旅和特殊的花销做准备。那个欠缺考虑、大手大脚的弗里茨·海宁已经开始算计起邮票、地铁票和香烟的费用了。他不敢想象，如果他连续数月都找不到工作的话会怎样。他们如今还能吃饱，里斯贝特和他还能衣着体面，尚能支付得起洗涤衣物的费用。但是在"家"里，在那个里斯贝特困坐着等待弗里茨的廉价膳宿公寓中，也蜷伏着一触即发的困境，犹如一只伺机而动的蜘蛛：丑陋、灰暗，烧红的双眼和它猝不及防的突然行动，带着坚韧持久的耐力和对猎物势在必得的信心。不，他现在还不能回去。如果他向里斯贝

特讲述他辛苦的徒劳，还有他被人赠予空洞的建议和同情的目光，他无法忍受她看他的样子。里斯贝特已经努力让自己看起来很镇定，可事实上，她比他更绝望，而他已被这无止境的过程、一成不变的对话和不断被退回的职位申请表搞得疲惫而厌倦。不，从里斯贝特那里是无法获得对抗这些挫败的力量的。里斯贝特自己都需要依靠和安慰，否则便会陷入消沉绝望和心灰意冷的深渊。但海宁自己也并不总是足够坚强，更别说再去帮助和鼓励她了。他突然觉察到自己的一个念头，是她给自己带来了霉运，她的抱怨也阻挡不了这股霉运。如果她能充满信念、心态明朗些该多好，而不是将自己的悲观情绪感染给他。弗里茨已变得敏感又不耐烦。如今他们之间经常出现尖刻的言语。

　　这位年轻的医生站在原地思索着。他突然受够了这一切——自我谴责、辗转反侧，带着对未来的恐惧和对每一分钱都要精打细算、反复掂量的日子。里斯贝特小气的生活方式不该令他屈服！还有时间，还有上千种可能！只是不想再仓促地决定任何事！也不想变得恭顺！他太失败了，他将会因此一事无成。他必须克服内心的危机感。环绕在他周围的柏林城还生活着，工作着，大笑着。在它数以百万计的居民之中，每个人都有各自的忧虑，各自的困境和烦恼。如果每个人都认为自己要完蛋了，那这个城市会成什么样子？啊，这座城市让人充满工作的兴致，忙碌而活跃，明朗而生机勃勃。伴着时髦的各色连衣裙、俏皮谈话中夹杂的放松大笑、闪烁着太阳光泽的金色卷发、商贩的贩卖声和清洁垃圾桶丁零当啷的响声，春天嬉闹着穿过城市的街区。生活是美好的。

海宁叫了辆出租车,向司机报上一家位于西城区的大酒店名字。这个下午反正已经浪费了,放松一两个小时,积蓄新的力量也没什么关系。金钱纵然重要,但快乐同样不可忽视。也许里斯贝特会选择便宜的酒店,甚至不会去——海宁却无法永远生活在压抑的状态下。当汽车拐进菩提树下大街时,弗里茨深吸了一口气。在他看来,这条宽敞而繁华的街道和勃兰登堡门,就像是一段牢靠而愉快时光的象征。当他迈进这座气势宏伟的酒店大楼时,他将当下遇到的所有困难都抛诸脑后。

从会客厅旁边的厅堂中迎面传来舞曲和快活的嘈杂声。房间里挤满了人。一张张覆盖着白色桌布的小桌子相互靠在一起。每张桌上都放着一只银色小花瓶,里面插着几束新鲜的花。海宁愉悦地享受着这里精致的环境、明朗而放松的乐曲和摩卡咖啡的浓郁香气。他环顾四周,试图从这里男男女女的脸上读出他们每个人的日常生活。这些人也懂得工作和忧愁,如果他们是健康而富足的,也并不意味着——医生是知道的——他们能够摆脱宿命。但在这里,人们能从日常生活中获得一两个小时的释放。舞曲再次响起,伴着音乐起舞的一对对舞伴循着旋律,轻盈地悠荡和摆动着。对啊,跳舞!海宁也渴望跳舞,他将目光抛向跳舞的人群。

紧挨着他前面,一张小桌子旁边独自坐着一位柔弱的、少女般的人儿,瘦削而动人的肩膀,深黑色的浓密卷发。海宁果断地迅速站起,走到旁边姑娘的桌边,看向姑娘的面庞——她异族风情的面容令他惊讶——那是一张无比扁平的、如面具般僵硬的脸,犹如被琥珀染了色一般,有着深深隐藏着的狭长双眼和涂着口红的性感嘴唇,脸上挂着无法琢磨的浅笑,犹如来

自另外一个陌生世界。

这位中国姑娘——根据眼睛的轮廓只可能是一位中国姑娘——将头微微偏向一边，露出两排洁白耀眼、引人注目的坚固牙齿，她站起身来。她的身材娇小而纤细，散发着诱人的柔软和动人的天真。他们沉默地跳着舞，迈着轻盈的舞步，完全沉浸在音乐中。弗里茨·海宁感觉自己被一股撩人的气息触动，这气息来自他无法触及的远方，此情此景仿佛将他带回青年时代，他一头热血地扎进书籍的彩色奇境之中，连呼吸都难以平静。

这位中国姑娘的身高几乎不及他肩膀。他们跳舞时，他看不清她的容貌。但他嗅得到颏下她头发散发的香气。她的头发松软地垂到肩上，为她天真的外表平添几分神秘的羞怯。她一定还非常年轻，远走他乡。在海宁眼里，她犹如一只迷途的小鸟亟须保护。待他们重新走回桌边，海宁看向了她的脸。牙齿的光芒和性感嘴唇闪耀的红色令她的容貌十分明丽。那双令海宁心绪涤荡的双眸中并没显露出任何表情。睫毛和眼角被厚重的眼皮完全遮盖，透过狭窄而深邃的眼睛缝隙——这样的种族特征是不会错认的——只显露出一道不间断的黑色亮光，那是眼球在转动，只是无法分辨清楚。眼皮几乎没有任何颜色差别地过渡到鼻翼。鼻子是塌的，同整张脸一样的宽大而匀称，面部的轮廓令海宁想起了东方的神像雕塑。他突然意识到，光洁无瑕的面庞，柔和而温柔的深思表情，遥远而不可言说的微笑——用其自身的种族标准来衡量的话——这容貌是极其美丽的。

海宁想起他曾读到过，一位广游四方的先生曾将来自上流富裕家庭,接受过良好教育的中国姑娘看作世界上最美好的女性——那些贫穷的中国苦力女人自然就被认为是最丑陋的。若根据其美貌来判断的话,这位年轻的中国姑娘一定有一位富有而讲究的父亲。能够证明这一点的还有她那套品位不俗、材质上乘的西式晚礼裙和放在她旁边那个昂贵的鳄鱼皮皮包。

音乐再次响起,他们又一起跳了一支舞,海宁犹疑地开始同这位陌生姑娘聊天。她羞怯但近乎完美的德语令他惊讶。她的语速很慢,不慌不忙,经常会长时间停顿,但明显带着一股想要完美、清晰而正确表达的傲气。更令他惊讶的是她的音色,比起海宁所能想象到的年轻姑娘的嗓音,她的声音更加低沉,但柔和而饱满。她的嗓音带着钟摆一样的音色,摇曳着,又轻柔地滑过坚硬的部分。她的声音犹如平静的海面上,海浪敲击轮船甲板形成的歌声。

这个女孩身上的远方和异国风情对海宁产生了不可阻挡的魔力。他们跳舞时,他觉得自己仿佛身处梦境。他把椅子朝她的桌子拉得更近些。"您已经在德国很长时间了吗?"他开口问道。

"哦,是的,将近两年了。我学了德语,在柏林上大学。我也游览过西德的一些工业城市。"

"您学习一定非常用功吧?"

她回之一笑。

"不,并不是特别用功。但是我必须学很多东西,非常多的东西。我的父亲是大商人,我们也拥有船只。"

"能够看到如此广博的世界,您一定非常幸福。"他拿出钱

包,在桌上将名片推给了她,"请允许我!"

她快速拿起名片,再次露出洁白的牙齿。

"我叫桂檀,"她开口说道,"杨桂檀,来自上海。"

来自上海的杨桂檀……弗里茨在心里重复念叨。他永远不会忘记这个发音,这个来自异域远方的、充满诱惑的发音将他牢牢吸引住。他目不转睛地看着这位年轻的中国姑娘,但她的眼睛并没有回应他的目光。那只是一道不安的黑色光亮,其中的含义他无从得知。

"医学博士弗里茨·海宁。"桂檀照着他的名片念道,"您是医生吗?"

"是的。"

"您也说中文吗?"

"我不会说,"海宁大笑着回答,"您能相信一位德国医生会有这等本事,这的确是件好事。但可惜我真的不会说中文。"

"太遗憾了。尽管如此,您也应该到中国来,我们中国很需要医生。我的弟弟也想成为医生。"

会有这个可能吗?海宁渴望地思考着。不,对他来说已经不存在这样的可能了。心底涌现的些许悲哀让他认清了这点。这种淡淡的遗憾恰好符合他对幸福的设想,就如同他此刻感受到的:作为一个梦想,一个永远不会实现的梦想。只要是赐予他的,他至少都愿意去幻想。能够看着这位充满异国风情、充满魅力的年轻姑娘,听着她深沉而饱满的声音,这已令他忘却现实生活中一切不如意的事。

"您的弟弟也在德国吗?"他问道。

"是的。但只再待八天，很快他就要远行了。"

"回到中国吗？"

"不，去美国继续深造。"

"但是您……您还待在德国吗？"

"是的，我还继续待在这儿。"

"真棒啊，您还能继续待在德国，桂檀小姐！"——我为什么要说这些？海宁在心中自问。

桂檀笑出了声。

他们又跳起了舞。

随后他们坐了回去，越过那些小桌子彼此简短地交谈了几句。桂檀的话并不多，更多时候只是微笑着。海宁多么热切地想要再多问她一些问题啊！但他不清楚，这样做——根据她的观念——是否是礼貌的。这位中国姑娘只勉强回答几句，极少开口说些什么。这是故作矜持吗？或是单纯的羞怯？或者这只是她们国家的处事方式？如果他能读懂她的表情，看懂她的眼神该多好！他本来就是愿意对她小心翼翼和充满风度的。但她如此频繁地对他展开笑脸，她那有着亮白皓齿的红唇也如此迷人——他无法从她脸上读出任何信息，这到底是一种赞同，抑或是一种拒绝？她那双深深隐藏着的狭长双眼、快速转动的眼眸中透出的光亮在他的注视下闪躲着。

"我弟弟。"桂檀突然说，随即站起身来。她迅速将依旧放在桌上的名片收进衣服口袋中，再次朝海宁展露出灿烂微笑，有些踌躇地转过身去，从容而笔直地向门口走去，一位年轻的、身着时髦日常便服的男孩子正在那儿等她。

海宁出神地目送她离开，直到她瘦削而柔弱的身影消失在

厅堂中。桂檀,他在心中默念——美丽的异国花朵……人们彼此之间能如此靠近,也能无限遥远,犹如身处不同的星球。桂檀也从未向他伸出手。为什么要这样想呢?这场梦已经结束了。

此刻大厅已经空荡荡了。演奏师们在打包乐器。日常琐事又重新摆在海宁面前。

但弗里茨·海宁心里依然留存着一抹轻快的幸福感。也许,那个他孩童时期便梦想着,但却永远无法靠近的充满诱惑的远方——那个无法企及的远方,如今在他心里留下了一丝痕迹,犹如预兆一般,这不只是一个梦,这是令人迷醉的现实——来自上海的杨桂檀……

海宁走到街上,犹豫不决地站在原地。这座首都城市的交通一成不变,但又不尽相同,车流与人群从他身旁一一经过。若片刻之后,他又能再次隐匿其中该多好,在某个地方获得一份工作,许多工作中的一份。

现在海宁还不打算立即回到那糟糕的膳宿公寓去,否则环境的转换就太突然了。他决定回诊所找勒恩霍夫。他在那儿可以查阅到最新的专业报刊,上面也许会刊登合适的职位。从诊所出来后他还可以打电话给里斯贝特,约她见面。今天他想和她在外面吃晚饭,在一个没有腐败和煮烂的酸白菜味道的地方。

诊所发生了一些改变。大部分人都被打发走了,除了阿格娜丝护士,就只剩下年轻的乌尔苏拉和一位厨师。出现紧急情况时,乌尔苏拉会给予协助。病人们都已转送到其他疗养机构去了。特露德·范·多伦不需要什么照顾,她随后叫来了雷茨布尔克家中的罗泽尔，向她表达了好感。罗泽尔小姐对于自己的不可或缺感到骄傲，她以惊人的速度很快熟悉了这里的陌生环境，用兴致高昂的莱茵法兰克口音占领了所有角落，以近乎模范的方式照顾着"她的"特露德。

一段清脆悦耳的钢琴旋律穿过楼梯间。海宁好奇地倾听着。诊所里出现这样的声音有些反常。他走上楼，短促地敲了敲门，随即迈入那个宽敞的房间，霍内克从前常在这里办公。房间里没有开灯，他注意到了暮色中正坐在三角钢琴边的勒恩霍夫医生。这架庞大而闪闪发光的乐器放置在文件夹、卡片箱和装着诊疗器械的玻璃柜之间。一位身着白色医师罩衫的医生正充满激情地弹奏，连一眼乐谱也没看，这是之前从未出现过的场景。"君特·勒恩霍夫！"这一幕完全出乎海宁的意料，他不禁惊讶地喊出了声。这里什么时候有了这架钢琴呢？

勒恩霍夫大笑，他又继续弹奏了几小节，接着合上琴盖，打开了灯。

"是的，我亲爱的兄弟，日日夜夜辛苦工作，终于得休息一下了。"

"这不正是您想要的。"

"没错，这正是我想要的。您看，我甘之如饴。"

"我也为您高兴。我从不知道，您还有音乐才能。"

"您不知道的事还多着呢，年轻的朋友。"勒恩霍夫突然十分严肃地说道，直直地凝视着前方。此刻他的脸上又显露出那曾令海宁倍感陌生的神情。

"那么，您有什么进展吗？"

勒恩霍夫心不在焉地点了点头。他坐在钢琴椅上,身体前倾,小臂支撑在膝盖上,双手手指交叉着握在一起。奇迹医生,他愤怒地想,魔法医生,整容医生。事实上,他确实取得了进展。

"没错,我取得了进展,"他直起身来,口气奇怪地回答道,"您也是吧?"

"完全没有进展,"海宁悲伤地承认,"正常途径看来是什么也实现不了了。能干的年轻医生自然会受到应得的欢迎——如果他们还单身的话。但一位已婚的助理医生绝对是与之矛盾的。一定会发生点什么——我有这个预感。一定会发生不寻常的事。"

"是的,一定会发生些不寻常的事。的确,我也有这样的预感。已经不是第一次发生这种不寻常的事情了。"勒恩霍夫将手背在身后,在房间里来回踱步。

壁炉上的那台小型法式钟表开始发出微弱的声响。海宁数出钟摆一共打了七下,七点钟了,里斯贝特在等他,他必须得联系她了,不然她会心神不宁,她总是这样忧心忡忡。

海宁拿起电话册,翻找膳宿公寓的电话。

这时,电话尖锐刺耳的铃声响了起来。

勒恩霍夫拿起听筒。

"来自巴特海尔顿的电话——希望勒恩霍夫医生听电话——"声音犹如从贝壳中传来,连海宁都可以听清电话里的内容。

"我就是!"勒恩霍夫说。

海宁做出要离开房间的表情,但勒恩霍夫阻止了他,将他按在椅子上。

电话中传来一阵短暂的咔嚓声,接着传出一个男性的声音。

"你好!"勒恩霍夫高兴地喊道。

电话那一侧是卡尔·霍兰德。

"我离开柏林了,但没能见上您一面。事情发展得并不顺利,您知道的。因为——您知道的。"

"是,是的。"勒恩霍夫立即肯定道。

"您之前在费尔德山上过得怎么样?"

"很孤单。其他一切都不错,直到热风刮了过来……"

他们开始谈论起天气。海宁早已不再仔细听了,谈话声从他耳边飘过。他的目光落在书桌上的文件上。笔记出自勒恩霍夫之手。海宁不由自主地读了几句,他愣住了,紧张地继续往下读。

"我一次也没能见到她。"霍兰德说。

"也许这样更好,"勒恩霍夫安慰他说,"她的状态并不好,她经历得太多了。"

"您曾去过她家吗?医生,您跟我说说吧。不,不是现在,我们得再找时间静下来好好谈。您来巴特海尔顿找我吧,如今柏林没什么事情能耽搁您了——"

"我的确还需为一些事忧心。"

"为什么?您到底还有什么计划?诊所还在继续经营吗?"

"这还不确定。我们这儿一切都缩紧开支了。"

"啊,好吧。您还想在那儿做什么?来我这儿吧!这间疗养旅馆需要一名家庭医生。我已经考虑好了。"

"真的吗?"

"是的,当然。我这边有许多讲究又富有的客人需要医疗护理。家庭医生——霍内克从前的同事——这一定很适合。我可以向您保证——至少夏季这几个月——会有一份可观的收入。也能保证一个适宜的工作环境。"

"一言为定?"

"那是当然。"

"好。"

"那您来吗?"

"我不来。但我会派一位更年轻的同事到您那儿去,他之前也在这里和我们一起共事,但由于诊所紧缩开支,很遗憾,他受到了波及。您等一下,海宁医生恰好就在这儿——"

弗里茨·海宁仔细听着。

"但我真的希望您能过来,勒恩霍夫!"霍兰德的语气中明显透露出失望。

"还不行,我这里现在抽不开身。我有了位新病人,您是最关心她的康复情况的。"

"索尼娅夫人?"

"是的。"

"天啊——她哪里不舒服?"

"没什么严重问题。为了把这位精神愁苦、过度紧张的女士变回那位自信而美丽的夫人——包括外貌上——变回曾经舞蹈家的样子,我至少需要两三个月的时间。"

"您愿意这样做吗?"

"愿意。但在那之前她需要安静。没有信件,没有电话,没有一切可能会令她情绪激动的事物，也没有任何会唤醒她曾经痛苦回忆的东西。您会一直保持耐心吗？"

"如果您能许诺定期向我说明情况的话——"

"我答应您，还有：一个季度之后她便会克服一切。她会重又变得高兴、乐观和可爱。"

"您答应我了吗？"

"是的。那么我可以派海宁医生过去吗？"

"好的，我同意。"

"他就在这儿，您可以当即向他约定好所有事宜。"

勒恩霍夫将话筒递给海宁，向他鼓励地点了点头。

他们很快就达成一致。

挂断电话后，海宁立即拨通了公寓电话。

"是你吗，弗里茨？你在哪儿？"里斯贝特担忧地问。

"丽莎，快穿漂亮些，叫一辆出租车。"弗里茨说了一家有名的酒吧名字，"我在那儿等你。"

里斯贝特惊愕到不知说什么好。

"我们得同柏林吃一顿告别宴了。"海宁说。

"弗里茨，发生什么事了？"里斯贝特慌张地喊道。

他纵情地大笑起来。

"明天我们就要离开这里了，补回我们的蜜月旅行，"他的语气犹如一位恩人，"到巴特海尔顿去！德国南部的春天！现在你得动作快一点了！"

"我应该穿什么呢？"里斯贝特结结巴巴地说，"也许我得去一下理发店。"

但弗里茨已经挂断了电话。他深吸了一口气。

"我太高兴了。真的很感谢您,勒恩霍夫,您真是太仗义了。"

勒恩霍夫医生高兴地大笑起来。弗里茨的脸挂上了认真的神情。

"如果您愿意的话,请让我帮助您。"

"我会的。"勒恩霍夫干巴巴地回答。

海宁表情尴尬地指向勒恩霍夫的书桌。

"我刚刚唐突地看了一眼您的文件,"他鼓起勇气,犹豫地开口说,"您在文件上描述的大胆想法令我信服。那是一份同样能让我兴奋不已的事业,如果我能在这方面帮助您的话——"

勒恩霍夫认真地点了点头。

"您看,您的双手依然稳准。作为一名外科医生,巴特海尔顿的疗养客人是不够您施展拳脚的。但您可以替我做几个动物实验,这样您就不会因缺少练习而生疏了。曾学会的东西不该荒废掉——这些东西可能还会需要。那么现在,祝您一切顺利!"

"您也一切顺利!"海宁用力地握了握勒恩霍夫的手。

"您会写信给我吗?"

"当然。我也会给您寄去材料。如果有什么特殊事情,我会想到您。"

两位先生互相道了别。

勒恩霍夫惊奇地发现,自己竟有种轻松感,但他自己也解释不清原因。海宁离开了柏林,这似乎将他从某种担忧中解放出来。海宁还不清楚诊所里发生的事,这样更好。勒恩霍夫还做了一件让这位年轻医生感恩戴德的好事，他十分满意。之前他从未有过朋友，但拥有朋友一定是件令人欣慰的好事。人无法预见未来会发生什么事。

当下所有事情都按照勒恩霍夫的意愿进行着，有时勒恩霍夫会觉得难以置信。

15

特露德在罗泽尔小姐的引领下穿过宁静的别墅街或动物园，尝试长距离的散步。她们也经常开车去市中心购物。罗泽尔尽力让特露德参与到无关紧要却必不可少的日常生活中去。特露德也不愿让罗泽尔失望。尽管如此，她依然会陷于低沉的绝望中。她想念那辆停在曼海姆，没人使用的小汽车。如果能开着那辆小汽车穿过柏林，欣赏这里的一切该多美妙啊，罗泽尔也会为此着迷。其实，她在哪里和她在做什么，特露德压根一点都不关心。一个没有目力的人四周都是持续的黑暗，哪里都是一样的绝望。

她紧紧抓住勒恩霍夫医生给她带来的隐约希望，一直努力重建她从容的信念。她发觉自己是多么无力——的确有许多事情，不，所有事情都取决于她本身。勒恩霍夫需要她的信任，需要她坚定不移地追随这条已选择的路。为确保他的工作顺利进行，她不能引起伯哈特·雷茨布尔克的过度担心。伯哈特每天都会打电话给她，在和他谈话的几分钟里，她必须表现得坚强明朗，不让他产生任何怀疑。

啊，她根本就不像这两个男人认为的那般坚强、乐观而

充满信念,如果她能成功做到看起来如此,她几乎就很幸福了。她怀念伯哈特在身边的日子,他细腻敏锐的关心和照顾,还有他的温柔体贴能令她忘记一切烦忧。勒恩霍夫冷静沉着的追求令她有些不安。他没有说出这些话,但他就是这个意思,她心里明白。她不可以做任何令他失望气馁的事,否则一切就都结束了。她是那么深爱着伯哈特,她没有勇气让勒恩霍夫感受到她的内心早已属于另外一个人。这并不会妨碍她内心的小算计,只是因为那个强烈的愿望——重新用全部的感官去生活。只要她仍然看不见,就意味着她的一部分已经死去了。只是一部分吗?啊,是所有一切,是联系起她与所有活着的、存在着的这个庞大的、看得见的群体的一切!她在一个充斥着生命的世界中死去了,但她的体内还奔涌着如此强大的力量,正用尽一切剧烈的、紧迫的、渴求着光芒的力量抵抗着死亡的黑暗。那也是从一开始便存在于其中的稀少生命力,正迎着一切光明与永恒的源头,有力地向上撕扯着。被这样拉扯和挤压的力量战胜后,特露德不再清楚,是否她的心还属于她所爱之人。她不再有支配自己的力气。她也不再属于自己,她属于那个将光芒重新带回到她生命中的人,她不得不属于他。

她经常安静地坐在勒恩霍夫宽敞的工作室中听他弹奏钢琴,他用弹钢琴来填充那些进展缓慢的工作间隙。特露德一点也没有觉察到他所做的实验。大家曾叮嘱过特露德,不要去考虑那些细节,她也强迫自己遵从这些嘱咐。而且那间实验室并不位于二层,而是位于底层,位于这幢房子的另一侧。实验室挨着一个由旁边的后勤业务室修建的院子,院子旁边还放着装有实验动物的盒子。从实验室出来,经过一段特殊的楼梯就能到达上面的手术大厅。两间稍小的房间互相交错，连接着手术大厅和另一间宽敞的工作室，这间工作室——同手术大厅一样——也可以通过那截楼梯进入。这些房间的布置和设施是霍内克设计的，如今使用这些房间的勒恩霍夫医生将它们原封不动地保留了下来。只有那台勒恩霍夫放置在工作室内的三角钢琴是新的。单单出于目的性的考量，这里摆放着可能会需要的、彼此毫无关联的家具和物件，勒恩霍夫同这间屋子如此不搭，正如他弹奏出的悠扬旋律。如果特露德见到这些毫无吸引力、毫无感情地编排到一起且彼此排斥的物件，她会因为扫兴而逃离这里。但她什么也看不见。下午特露德在这儿打发时间，同他喝茶的时候，她只会听到勒恩霍夫弹奏的钢琴乐。罗泽尔和阿格娜丝护士也经常在场；有时，当其他人——就像今天这样——有其他事忙碌的时候，特露德也会和勒恩霍夫单独待在一起。

勒恩霍夫精疲力竭地从实验室上来。不，这些工作绝不简单。这些工作需要连续且极其严格的精确性，这对实施者的精力要求很高。这项他很乐意做的工作的责任是巨大的。只有当所有的细枝末节都经过深思熟虑，经受住检验并取得成功，他才算是承担起了这份责任。他牺牲了动物做实验，才能在此基础上了解人类的情况。在几千年前的异教远古时代，人们就已经这样做了。这将会一直延续下去。勒恩霍夫并没有同情它们，他只有一个心思：特露德！他应该帮助她，从而赢得她的心，这难道不是命运的安排吗？

勒恩霍夫精疲力竭但心情愉悦地坐在那里，没有说话，他在观察特露德。对他来说，她的目光就是所有辛劳的回报，也

是新的鼓励。这份鼓励令他足够坚强去完成所有的事，所有必须要完成的事。

"您不想演奏一会儿吗，医生？"特露德饮过茶后问道。

"是的，的确愿意。您想听什么？"

"不如再弹奏一次那首《小夜曲》？"

"莫扎特？"勒恩霍夫微笑着坐到了三角钢琴边。轻轻的、伴着克制的思慕之情，如一场绚烂的梦般明朗，如爱人的耳语般真挚，音符编织成一首永恒的旋律，为一场专注而愉悦的聆听筑造背景。

勒恩霍夫感觉痛苦，这场演奏缺少小提琴的伴奏。他想起了克莱门斯·图尔·林德，有那么几秒钟，他在乐器黑色而反光的漆面中清楚地看到了他脸部的轮廓——那张僵硬、迷离的死人的面孔，感受不到任何曲调。

特露德之前从没有下意识地去研究音乐。如今她看不到了，音符反而给她打开了一个新的世界。但她还在犹豫是否要闯入这个世界，这个世界的诱惑也是如此之大。她感觉一股不真实的麻木感将她紧紧攥住，再也不会松开。但她所有的渴望都在盼求着返回到看得见的现实世界去。她唤醒了内心的抵抗，尽情享受着这场斗争，这场同她周围神秘力量的抗争。她总是重复要求听最悦耳的、最使她陶醉的旋律，然后再用自己所有的力气抗拒它，不屈服于它的魔力。当她迷失在内心的不确定时，她便会回忆起工作中用过的那些公式，想象费尔曼那张宽厚而忧愁的脸，在想象中穿过工厂，再次看见行政大楼中站在保尔·雷茨布尔克面前的自己，就如同几年前她来找他时的样子：一个纤细而自信的姑娘，有着一头铜色的秀发和无比坚定的意志。这才是现实,工作、奋斗、投入。这是充满残酷事实的生活,她一直将这样的生活看作取得某种利己目的的途径。如今她才明白,她多么热爱生活,热爱生活的本质。生活将从此从她手中滑落了吗?这所有的一切竟都是徒劳吗?勒恩霍夫的弹奏在所有的思绪前编织了一张闪闪发光的帷幕,令她紧紧抓着的公式变得模糊不清,那些她喜爱的面庞也被推到看不见尽头的远方。当这一切都在她眼前陷落,为何还想要看见这些呢?为何不留在这里,留在黑暗中,完完全全迷失在音乐的奇幻世界里?

勒恩霍夫知道这几分钟里特露德是那么软弱和意志消沉吗?钢琴的旋律逐渐变轻,逐渐消失。他站了起来,看到特露德正坐在桌边。她的脸放在手臂上,她的肩膀颤抖着,头发垂落下来,遮住了她的眼睛。勒恩霍夫向她弯下腰,轻抚她丝绸般柔滑的卷发。她放任这一切的发生。他小心翼翼地拿起其中一缕闪闪发光的秀发,将嘴唇压了上去。

电话机尖锐刺耳的铃声将两人从思绪中惊起。勒恩霍夫不情愿地转过身去,拿起听筒放在耳边。

"路德维希港,"他语调平淡地说道,"雷茨布尔克先生。"

特露德站了起来。

"我到楼下去。请您转接一下。"诊所底层设有一个电话间。

勒恩霍夫理解了她的意思。

"不,请您到这边来——"他将听筒递给她,上楼向他的工作室走去。

特露德紧张地听着声响,听到两扇门锁连续的咔嗒声后,她才轻松地叹了口气。勒恩霍夫经过狭窄而陡峭的木质楼梯,

走向实验室的脚步声逐渐远去。

医生打开了那些明亮而外观简洁的球形灯,将一个放有标本的架子立在面前。

他清楚特露德每天都会同伯哈特·雷茨布尔克通电话。他知道,这就是那个高大、健壮、自信的年轻人,那个不久前在飞机上从容而坚定地回应他目光的人。到底是什么促使他每天打电话过来,难道是出于人之常情,对出了事故的女员工健康状况的关心?不,还有别的原因。否则特露德不会在意他是否听到他们的讲话内容。勒恩霍夫真切地感受到那位年轻的雷茨布尔克带给他的威胁,但他并不恐惧。他会证明,自己将胜过那个男人。特露德只会爱上带她走出黑暗的那个人。他无须对她提出条件,她早就知道自己是属于他的,就像她请求他演奏钢琴!她在他身边难道就不幸福吗——就是现在?勒恩霍夫将显微镜挪正。他的工作会决定一切!决定一旦做出,就再没有人能——像今天这样——横在中间干扰到他们了。

"特露德?!"伯哈特叫了三次特露德的名字却没有获得回应,他的声音听起来有些不耐烦。

"是我,伯哈特。"她轻声说。

"你终于来了,亲爱的!你听不到我说话吗?"

"我听得到,伯哈特。"

"那你为什么不说话呢?我刚刚已经听到你在讲话了!"

"刚刚勒恩霍夫医生还在这里。"

"你究竟怎么了?你的声音今天听起来如此陌生。"

"你想多了,伯哈特。"

"听好了,我可以腾出两三天时间。我要去看你。"

特露德吃了一惊,没有回应他。

"你难道一点也不高兴吗?"伯哈特惊慌失措地问。

"不,伯哈特,我真的非常高兴——"

"那么明天中午我就在你身边了!"

"不,伯哈特,这不行!"她绝望地喊道。伯哈特发觉她的语调有些反常。

"为什么不可以,特露德?"

"你现在不可以——"她欲言又止,"不可以妨碍到勒恩霍夫医生。"她将这句话完整地说了出来。

"勒恩霍夫医生?我没有这个意思,我只想看看你!"

"即便是这样也不行!你现在不可以过来!"

"我不明白。"

"是的,你不明白。"

"特露德,你今天怎么这么反常。你不再爱我了吗?"

她沉默了。

"特露德!"

"我在听,伯哈特。"

"你听到我的话了吗?你不再爱我了吗?"

"不,我爱你,伯哈特。但你现在一定要耐心。勒恩霍夫医生希望我能好好休养——"

"勒恩霍夫医生!我今天就只听到这个人的名字——勒恩霍夫医生!"

"不要愤愤不平,伯哈特。他付出了很多心血,我对他有信心。"

"抱歉!"伯哈特简短地说。

"伯哈特！"特露德不安地恳求他。如果他现在就挂断电话，直接到柏林来的话——不，不能允许这件事发生！他可能会搞砸一切！"伯哈特！"

"什么事，特露德？"

他并没有挂断电话。她该和他说些什么呢？她该如何向他隐藏内心的不安？她突然想出一个办法。

"我仔细考虑过我们的实验。一些环节我已经想起来了，我认为这很重要。"

"真的吗？"伯哈特问，情绪已比刚刚平和许多。

"是的，你必须告诉费尔曼。罗泽尔小姐今晚会将所有的细节都写下来。明天早上你就会收到这封信。"

"我非常期待。你在那边本不该为这些事费心的。"他说道，情绪已经完全缓和下来。特露德肯考虑工厂的事，这就是一个好兆头。

"除此之外我完全无事可做，"她大笑着回答，"明天你一定要立刻告诉我费尔曼是怎么说的。你们进行得怎么样了？"

"我们依然停滞不前。"伯哈特小声小气地回答。

"那你还说有空闲的时间？"她取笑道，"不行，我不同意。"

"我真的不该过去吗？"

"过段时间吧，亲爱的。"

伯哈特的情绪已经彻底平复了。

他看起来筋疲力尽，有些工作过度。他这段时间几乎都没有好好休息过。他越是熟悉现在的工作，就越是强烈地感受到这些任务所包含的巨大责任。这些工作不单单是和费尔曼一起进行的实验。如今，他开始认真对待工作，工厂所有部门都需要他。他父亲的这个奋斗了终生的事业已经发展到一个完备而宏大的规模，似乎正充满期待地注视着他，伴随着那个无声的问题：你呢？他知道，特露德在过去几年中一定付出了很多辛苦。特露德作为一个年轻女子，沉着自信地管理着这个庞大且难窥全貌的领域，这对他来说始终是个敦促——当他惊讶于公司的飞速发展，或是某个旷日持久的困难令他气馁时，他都不会退缩。他的父亲曾经避免让他体验到的辛苦和压力，如今伯哈特却将这份重负对准自己。最终他近乎惊讶地发觉，这份责任已不再是沉重的负担，还可以是一份永恒的满足。雄心壮志将他点燃，炽热的爱火化为他的成绩，突然从他内心绽放开来，不知不觉地将他的心引向书桌和工作台。"少东家"——从前当她这样说的时候，这个称呼始终带着一种宽容和娇惯的怪味儿。但如今这个称呼听起来则饱含了肯定与客观。他已慢慢同工厂融为一体，如同感受心跳一般地感受着企业的运营，思考她工作的意义。

他走上楼，来到父亲的工作室。

保尔·雷茨布尔克正专心致志地阅读下午送来的信件，他随手递给伯哈特一份公函。

"日本人在催促了，"他开口说，"我们必须做出一个决定了。我们要不就进行他们所建议的交易，并祈祷镍的价格在接下来的几个月会下跌，要不就放弃这份合同。"

"这不单单涉及这份合同的问题，"伯哈特若有所思地说，"还涉及我们的新模型在世界范围内的通行度。如果我们不能给日本人供货，那么其他的外国客户也会因此对我们失望。"

"没错。"保尔·雷茨布尔克点头赞同,"但我并不认为,"他用一只手捋了捋他的白发,然后继续说,"镍的价格会下跌。"

"我也不这样认为,"伯哈特同意父亲的想法。

"然后那些美国人就将超过我们。"

"决不容许这样的事发生!"伯哈特愤怒地说,"我们决不能回绝这些日本人。"

保尔·雷茨布尔克摇了摇头。

"但我们更不能赌信镍的价格会下跌,根据目前的整个情况,我们更不该有什么指望。"

伯哈特在房间里来回走了几步,皱起了眉头。

"尽管如此,我还是要接下这桩生意!"他突然开口。

"你指望奇迹发生?"

"在我看来,你的确可以称之为奇迹。我所指望的是材料'VD'。"

"什么是'VD'?"

"范·多伦。"

一抹苦涩的微笑从这位老先生文雅的面容上一闪而过。

"我亲爱的儿子啊!这个'VD'已经令我们付出了最惨重的代价,可直到现在也没有出现符合期望的结果——如果我们曾有过期望的话。"保尔·雷茨布尔克补充说,"或是说你们在此期间已经有了什么新的进展?"

"还没有。但是特露德今天已经向我承诺了一个重要的程序改良方案。她的建议明早就会寄到这儿。我们将立刻研究这个方案。"

"你不想去柏林了?"

"我已经放弃了那个计划,我想先完成实验。"

"你们还需要多长时间?"

"几个星期。"

"我不可能再拖住那些日本人这么长时间了。他们的委员会十四天后就会离开不莱梅。如果他们走了,就太晚了。"

"那么你必须提前和他们签下合同。"

"然后指望奇迹出现?"

"我有确切预感,这次会有什么成果产生。"

"我尊重你的感觉,"父亲严肃地说,"但我不会因赌信一个尚不现实的理想材料而用我们的良好声誉或大笔金钱来冒险——我得强调一下,还是用的英镑。"

"是的,您不能这样做,"伯哈特承认,"但至少请您答应我,尽可能拖住那些日本人。我们会加紧实验。"

"好。另外这里还有些东西是给你的——勒恩霍夫医生的一封信。"

"勒恩霍夫医生?"伯哈特惊讶地重复。

"是的。他想问你,是否能让他的实验动物也遭受一次导致不幸事故的物质喷射。"

"遭受?也就是说,令动物也失明?"

保尔·雷茨布尔克点了点头。

"没错,就是这个意思。"他轻声回答说。

伯哈特轻微地颤抖着,他的脖颈犹如遭遇寒冷而战栗起来。

"如果必要的话,"他感到喉咙干涩,"那就做吧。"

"想想特露德吧,"父亲提醒他,"如果你们可以做到

的话，那就一定要做。你们已经了解一些关于喷射物的事情了？"

"我们重复了特露德的实验——"

"你竟然现在才对我说！"保尔·雷茨布尔克吃惊地打断了他的话，"你们怎么能做这件事？"

"请不要为这件事担心，父亲。你看，我们中间没有人发生意外。我们使用了坚固的铅版来抵抗各种冲击。"

"你们是如何操控和观察这个过程的？"

"通过不同的、由多部分组成的操纵杆进行间接操控，用潜望镜观察，但还得借助无光泽的镜子和毛玻璃。"

"那结果呢？"

"就材料而言，这个成果相当不错。但在一系列的准备工作后进行的加工自然太过麻烦了。如果我们将这个实验结果投入实际应用的话，大规模生产也将过于昂贵。"

"对于喷射物，你们现在是如何处理的？"

"对此我们尚一无所知。费尔曼已经尽全力展开研究了，但还没什么头绪。但我们随时可以把它制造出来。"

"那么我们就可以通知勒恩霍夫将动物寄过来了吧？"保尔·雷茨布尔克问。

伯哈特表示赞同。

"你愿意打电话给他吗？"父亲继续说，"他希望我们电话回复他。"

伯哈特拿起电话，向勒恩霍夫传达了这个消息。

"这位勒恩霍夫医生看起来对他的工作非常认真啊。"老先生缓缓说道，他发现伯哈特的肩膀竟明显地颤抖着，这让他的内心默默感到惊讶。

第二天中午,航空邮政送来了一封好几页的信函,信函上面是罗泽尔小姐生疏的学生字体——几乎只有公式,说明很少,且表达风格奇特,可以想象,这显然给罗泽尔小姐造成了许多烦恼。费尔曼在阅读信件期间多次停下,扶正自己的金属边框眼镜。

和信件同时从柏林寄来的还有一个为雷茨布尔克指明用途的篮子。伯哈特亲自签收了篮子,打开盖子一看,一只被做上标记、长相秀气的小母猎犬畏惧地盯着他,浑身战栗。当他将它从篮子中抱出时,它温顺地舔了舔他的手。

筐壁上插着一张卡片。

"她叫莱拉。"阿格娜丝护士在卡片上用大大的字体写着。

"可怜的莱拉,可爱的莱拉……"伯哈特轻声说,手指颤抖地抚摸着小动物的头部和脖子。

16

"劳伦斯夫人向我投诉了,"霍兰德的语气中充满责备,"说您没有用心治疗她。"

"我根本就没给她诊过病。"海宁医生语气尖锐地回应。

"反正都一样。"

"这位女士并没有不舒服。"

"到底是您不想明白,"霍兰德激动地喊道,"还是您事实上就是如此——"他努力克制着没有说出剩下的话。

"还是我事实上就是如此愚钝,"海宁说出了余下的话,"您

尽管说出来，不必勉强克制。"他激怒地补充说。

"您倒是有自知之明！"霍兰德的语气变得和善了些，几乎是在恳求，"对于这里的先生和太太们，他们本来是什么样子我们就得接受什么样子。这是我们的工作。我承认，像劳伦斯夫人那样的太太是有脾气的。但我们既不能劝导，也不能教训她们。否则我们只会白白受气，并不能改变她们。如果劳伦斯夫人喜欢生病，那么您就给她们开些药，好言相劝，并经常去探望她——比起您用生硬的语调对她宣布健康的诊断，这样对她和对我们所有人都更好。您有时就爱用这个语调，我知道。这大概就是枢密大臣为您留下的'传家宝'吧。请您无论如何要改掉这个毛病——至少，只要您还得依仗这些先生太太们尽可能多的欢心和好感。而这就是我必须向您提出的要求。您的职责应该是为我招徕更多的客人，而不是激怒他们。即使同时患上半打儿的疾病，劳伦斯夫人也负担得起——如果她愿意，她也请得起半打儿的医生。"

"她有的是时间，"海宁愤怒地发着牢骚，"也有的是金钱。但过分的是——"

"尽是些废话。我不想再和您争论下去。我所认识的劳伦斯夫人是一位十分高贵和蔼的女士，她理应受到认真客气的接待。您需要向她道歉。"

"遵命，霍兰德先生。"弗里茨压低声音说。他必须得为里斯贝特着想，他不能让霍兰德开除自己。

"很好。"这位旅馆主人表示满意。离开时他又一次转过身来，说道："我希望，这是最后一次发生这类事件，医生先生。"

"我尽力，霍兰德先生。"海宁强压着怒火回答说。

"您必须得有耐心，"霍兰德劝诫他说，情绪看起来已恢复平静，"耐心点，年轻的朋友，耐心一些吧。请您相信我，像我们这样的人有时候也不得不咬牙忍受。"

待这位高大魁梧的男人终于走远，海宁才大声地叹了口气。

那些富有的美国女人和七七八八的琐事根本就是魔鬼！耐心！海宁用力地将一组试管摔进洗涤槽中，玻璃噼里啪啦地摔成了碎片。

"抱歉，"他自言自语说，最后不由得大笑起来，"我们要给劳伦斯夫人道歉。或多或少有些做戏的成分，但这并不重要。"

他踱步到窗前，向窗外看了许久。宽阔而修剪平整的草坪闪烁着由数千细嫩而小巧的片絮反射出来的白色、粉色和棕褐色的亮光：花朵已经从七叶树上纷纷扬扬地落下了。树木的树冠被大片茂盛的绿叶点缀得饱满而圆润，就这样伴着勃勃生机迎来了夏天。色彩缤纷的花坛沿着道路向前延伸，喷泉向明澈的天空飞溅着白色的浪花；阳光照耀进水滴的蒸汽中，雾气闪烁出彩虹的缤纷色彩。小教堂的演奏声徐徐传来，为公园注入柔和而喜悦的乐曲。巴特海尔顿以其繁盛而花香四溢的花园闻名世界。这间疗养旅馆地处山谷最美丽的地界，四周环绕着无数高大而古老的树木。人们可以透过窗子望见四周那些平缓的拱形小山丘，山坡上修建起了许多小型乡间别墅，被森林覆盖的淡青色山峦逐渐消失于远方。一座老城依附着城堡山的山坡而建——密集的高楼、蜿蜒的小巷和狭窄的木质楼梯无不散发着冷峻的纷乱，四周是地主庄园的围墙城垛。再下面便是新

建造的一些浴疗机构，蒸汽腾腾的温泉水喷涌进大理石浴盆中。在老城和那些疗养院之间的谷底，一条平坦而干净的车行道一路延伸——商业街两旁布满令人眼花缭乱的橱窗，空气中充斥着夏季异国游客混乱的喧闹声，几乎没有足够的位置停放满大街的汽车和咔嗒咔嗒行驶着的有轨电车。所有的街道都通往教堂广场，一尊老公爵的纪念碑伫立在邮局和旅行社报刊亭那深色的砖压建筑前，报刊亭的后面是用石膏修饰墙面的霍夫药店。如果人们从这儿出发去往森林环绕的小城，就会发现自己正置身于小资情调的宁静居民区中，联排房屋前狭长的前院小花园和窗檐上的花盆随处可见。

在其中一条街道中，一扇用方石镶嵌着的高高拱窗后面是一间配备着家具的屋子。春天以来，海宁医生和里斯贝特就住在这个屋子里。穿过成排绿树镶嵌的街道，五分钟将能到达海宁上班的疗养旅馆。

每天早上，弗里茨走在这条路上，他会留意枝头闪闪发亮的露水，舒服地呼吸一口任何一个大都市都无法伪造的清新空气，倾听着山雀发出的啾啾声，一切在他眼里都是这般美妙平和，富有乐趣。他的工作也开始变得通达明朗。能在这里，在这个国家最美的地方之一拥有自己的一席之地，他内心充满感激。

但这里也不是一切都心平气和、称心如意。关于这一点，他必定在到这儿的第一天就感受到了。整个生活似乎也只能通过这里悠然自得的自然风光和亲切和蔼的乡邻来缓解——那些大大小小的争执和口角在任何一个充满人性宿命的地方都不可避免。海宁感到庆幸，至少未来几个月眼前的路是清晰的。在他无甚忧虑的成功信念之下，这些事情本不会令他烦忧。正如当初忧郁的心绪席卷他时那般，如今他也很快便摆脱了这股心绪。但里斯贝特却无法和他分享这份被他称之为"即兴的喜悦"。她放任他兴奋、喜悦，但她自己却无法被这份鼓舞所感染。她不放过任何细微的恼怒，这还会成为她反复出现沮丧情绪的理由。长此以往，单单这方面就足够令弗里茨心烦意乱了，他越是这样，情况就越像她那些糟糕的预感一样——一个接一个地成为现实。

疗养旅馆主人的接待并不友好。难道霍兰德已经后悔自己被勒恩霍夫医生说服，后悔同意聘用这位年轻的医生到巴特海尔顿了？这家疗养旅馆之前从未有过家庭医生。雇用一名家庭医生也是霍兰德当时突然萌生的想法。这个想法并不是出于必要性的考量，而只是因为霍兰德内心的孤独。当他没什么事可做，这个旅馆企业的责任又令他无法脱身时，他需要排遣这份孤独，他需要一位能陪他说话，晚上和夜里能陪他坐着一同喝酒的人。然而勒恩霍夫并没有应邀，而是考虑让海宁承担这项工作，对于霍兰德来说，这是一个没能预见到而迫不得已接受的转折。但海宁并不能代替勒恩霍夫。从这位陌生又年轻得多的医生的性格和举止来看，他是无法获得霍兰德好感的，霍兰德也并未掩饰他内心的失望。这位旅馆主人以一种倨傲而又看似宽容的态度为他分配了工作，海宁的角色犹如一位本就多余的员工，这令海宁感受到莫大的羞辱。要不是为了里斯贝特少遭受些生活的变故，他才不会甘心忍受在这里。

但开始并不顺利。海宁还带来了一位年轻的妻子，这导致了他同霍兰德的第一次争论。问题出在许诺给旅馆医生的住房

上。海宁无法理解，为什么这位旅馆主人不愿意将这个承诺为他的妻子放宽一些。而另一方面，霍兰德不容许他的客人和员工对海宁的重要性和影响产生错误的设想，出于这些深思熟虑，他对此事最终没有松口。就这样，这对年轻夫妻被迫在这座小城中另寻一个房间，这触怒了弗里茨，里斯贝特关于愉悦的夏季度假的美好想象也随之破灭了——在此之前，她的丈夫已用尽所有缤纷的色彩为她设想和描绘过了。

现实和想象完全不同。里斯贝特不得不眼巴巴地接受当下的情况，弗里茨在这里并不能受到他在她面前一直提及的重视，这令他们两人都心情沉重。如今他们必须得过这样的日子，但这样的生活并不能令里斯贝特高兴起来，她希望拥有一个幸福而无忧无虑的家，她无法承受这个希望的破灭。可现实很快就让她清楚地体会到，不得不和陌生人合住在一间拥挤的住宅中是一件多么令人不悦的事——即使在这样一个她从未见过的美好春天里，不断发生的摩擦令精神敏感的里斯贝特再没有兴致欣赏那些美妙的日子了。如果连一个早餐盘她都不曾拥有，连卑微地向老板娘请求刷牙的热水都能引来滔滔不绝的怒骂，那么这四周的美丽景色于她又有什么意义呢！

她越是这样想，就越是渴望能拥有一套属于自己的房子。弗里茨斥责了她。难道她完全不能适应这里吗？他该说些什么？对于那些他始终视为崇高的事情，他难道就一定不能发火吗？难道治愈喜怒无常且无所事事的人的矫情是一种消遣活动，而对此唯一能心安理得地开出的药方就是工作和新鲜的空气？难道里斯贝特也想用这样的痛苦来折磨他的耳朵？她就是太悠闲了！

弗里茨的生活方式如此轻率,但他在工作中却是如此认真,太过于认真——正如霍兰德几次三番责备他的那样。"这个世界是愿意被欺骗的,医生先生!"勒恩霍夫说得对,巴特海尔顿并不是外科医生的领地。他必须适应这里的新环境。是的,但谁能做到呢?弗里茨太诚实了,无法隐藏住那些不愉快的情绪,他也不够圆滑,不会说好听的话。在这方面,霍内克的教导就不再起作用了——如今弗里茨有时必须承认这一点,每当他想表达好意时,却总会脱口说出一些欠缺考虑的话。

他也一再决定在这方面多下点功夫,但他从未在霍兰德那里获得任何肯定,这也让他有些郁闷。如果里斯贝特能令他稍微放松一些该多好,而不是像她经常做的那样,令他沮丧和泄气!他是爱她的,也愿意为她做任何事,但她的不知满足令他痛苦,困住了他的手脚。

难道他们之间再也无法好好相处了吗?如今他们共同面对的困难将他们牢牢地桎梏住,他们彼此之间就变得陌生了吗?弗里茨始终认为他们是天生一对。难道第一次遇到棘手的事就动摇了这份信念吗?还是说,她的爱不足以抵抗这些?她只会为他们带来不幸吗?

海宁心中不断重复着里斯贝特的话:"厄运来了!"他的内心在抗拒这种负面影响。也许里斯贝特想要看看她是如何克服自己的这些预感和痛苦忧伤的。他已经挣扎得够久了,但终究也是徒劳。这超出了他的力量范围。他一不留神便必然会被这股负面力量击败,并夺走他的沉着、自信、自我控制力和他对生活的勇气。不能再允许这种情况发生了!今天那位美国女人的投诉——这次不愉快的变故在他看来似乎已是最后一次预

警。他不能容许自己的心情再这么坏下去！疗养旅馆的客人需要一位好脾气的医生！他终究要靠他们来支付工资。如果他有家事方面的烦恼——尽管旁人无法理解，他也必须将它们深藏于内心。如果能不为任何事烦忧就更好了。为什么这样说呢？他们要生活，他们可以存些钱。冬季会发生什么事情这自然是无法确定的。但冬天还远着呢！他已经恢复了些镇定！海宁不能容许自己继续这样一蹶不振。他突然想起勒恩霍夫对他的提醒。除了成为一家疗养旅馆用来招徕顾客的廉价医生，如果说以后某个时候还有什么能对他的职业起到决定性的影响，那么他就不能荒废他的研究工作和实验。

他在余下的几个小时空闲时间里，又开始了勒恩霍夫曾经——极其有限地——分配给他的工作。这自然也是有些困难的。旅馆中那个供他使用的房间就不太合适，无法保证不受干扰地开展工作。在旅馆中进行动物实验更是不必考虑了。他本应事先说明这件事情的。也没有人能协助他，大家从一开始便对他特别强调过，旅馆中的人手难以供他驱使。那在家呢？啊，"家"是租来的一个配有陌生家具的单间，还不得不充当两个人睡觉、生活、洗漱和更衣的场所。唯一的一张桌子连几本摊开的书都放不下。

海宁白天不再回"家"了。依照霍兰德的意愿，也是为了省钱，他吃疗养旅馆供应的伙食。里斯贝特则一个人吃饭——不是在房间中唰唰作响的包装纸上，便是到城市中便宜的小饭店里用餐。尽管弗里茨总会给她充足的钱，但她依然养成了一种和吝啬几乎难以区分的节约意识。弗里茨认为这样并不好，但他的劝诫并不能打动她。他发现他快乐活泼的小丽莎开始变得古怪，最后恼火地放弃了继续说服她。

他们彼此之间说的话很少。弗里茨早上出门的时候，里斯贝特还在睡着。而当他深夜晚归时——如今大多数时候都是到较晚的时分，她已经又上床睡去，只是含糊不清地说上几句睡意蒙眬的问候语。

"你必须要做这么多工作吗，弗里茨？"她犹豫地问。

"是的，亲爱的。你想想啊，如今这个旅馆大多数时候都住满了客人，三百个人，他们所有人都知道有一位医生可供诊病，简直不让人喘口气，即使他们都极其健康。"

"一整天你都留我一个人独自在家，弗里茨。啊，我对于你来说只是个负担！"她轻声说，几乎要哭出来。

"理智一些，亲爱的。不可以再发生被客人向霍兰德投诉我不够细心认真的事情了。所以我必须一整天都待在那儿，晚上也得尽量这样——现在这种情况还没办法改变。"

他对她所说的并不是全部真相。自从上次谈话过后，霍兰德满意地注意到了他的家庭医生表现出的勤奋与努力——看来如果人们坦率地说出自己的意见，也是件好事。

海宁每天下午原本能不被察觉地休息几个小时，但他并没有这么做，因为他没有这么做的理由。只要他将思绪集中在工作上，他的思想就不会误入那些相互交织的、通往消沉而黑暗深渊的歧路。就像如今的里斯贝特，她很容易就会陷入因为居无定所而产生的绝望之中。他不可以像里斯贝特那样，对他们共同的未来满怀忧虑，否则几乎还未开始，他便已经输掉了这场抗争，所以他选择沉浸在工作中。疗养旅馆的客人不需要他时，他便会开始阅读勒恩霍夫邮寄给他的书籍、印刷品、插图

和笔记。这样一来,他的思维至少能参与到勒恩霍夫正在思考的事情中去。霍内克那些大胆的计划在他们两人心中以一种隐蔽而紧迫的方式继续存在着。海宁从未像现在这般如此坚定不移地投入,虽然他的双手被迫闲置下来,但他的大脑却能领会其中的含义和方法。

每天晚上他都是极度疲惫地栽倒在床上,睡得很沉,也不会做梦。他感受不到身边妻子的靠近。对他来说,她正以某种说不清的方式同他变得疏远而陌生。

17

疗养旅馆大厅里挂着一张彩色海报,内容关于将于晚上举行的花园节。几天前公园里就已经有一些工人忙碌着牵拉神秘的电线,为了能用这成百上千的小灯泡照亮这个童话般的仲夏夜——海报上就是如此宣传的。

宣传海报前面站着一位瘦削的年轻女子,身着棕色旅行装,一条北极狐皮松垮地围在肩上。穿着白色罩衫的弗里茨·海宁医生此时正走下楼梯,他惊讶地停住了脚步。这个外国姑娘——她一定是刚刚才到达这家疗养旅馆的——他似乎在哪里见过她。她苗条而孩童般的身材,娇弱的四肢,柔和而动人的下巴透着令他喜悦的熟悉……但这可能吗?他加快脚步向她走去。

此时这位外国姑娘从海报转过身来,海宁看到了她的脸——一张令他难忘的、如面具般扁平的脸犹如被琥珀染了色,深深隐藏着的狭长双眼,还有她闪闪发亮的红唇。不会有错！一股巨大的喜悦感突然将海宁淹没。

"桂檀！"他愉快地喊她。

这个中国姑娘向后微微侧过头。她黑色的卷发乖巧地松松落在脖颈上，眼神不安地闪烁着。然后她展露出灿烂的微笑，整齐的牙齿闪闪发光。

"海宁医生。"她缓慢地开口说，低沉的声音中带有一丝询问的口吻，羞怯地向他伸出了手。

海宁用双手握了握她纤细的手指。

"您想起来了吗？"他轻声问，试图在她眼里寻找到重逢的痕迹，仿佛她的话还并不足够。但和之前一样，她的眼皮深深垂落着，目光并没有泄露出一丝一毫的心事。

"您在这里工作吗？"桂檀问。

"是的。"海宁做出一个轻松的手势，以表达他在这个地方做一名医生是那么不重要和无关紧要。"今晚我将这件罩衫脱掉，然后——"他指向那张花园节海报，"我们再一起跳舞，好吗？我们多聊一聊这广阔的世界！请您赏个光吧，来自上海的杨桂檀小姐！"他请求着补充道。

"好啊，医生先生。"她大笑起来，"我们跳舞！是在外面的公园中跳舞吗？"

"是的。"

"整个晚上吗？"

"是的。"

"这样难道不会太冷了吗？"

海宁纵情大笑。

"不会的！只要年轻就不会感到冷！"

海宁在欢喜的不耐烦中度过了这一天剩下的时光。桂檀……他在心中哼唱着她的名字。这是一首由无法触及,又充满诱惑的远方所谱成的曲调。再做一场梦吧,然后将这一切都忘掉!海宁感受到他的内心对于生活的喜悦和快活有着一股难以抑制的迫切之情。不,他无法像里斯贝特那样将生活过得如此沉重。他想听音乐,想轻松愉悦,想呼吸无所束缚的远方佳人桂檀身上的诱人气息。何时能再一次感受像今天这般的夏日呢!

"我从未想过能再次遇见您。"海宁开口对桂檀说,他们终于坐在了花园的红色灯笼下,柔和的昏暗灯光笼罩着两人。

那位中国姑娘微微一笑。

"欧洲并不是很大。"

此刻的谈话令海宁摆脱了他狭隘逼仄的日常生活。他激动地向她倾诉,似乎一定要将她一同带入他那由渴慕而产生的狂喜之中。当他听见桂檀用低沉而柔和的声音回应着他的思绪时,他甚至激动得无法呼吸。

舞曲用令人迷醉的旋律引诱着人们或抽泣,或欢呼,或歌唱,或敲击,从四周那些半掩在灌木中的桌边不时传来愉快聊天的大笑和嘈杂声。草坪的正中间已经修整出一块平坦的草地。那里有一些互相轻轻依偎的情侣,拉扯着彼此缠绕的圆圈和八字圈。女士们裸露的肩膀从那些柔软顺滑的衣料中露出,闪烁着微光。这个夜晚很暖和,弥漫着正值花期的灌木丛浓重的芳香。灯笼在高高的老树枝头轻轻地摇摆。此刻旅馆那里已点燃烟花。彩色的光束在深蓝色的天空中绽放着,闪耀着。

中国姑娘表现出孩童般的着迷,偶尔迸出短暂的叫喊。她今晚身着一件柔软丝绸制成的修身连衣裙，是她家乡的款式和风格。海宁觉得，这样的她比之前身穿西式连衣裙时还要神秘和精致。

他们无言地跳着舞。

灯笼朦胧的光线下，桂檀的皮肤如金子一般，在海宁眼里，她平静而光滑的面庞如金属一般面无表情，却因为强健的牙齿散发出的光芒和红色的丰满嘴唇显得格外富有生机。

海宁突然感觉有人在注视他们。他转过身去，迎上了一道憎恶的目光。劳伦斯夫人正挽着一位满脸倦容、老态尽显的男士从他们身旁走过。

海宁想起来，他在这儿并不是一个毫无拘束的人。他同这间疗养旅馆的关系使得他——从客人的角度看——必须承担起自身的义务。如果他已经在这里跳了舞，那么其他人对他就会有所要求，他们需要他的关注和助兴——当然比这个上海来的小姑娘要求得更多。

他生气地将这些令人厌烦的想法抛之脑后。他已经履行了一整天的义务，晚上他们该让他清净一会儿了！至少这个幸福的晚上是属于他和桂檀，还有他的那些梦的。没有人有权干涉他。即使是里斯贝特也不可以，她只会为他招来不幸。桂檀不正是为他带来了愉悦和信念吗？她的出现对他来说难道不是意味着幸运吗？任何人都不该来打扰他。是的，他今天不想考虑任何事。如果此时此刻还需要同那些冷漠又目空一切的人说着毫无意义的寒暄的话，会是多么难以忍受！明天他将重新回到他平淡的日常生活中，履行他的职责，但今天，他想沉浸在他远方的梦境中。

桂檀是否知道，她对于他来说意味着什么？他自己于她是否也意味着什么呢？啊，她那么羞怯而娇嫩，充满异国风情，是一个来自另外世界的孩子，犹如一尊神像用自己的神秘遮盖了她的容貌。她嘴上的笑容也是一种热烈感情的预兆吗——海宁无法理解她那隐蔽的目光所诉说的语言，她的表情同样无法探究。

桂檀是否明白他的想法呢？他感到很兴奋，自己可以仔细地观察她，能感受到她的呼吸，能同她共舞，同她讲话。她让他知道，梦想已成为此刻的现实——不只是对他而言。因为这份幸福背后还有痛苦的理智，犹如一团不可动摇的阴影，那便是他们处于不同的生活轨道，可能永远都不会有交集。

永远不会吗？

即使在一个充满香气、音乐和翩翩飞舞的灯笼光束的昏暗夜晚，在这个温暖而充满诱惑的仲夏夜相处上几个小时也不能吗？

啊，时光一刻不停歇地飞逝，灯笼逐渐熄灭，音乐也渐渐消失了。但桂檀的眼睛始终没有给海宁那沉浸在渴慕之中的目光任何的回应；她狭长的眼睑缝隙中始终闪烁着不安而羞怯的神情。仅剩的昏暗也将很快消失，夜晚的芳香和温热也必然将在曙光渐明的凉爽清晨中烟消云散。

海宁握住了女孩的双手。

"桂檀。"他有些犹豫地轻声低语道，却没有再说下去。中国姑娘面无表情的脸上并没有显露出期待和情愿。她嘴角的微笑看起来有些遥远，还有些痛苦的忧伤。我把你吓到了——海宁悲伤地想。不，这个夜晚不该有任何不和谐的气氛，这个夜晚应该平稳地画上句号，犹如开始时那样：梦幻、热切、柔和而美妙。内心的幸福因为有所放弃才会变得圆满。

他护送这位中国姑娘回到旅馆，来到她的房间门口。他又一次握了握她的手。

"感谢您同我度过这个美妙的夜晚，桂檀。晚安。"

"晚安。"她用低沉而深邃的声音回答说。

然后海宁又是一个人了。他走了几步，犹豫不决地停住了片刻，仔细倾听着夜晚的声音，接着便匆忙离开了。

桂檀一头栽倒在床上，将头钻进枕头中，没来由地哭了起来。她瘦削的身体颤抖着，哭得撕心裂肺。她浓密的黑发凌乱地散落在背部和脖颈上。她咬住自己的手，用母语呻吟着几句简短的话。她摸到手提包，拿出一张白色小卡片，深情地将它按在胸口。

"亲爱的。"她满眼泪水地说。

她感觉孤单，感觉自己被排斥、拒绝和遗弃了。她如此忘我地面对自己年轻的生命中这次重要的经历，她的心在颤抖，她满怀期待地沉醉在自己对这位拥有浅色双眸、面容坚毅而英俊的金发男人的爱慕之中，那是种震撼一切的幸福。但他离开了，丝毫没有感受到她发育完美的身体散发出的诱人妩媚。难道她竟如此无能，无法掌控自己的理智，令自己迷失于爱情中，没有获得爱便几乎要献出自己了？不是的，她不能这样怀疑自己的感觉。无论如何她都相信：那个金发的德国医生是爱她的。

她有些自责。她没能令他察觉到她对他的狂热与爱慕。在他身边时，她一切的热烈感情都化为一种对他依从的恭

顺——她可能永远都不会显露出这份炽热的感情。她也会微笑，她的面庞始终是平静而无波澜的；她依旧遵从她遥远家乡的传统与习俗，还有她的民族的永恒准则。

这个夜晚，桂檀端坐在镜前，长久地观察自己。难道她不够漂亮吗？难道她的胸部不够细嫩柔软，而是如肿起的纽扣般坚硬不堪？难道她的脖颈和肩膀不够纤细瘦弱，嘴唇不够性感，脸蛋不够匀称无瑕？难道她的卷发不像少数家乡姑娘那样散发着芬芳？

啊，是她旁边的那对陌生夫妇一再地表示出厌恶，干扰了她的爱人。他多么渴慕她啊，他在她旁边是多么幸福啊。她的眼睛不能坦露出她的苦恼或愉悦。她面无表情，厚重的眼睑僵硬而富有魔力，爱人光芒四射的注视令她的眼神迷惘地闪烁着，而不是含情脉脉地回应他，就像相同场景下，白人女孩的目光所表现出的那样。

在海宁眼中，她的脸仿佛他永远渴慕着的梦幻般遥远而纯洁的神灵，是带来好运的化身。而此刻，内心的绝望化作汹涌的泪水，不可阻挡地流过桂檀的面颊。

第二天早上，桂檀的心绪已恢复平静，她的红唇依旧涂得艳丽，重新镇定地坐在早餐室中。透过房间内宽敞的窗户，疗养旅馆的花园美景一览无余。户外的喷泉发出潺潺流水声，阳光透过树叶洒下不停颤动的圆形光斑，树上的小鸟快活地叫着。草坪和路面已被重新修整得整洁而平坦，在阳光下闪闪发光。大厅和花园中只有少数几个人来来往往。一切都呈现出一派圆满与祥和。没有一处地方能感受到，日常生活冲击下人性的狂热、痛苦、憎恶和窘困。

但生活不应该一直是这样。

当早餐室的大门突然被人用力打开时,桂檀正在剪一封信。一位不再年轻也不算苗条,但装扮得惹眼的女士走了进来。她的眼神有些专横,向四周环顾了几秒钟,然后伴着清晰的喘息声,径直走向了桂檀。

"您不介意我坐在这儿吧。"她满怀恶意地不客气地嘟哝道。

"请坐。"年轻的中国姑娘有教养地回答说。

"您还真是选了一个好位置,"劳伦斯夫人大声地继续说,"否则我一直都坐这个位置的。"她喘着粗气,动作缓慢地紧挨着桂檀坐了下来。她的袖子突然掠过从桂檀的信件中掉落的一张艺术照,照片随即从桌边滑落。

中国姑娘弯下腰去,但劳伦斯夫人已接住了那张向下滑落的照片。她拿着照片凑向灯光,借助她的长柄眼镜神情狂妄地仔细打量起来。

"看哪!您朋友吗?也是一个中国人吗?"她又开始喋喋不休。

"是的。"桂檀耐心地回答。

"简直不敢相信!"劳伦斯夫人惊讶地感叹道,"她那么漂亮啊!快看这美丽的眼睛!她看起来就像一位美国人!和您完全不同!"她故意强调着补充说。

桂檀终于拿回了这张小照片。

没错,这是和她一起长大的泰鸿,但她几乎认不出是泰鸿了,照片上的这位姑娘长着一双闪闪发亮的大眼睛。即使透过这张小照片也依旧看得出,她长长睫毛下的那双大眼睛正自信

地散发出光彩。

桂檀回想着她朋友曾经的容貌,用这张照片与回忆中的人对比。没错,她一点点发现,她就是那个泰鸿——她变得多么不一样了!她到底做了些什么?桂檀发现,变化是在眼睛上。泰鸿曾经长着和她一样的狭长的眼睛。她到底是怎样做到如此自由而骄傲地注视这个世界——完全按照欧洲人的类型改造,真是不可思议!

桂檀将信重新折好。

这是泰鸿从洛杉矶寄来的信函。她在那里拍电影,很明显,她十分适应美国的生活方式。坦率地讲,她承认自己无法"这样"长时间地东奔西跑——的确,这对于一位手法娴熟的美国外科医生来说的确是件小事,通过简单的几刀修补她的眼皮,从而令那些使人厌烦的民族特征永远消失,不留下一丝一毫的痕迹,并且完全不痛,泰鸿是这样保证的,并建议"她甜美的小姑娘"也效仿她来做。在柏林肯定也能做同样的手术——能够完全变成另外一个人,还会更加幸福!这个安静而性情温和的泰鸿看起来因为纵情欢乐而散发着光芒。她的信是用英文写的,她对家乡的思念只字未提。

桂檀若有所思地将信放进包里。

劳伦斯夫人再也无法忍受这种沉默了。她开始滔滔不绝地说起话,攻击这位年轻的中国姑娘——当然一开始她并没有显露出她的意图(绝不会是好的)。

一位卖报的小贩缓缓走过大厅,他举起的手臂中正拿着几本杂志,最上面是最新一期的画刊。画刊封面上一位翩翩起舞的女人格外引人注目。

"请您递过来一份！"劳伦斯夫人喊道，从商贩手中买下了这份画刊。"啊，您看哪！"她又转向桂檀，伸出食指指向画刊的封面。

照片下面写着"索尼娅·卡尔斯顿最新的舞蹈创作"，照片中的舞者散发着无可置疑的妩媚与吸引力。

"卡尔斯顿又重新跳舞了！"劳伦斯夫人激动地说，"已经过去很多年了，她早就过了盛年！由此可见，如今一切皆有可能！这个女人至少已经四十岁了！她都该做奶奶了。能看得出吗？没有一丝岁月的痕迹！她把……"劳伦斯夫人压低声音，悄悄地说，"她把她的脸部皮肤重新做了紧致手术——没错，一定是做了。甚至医生还美化了她的胸部——我是从一位柏林的朋友那儿听说的。她对这个女人的情况十分了解……否则她就这样出现在人们的视野中，谁能相信这是真的呢……您想想：一个四十多岁的女人！这样的脸蛋儿！这样的身材！这个医生的技术一定相当娴熟。霍内克诊所的一名叫勒恩霍夫的医生……"

"什么诊所的医生？"桂檀问。

"霍内克，"劳伦斯夫人回答说，"您从未听过这个名字吗？枢密大臣霍内克——他刚刚去世不久——闻名整个德国。这间诊所在柏林非常有名。霍内克正是她的丈夫！有人说……"

桂檀没再继续听下去。

"勒恩霍夫——霍内克——诊所——柏林——"她在脑海中重复着。

她站起身，微微一笑，简短告别后便离开了。

劳伦斯夫人失望地目送她离去。她本想"馈赠"给这个厚

颜无耻的人几句有针对性的尖酸恶毒的话。她期待,要是能再有这样的机会该多好!

但当她下午有意无意地向霍兰德询问起这个中国姑娘时,她无奈地了解到,她已经离开了。

"那还真是恩赐!"她松了口气说,"看到您的家庭医生又做了不礼貌的事,这多么令人反感。昨天他竟整晚都只同这个稻草人跳舞!"

"真是难以置信。"旅馆主人嘟哝道,充满疑虑地摇了摇头。必须要找机会尝试以一种合适的方式摆脱掉这个年轻医生。

此外,霍兰德的心思也并未真正放在这个事情上。他已经看过了画刊,脑海中始终无法忘掉画刊上的那幅照片。索尼娅夫人在他眼前跳着舞——不再是那个善妒的白发老人的不幸妻子,而是一个自由、年轻而令人陶醉的索尼娅,她让人更想去追求!勒恩霍夫医生遵守了他的诺言——至少在关于索尼娅夫人的事情上。

但为何他卡尔·霍兰德对索尼娅完全复原的事情毫不知情?如果她已经重新开始跳舞的话,那张照片便一定是她。那张照片是新的!

霍兰德一下午都在尝试同女舞蹈家打上一通长途电话,但索尼娅夫人始终联系不上。

他从勒恩霍夫那儿得知,她十四天前便已离开诊所。

"为什么您写给我的信中丝毫没有提及此事?"他愤怒地喊道。

"她拜托我不要那样做,她想给您一个惊喜。"

"用她在报刊上的照片吗!"霍兰德发着牢骚,"如果她已经到这儿来了,那勉强还算是个惊喜!"

"也许她会去的。"勒恩霍夫安慰他说。

"也许?!"霍兰德生气地说,一下子挂断了电话。

也许。一个"也许"对他来说意味着什么呢?几个月以来,他一直在担心这个女人,忍受相思之苦,他的血液因为她而激动不安,每日的等待令他的肉体和精神都遭受了巨大痛苦——而她呢,早已从所有的沉闷压抑中解脱,却只想着新的舞蹈!

她是在柏林等他吗?但他现在不能去柏林。这是不可能的,疗养旅馆这个月每天都是满客,这个企业令他抽不开身。

霍兰德给索尼娅写了一封很长的信,内容包含对她的祝贺和狂热的爱慕之情。

此时的弗里茨·海宁手里正握着一张小纸条,上面只有简短的几句话:我会再回来的。桂檀。

她没有再见他一次便离开了。但手里的纸条上还留存着她的气息。他感觉,记忆中的那天晚上,那梦幻般的时刻将会是一份永恒的幸运。这幸运令他强大并身心愉悦。他大概是需要这份幸运的。

18

"我们做到了,"勒恩霍夫医生认真地说,"莱拉复明了。"

阿格娜丝护士用双手抬起了小母猎犬的头部。

"莱拉,我的好莱拉!"

她还不相信这件事。

但是小动物真的在认真地看着她,摇着尾巴,发出响亮而愉快的叫声,最终完全舒展开身体,跑到外面的院子中。

护士将一个橡皮球从那扇敞开的窗子扔了出去,橡皮球从铺石路面上弹起。但是莱拉立刻猛地跳起,接住了玩具,一刻不停地淘气嬉闹着。

"千真万确——它又能看见了。"阿格娜丝护士激动地轻声低语。

"是的,"勒恩霍夫对她的话表示肯定,"我也已经通过试验复查过她的辨色力。眼睛已经完全恢复正常了。"

"您说得对,勒恩霍夫,祝贺您。只是——波多看起来还病着。"阿格娜丝护士全神贯注地窥望着那个半遮盖的盒子,这些天来,这个盒子一直是用来关波多的。

波多是莱拉的兄弟,是一只长有黑白斑点的滑稽的小家伙。勒恩霍夫从它的体内提取了含有能够合成精细的眼部组织的物质。莱拉实验的成功证实,这些物质通过正确且快速的移植是能够在相同类型的不同生物有机体上发挥功能的。

波多正虚弱地躺在垫子上,它的鼻子又热又干,从它上唇的下垂部分不断流出稀薄的唾液。

阿格娜丝护士忙碌地照顾这只小狗。每经过一段短暂的间隔,小动物的两肋便会哆嗦一阵,它试图想顺从地竖起耳朵,但很快便又软弱无力地耷拉下去。

"视力始终在减退,"阿格娜丝护士难过地说,"我不知道——"

"这只是一个过渡现象。"勒恩霍夫打断了她的话。他正站在窗边，望向窗外。他的手指甲焦虑地用转环敲击着窗台。

"您的意思是，波多不会永远失去视力？"阿格娜丝护士忧心地问。

"绝不可能！"勒恩霍夫立刻回答说，"视力的减退只是暂时的。它的组织并没有像莱拉那样被损坏。这些组织只是缺少生命物质的输入——也就是说，它们目前属于营养不良的情况。只要必要物质重新添加进去，情况就会有所好转。"

"您真的这么认为？"

"是的，这是世上理所当然的事。"

"那波多不该已经到这个时间了吗？我一直在精心照顾它。"阿格娜丝护士怀疑地说。

"他会恢复正常的！"勒恩霍夫坚定地说，"请您继续好好照看它，小护士。这是这可怜的小家伙应得的。也许我们从它身上提取的物质稍微过量了。人类之间的移植我们自然会更加小心翼翼。"

"人类之间？"护士轻声说，她声音里的每一个音调都透露着恐惧。

"当然，在人类之间相互移植。"勒恩霍夫不假思索地回答说，"这种转移只有在同类型的物种之间才可能产生效果。从狗的身体中提取的物质是不能在人类的身体里继续发挥作用的。"

"这点我能想到。"阿格娜丝护士不悦地说。

"那我就不明白了，为何您如此惊讶！范·多伦小姐的视力和莱拉一样被相同的破坏力损伤。因而可想而知，她也能和动物一样，以同样的方式重新恢复视力。"

阿格娜丝护士内心有些犹豫,她不太能接受这个定论。

"如果这可能的话——"她喃喃自语着。

"这就是可能的!"勒恩霍夫果断地将她的话打断。

"但您找不到愿意为这个实验献身的人。"

"已经找到了。"勒恩霍夫医生冷酷地说。

阿格娜丝护士惊讶地走到离他非常近的位置,她试图读懂他脸上的表情。但医生始终半侧着身站着,他的目光正凝视着远方。

"所以我也不会再等待了。"勒恩霍夫开口继续说道。

"什么,您想要现在就做手术,不再继续做动物实验——"

"没错!"勒恩霍夫打断她,"如果说我能在某个时机帮助到特露德·范·多伦的话,那么现在便是这个时机。"他果决地转过身,目光锐利地盯着这个年老的护士。

他眼神中透出的力量和强硬令她害怕。

时机?这个词语在她的头脑中闪过。

"我的上帝,医生,您想要做什么?"她惊慌失措地问道。

"您会知道的。来吧!"他用一种家长式的口吻命令说,接着走上楼梯,来到手术大厅。阿格娜丝护士顺从地跟着他,她早已习惯执行命令时不去考虑自己的内心想法。

*

"您知道这叫什么吗?"伯哈特·雷茨布尔克激动地问道,并用手绢在他发热的脸颊上擦了擦。

费尔曼摘下眼镜,下意识地擦拭着镜片。他的脸上也显露出极度疲乏的表情，秃顶的头上挂着汗珠，两颊疲惫地向下耷拉着，上了浆的衣领——费尔曼总穿这样上了浆的衣领——已经穿得脏了，而且已经变软了。领带也已滑落下去，可以看得到衣领上的小纽扣。

但是费尔曼的眼睛依旧闪闪发亮，没有了闪烁发光的镜片遮挡，他的眼睛此时散发出一种安宁的、近乎孩童般的光辉。

伯哈特忍不住突然大笑起来。他抓住费尔曼的双肩，用力地摇晃着。

"费尔曼先生！您一定不知道今天的实验成果对于我们意味着什么？"

"我知道。"费尔曼不慌不忙地点头回答。

"材料'VD'！"伯哈特叫喊道，"此刻这个物质就在这里！它不仅能够代替镍——性能甚至超过镍。"

"是的。"费尔曼乏力地附和，将自己重重地摔倒在椅子上。

"这个物质超过了镍！"伯哈特坚定地重复道，"您要不要赌一把，不久以后，其他国家就会因此而嫉妒我们！现在我们可以给满洲人供货了！还可以供货到东非！到巴西！啊，这一切目前还都只是说说。整个德国的重工业都需要这个物质。我们可以——必须安排额外的生产。您负责技术指导，费尔曼先生。我父亲将给您一切必要的授权。您来组建一个工作班子，您的职业生涯还有很大的发展空间，您……嗯，您一点都不高兴吗？"

"不，"费尔曼轻声回答，"我高兴。"

"或者您还有什么顾虑？"

"不是这样,我其实没什么顾虑。尽管我们还需要将所有的细节无比精确地复验一次,还得着手进行更大规模的实验——成本问题也要特别考虑进去,但从原则上来说,我们的成就不容否定。"

"我也是这个意思。但是您到底怎么了?"

"没什么,雷茨布尔克先生。"费尔曼又动作拖沓地重新戴上他的眼镜,清了清嗓子,"我不由得想起了范·多伦小姐。我已经是一位年老的男人了,对于生活根本没什么过多的期望了。但是她——那么年轻,那么聪明,那么有抱负,充满愿景和希望!我们所取得的这一切都该归功于她,她为这个事业牺牲了自己。她希望成为一个有影响力、强大而受人尊敬的人。她想要开拓一条如今能够指引我的道路。我很感激您对我的信任,雷茨布尔克先生。我愿意履行一切必要的职责。但我将永远不会忘记,为了这份成就我们已做出了哪些投入。"

"您也不必如此,费尔曼先生。"伯哈特别过脸去。他突然对这个矮小而少言寡语的男人产生了敬意,他必须羞愧地承认,他从未给他应得的对待。但他到哪里都会遭受这样的境遇。他的性情太过温和,他不懂得如何不顾一切地取得成功,所以始终没能出人头地。

相比之下,迫使自己崭露头角、冒险行事和自我挑战则更需要勇气。但也可能以失败告终,毁掉自己。

伯哈特眼前仿佛出现了特露德,他看到那个晚上她和他坐在桌边,看到她在研发部门的办公室内坚持进行她的工作。看到她脸色苍白地躺在担架上,看到她在高烧中叫喊,看到她如何在阴郁的绝望中昏昏沉沉地度过那段时光,又如何重新建立起信心。看到她如何穿过她的房间，抚摸那些心爱的物件，看到她躺在他的臂弯中，想要忘记，渴望着她那未能拥有的幸福：重见光明！

没关系，他本就对她没什么别的要求。不要屈卑，不要意志薄弱，不要自我放弃。他爱她最初出现在他视线中的样子：骄傲而耀眼，自信而坚强。她应该重新变回那个样子。只有这样，这几周来旷日持久的工作和他们的实验结果对伯哈特来说才有意义。

"费尔曼先生，您将要承担起一份巨大的责任。这个材料会为我们所有人扫清障碍，为我们的工厂，我们的出口，还有范·多伦小姐。她应该拥有世界上最好的医生，最有名的机构应该为她工作。您负责尽可能地加快一切进程。我现在去找我的父亲，但我想先给柏林那边打个电话。特露德·范·多伦理应是第一个知晓实验成功了的人，她受之无愧。"

费尔曼认真地点了点头，然后站起身来。多年的过往再一次从他脑海中闪过，他是第一批服务于这间工厂的员工——可始终只是工作在他周围的许许多多无名小卒中的一个。如同他们中的每一位，他同样知晓那些残酷的竞争规则，了解围绕在他们所有人周围的伙伴情谊，知道他们工作的意义，每一份工作都促进着企业的繁盛与进步。只要整个团体没有陷入危机，那么任何工作都不允许停滞——整个集体已经超越了办公室、工作间和机器车间的范围。费尔曼的认知已越过个人的狭隘眼界，开始只是被触及，随后不断滋长，渗透进混杂着愉悦与苦痛的更大关联中。如今命运在呼唤他，他应该承担起这份新的责任。

伯哈特不允许和特露德通电话。勒恩霍夫医生通知他,此刻正在进行一场手术,绝不可以受到任何干扰。接下来的几天必须要做出决定了。

决定!这个勒恩霍夫医生做了什么?

伯哈特感到极度不安。一种从未有过的焦虑感侵袭着他,麻痹了他的思绪。他无法做出决定,也不敢采取什么行动。如今那个没有名气的医生决定着事情的发展。特露德已将自己交付于他。伯哈特痛苦地体会到自己的无力。一种阴郁的预感告诉他,如今所做的一切都是徒劳。

19

特露德躺在诊所中她那个安静而通风的房间里。几天以来,她都在梦境与无眠之间迷迷糊糊地半睡半醒着,浑身乏力。一个她尚未理解的变化直抵她心灵深处。痛苦与希望交织在一起,令她感到混沌,将她的感觉在愉快、恐惧与筋疲力尽间来回撕扯着。

她看到物体和人影出现在眼前,她以为自己在做梦,但又感觉出奇的清醒。她将双手按到脸上,让自己不被幻觉愚弄。可每当她认为自己的意识足够强大,情绪也平和下来时,这些画面便会重新出现。起初只是些隐隐约约的线条,点状物和平面,之后越发牢固地连接到一起,有了色彩和深度,接着呈现在她面前的便是她曾经只能通过双手的触碰、灵敏的嗅觉和始终清醒的听觉所感受到的一切。这间半昏暗的房间、床铺、衣柜、椅子和来来往往的人——罗泽尔小姐,阿格娜丝护士,还有勒恩霍夫医生。

这些场景在特露德的睡梦中陪伴着她,逐渐变弱直至彻底消失。但当她第二天醒来,这些场景又一次出现在那里,呈现出前所未有的清晰。它们不再那么模糊和隐约,也不再是一掠而过的幻象。她可以毫不费力地将它们留住,细细地观察。

特露德平静地躺了很久,沉浸在这奇迹之中。

罗泽尔小姐向她微笑。她握住特露德的一只手,轻柔地对她说话。

特露德脸上那痉挛着的紧张神情慢慢地、慢慢地消失了,最后被温和而充满感激的明朗所替代。人们也许能拥有如此清晰的梦境,但无法持续这么久。睡梦和死亡的阴影已被这些梦境一扫而光。但这不再是梦了。这是持久而充满生机的现实,不会被任何死亡的阴影遮蔽;这是赋予一切事物以生命及形态的烈日艳阳所散发出的光芒。姑娘的双眼小心地袒露在长时间缺少光芒而尚未习惯的光潮之中。特露德陶醉地感受着那生机勃勃的光柱将一个看得见的世界带到她面前。所见即存在!

"这是真的吗,罗泽尔小姐?"她轻声说道,"这的确是真的吗?"

罗泽尔小姐点了点头,眼含泪光地冲她微笑。她哽咽了,没有说话。

"这样微笑的时候,您的嘴真美,罗泽尔小姐。"特露德低声说,"您的鼻尖上有几个可爱的小雀斑——谁会想到呢!"特露德清脆地大笑起来。那是孩童般的幸福笑声,她很久很久以来都没能听到自己发出这般愉快的笑声了。她站起身,将罗泽尔小姐拉到她面前。"您有一双美丽的棕色眼睛。它们闪闪

发亮！我能在里面看见自己……我能看见了！"伴随一声响亮的欢呼声，她和罗泽尔拥抱到一起，抽泣着大笑。

特露德将头倚靠在罗泽尔的肩上，沉默地坐在那儿良久。

"我回忆起这些天里出现过一张严肃而苍老的面孔。"过了一会儿她若有所思地说，"一双浅灰色的眼睛，深色眼线。是阿格娜丝护士的眼睛吗？"

"是的。"

"她今天还没有到我这儿来过。"

"是的，"罗泽尔回答说，"她非常忙。诊所里有个人病得很严重。"

"很严重……"特露德同情地重复这句话，接着跳了起来，"我过去也病得很严重，但人们必须相信自己终会康复。伯哈特一直相信有一天我能重见光明。他已经知道这事了吗？"

"他不知道。但他每天都打电话过来，询问您的情况。"

"我一定得告诉他这件事，罗泽尔小姐。求您了，请您帮助我！快点！"

尽管罗泽尔对此表示抗议，但特露德已开始飞快地穿起衣服。她一刻也不能等了。

"我一定要亲口跟他说！哦，我实在太高兴了！"

特露德匆忙地跑过走廊。她突然想到另一台电话机在楼上那间放置着三角钢琴的房间里。她迅速夺门而入。罗泽尔小姐跟在她后面，从外面拉上了门。然后她便离开去找阿格娜丝护士了。

"我就知道您会来的，特露德。"勒恩霍夫开口说。他从窗边向特露德走来，向她伸出了手。

特露德不由自主地向后退了两三步，恐惧地凝视着这位医生。对于这次相见，她还没有准备好。她根本没有想到勒恩霍夫医生，此刻她才意识到这一点。她吃了一惊，但很快便试着保持镇定，伸出双手握了握勒恩霍夫的右手。

"我真的十分感激您，医生！我无法表达自己是多么高兴！"她低声说，她的呼吸有些急促，匆忙地挣脱开，顺势拿起了电话机听筒。"我必须要告诉伯哈特这件事！请您允许我，医生。他必须要听我亲口说出这件事，啊，我几乎等不及了……长途电话局！路德维希港——"她说出了那串熟悉的数字，然后将听筒放下。"您觉得会很快接通吗？"她问勒恩霍夫，她的脸颊有些发烫，"难道伯哈特不总是在这个时间打来电话吗？"

医生被她的话吓了一跳，脸色变得十分苍白。

他慢慢地走向特露德，握住她的肩膀。

"特露德，"他的声音很沙哑，"我一直在等你。数月以来，我一直在期待这一刻。我知道我会成功。我们是属于彼此的。"此刻他的嘴就在她面前。她能感受到他的呼吸正灼热地迎向她的面颊。"命运选择了一条漫长而幽暗的道路，只为让我们走到一起，"勒恩霍夫低声说，"但是如今我们又重新回到光明中。现在的我们会是幸福的。"他将特露德拉向自己，用手臂将她紧紧环住。

她感到有些眩晕，仿佛一阵战栗正穿过她的四肢百骸。她看向勒恩霍夫闪烁着的双眼，感受到了他身体中迫切的贪欲，犹如突然受到一剂麻醉，她摇晃了一秒钟，然后用尽全身力量猛地推开勒恩霍夫，却反倒因为自己那股巨大的冲击力又撞回

到这个男人身上。

她筋疲力尽地向后倚靠,颤抖着双手抓紧书桌的桌沿。

勒恩霍夫气喘吁吁地站在她对面。

"特露德,"他悲伤地低诉道,"我不能没有您,您是属于我的。自从第一次见到您,我就爱上了您。您不记得了吗?那时在曼海姆?"

"我知道。"特露德毫无感情地回答说。

"您来到了酒吧。我们四目相对,犹如一直在等待彼此,如果我们之间的那种情感不是爱,那这世间便没有爱了。您也同样感受到了这一点。您的眼睛已经向我透露了这一点——"

"不,不是的!"她反驳说。

"特露德,即使您看不到了,您之后也认出了我。您一定要想起那个晚上您曾用怎样的目光看着我,就像那样,犹如您能用目光控制我整个一生。您也的确能做到这一点。"

"没错,"特露德开口说,"我记起来了,我当时浑身充斥着一种异样的预感——"

"我们之间爱的预感!"

"不,和爱无关。"

"不然那是什么?"

"只有恐惧。"

"恐惧?"勒恩霍夫惊慌失措地问。

"没错,是恐惧,"她缓慢地重复道,"害怕您会爱上我。"

医生用手掌按压了一会儿他的太阳穴,一阵刺骨的疼痛闪过他的头部。他垂下手臂,盯着地面。

"特露德,"他含情脉脉地轻声喊道,"您如今不需要再感到恐惧了。当时只是您对即将发生的不幸所产生的预感，但这不幸已经过去了。您来到了我这儿，我治愈了您。您如今能重获光明，是出于对我们的爱情的信任，我成功地做到了。"

"您这么做，就只是想让我和您紧密地联系在一起吗？"特露德痛苦地问。

"您到底知不知道我为您做了什么？"勒恩霍夫突然暴怒，"为了您，就只是为了您？！"

"您实现了我热切渴望的愿望，这本会是我生命中最大的幸福，但您却将这幸福再次破坏掉。我是不会爱上您的，我现在很清楚这点。"

"这样啊，"勒恩霍夫语气尖刻地说，"现在您的眼睛已经复明，您的目的已经达到，您现在倒是知道这点了。之前您可不知道，之前一切就都不同了。您用您的表演牵动我，直到我变得不顾一切，直至我成了罪犯，就是为了您！"

"为什么这样说？"特露德失魂落魄地问。

勒恩霍夫尖锐地讥笑起来。

"当然了！"他哼声说，"您什么都不知道。您高高地凌驾于一切之上，这同您一点关系都没有。医生将要如何应对这件事，这是他自己该面对的事！您不会爱他！不会爱这个出于对您的爱，任何手段都不曾畏惧的人——"

"您遇上麻烦了吗？"特露德将他的话打断，"您是说钱吗？雷茨布尔克会给您——"

"钱！"勒恩霍夫轻蔑地喊道。她一再地提起另一个男人的名字，那个无忧无虑的年轻人，那个胜利者，这为他的失败与失望平添了屈辱，也将他无边的痛苦催化成暴怒。他感觉

头顶的天空塌了下来,脚下的地面在摇晃。他的生活已经毁了。也许一切都将这样毁于一旦。他的痛苦与错误判断伴随的剧烈恨意在他内心猛然迸发,驱使他毁灭一切。"哈!钱!为了帮您恢复视力而发生的所有事,您那个富有的男朋友散尽家财也无法弥补!"

特露德不由得目不转睛地看着勒恩霍夫。她察觉到,暴怒正促使他揭露一个可怕的真相。她想捂住自己的耳朵,逃离这里,寻找一处庇护之所。但一股恐惧令她着了魔似的呆立在原地,动弹不得。

"您就继续为眼睛的复明高兴吧!"勒恩霍夫继续说。他的声音和眼神里都不再有一丝仁慈。"如果您能做到,您就高兴去吧!您同您的——小伙子——一起幸福去吧!但他将会知道,这个世界上没什么东西是白白获得的!到头来,终究自己才是那个被侮辱和欺骗的人!"

特露德在他充满恨意的话中转过头去。她第一次遇见勒恩霍夫时,那个某件可怕的事情将要降临到她头上的预感如今得到了证实。

"我的……眼睛……到底发生了什么事……"她结结巴巴地问。

"是偷来的,"勒恩霍夫低沉地回答,"为了让您复明,我从另一个毫无戒心的人身上永远地盗走了她的视力。"

特露德发出一声惊叫。

门边传来短促的敲门声。阿格娜丝护士疾步走进房间。

特露德奔向护士,摇晃她骨瘦如柴的肩膀。

"这是真的吗?"她问道,"您一定要告诉我。"她恳求着补充说道。

"什么事？"

"为了令我复明，另一个人失明了？"

"没错。"阿格娜丝护士冷冷地回答。她的脸面无表情，看起来仿佛岩石一般冷酷。

特露德踉跄着向后退。

"太可怕了——"她低声说，"就没有希望——？"

"没有。"

"她是谁？我一定要去看看！"特露德呜咽着说，她的表情变得扭曲。

"您现在还是省省吧！"阿格娜丝护士命令道，她紧紧抓住了特露德。

电话铃声响起。阿格娜丝护士拿起听筒，细细听了一会儿后将话筒递给特露德。

路德维希港那边打来了电话。

打来电话的是伯哈特·雷茨布尔克。

"伯哈特，发生了一些恐怖的事情！"特露德急促、剧烈地呼吸着。她竭力搜寻恰当的表达，但一下子有太多的话向她涌来。听筒从她的手中滑落，她无力地倒在椅子上，失去了意识。

阿格娜丝护士果断地对着听筒说了几句宽慰的话，然后挂断了电话。她走到门边，向楼梯间喊了些什么。

罗泽尔小姐快速跑上楼。她看到了特露德扭曲的苍白面容和魂不守舍的神情。

"范·多伦小姐！"她惊慌地喊她的名字，用双臂将年轻

女孩颤抖的身体扶起。

特露德无意识地任凭自己被搀扶出去,躺回到自己的房间里。

勒恩霍夫医生始终呆立在原地,没有移动半步。他依然站在同特露德说话的位置上,保持相同的姿势。他的嘴角可怕地扭曲着,眼神中依然闪现着令人生畏的神色。

阿格娜丝护士眼神锐利地注视了他许久。

"您本就绝不该这样做,勒恩霍夫医生。"她开口说,她的声音空洞又陌生地飘进医生的耳朵里,"您让自己和我们所有人都背负上难以承受的罪责。无论如何她都无法补偿任何罪过和审判。"

阿格娜丝护士走出房间后,勒恩霍夫才缓慢地动了动。他吃力地踱向三角钢琴,坐在凳子上,手肘放在紧绷的膝盖上,双手支撑着下巴。

他感到筋疲力尽,并且脆弱。刚刚还在失控的盛怒中燃烧着的激情、狂喜和愤恨,此刻都已消耗殆尽,变得无比空洞。留下的,只有苦涩地承认自己面对命运的无力。他本想抓住命运的车轮,但车轮却从他身上滚过,滚过他自己和那些信任他的人。

他猛然意识到自己的罪责,这份认知残忍地揭露出他自己和他周围的人将会面临的凄凉图景。他又看见了死去的枢密大臣那张固执而惨白的脸。他的目光是天意赐予他的最后一道警戒——他意识到这一点时已经太晚。霍内克也是被一个无法爱他的女人毁掉的。勒恩霍夫突然想起了他和卡尔·霍兰德的第一次谈话,那些被长久隐藏在心里的句子又一字一句地浮现。"一个她不爱的男人……像奴隶一样地看着她……监视她……比她大二十岁……一个令人恶心的人……大二十岁……二十岁……"

勒恩霍夫又见到了索尼娅夫人,那个自信而光彩照人的舞蹈家,那个由于嫁给一个自己不爱的男人而痛苦紧张的可怜人。此刻舞蹈家的脸上又出现了特露德·范·多伦的神情——那个坚强的、绽放着青春的勃勃生机的人,那个被比她年老二十岁的男人强行拉到身边的人——尽管她早就爱上别人了。

他没能成功得到她的爱。她对另一个人的爱比对勒恩霍夫的感激更加强烈,而勒恩霍夫本想通过这份感激产生的约束来俘获她的心。俘获——没错,就是这个词!如今勒恩霍夫自己变成了那个令人恶心的人。难道他可以利用别人的感激来提出什么要求吗?他——一名医生,自私地滥用自己的知识,变成一个对信任自己的好人下手的骗子,一个对他人生命下手的盗贼!

对他人生命下手的盗贼。杀人犯。

没错,杀人犯!

罪责……老护士的话语回荡在勒恩霍夫脑中。罪责……审判……

审判!犹如从无数人口中发出的雷鸣般的怒吼声突然席卷了他,那是一阵熟悉得可怕的旋律,伴着金属般刚毅的歌声和冲破一切的力量。

勒恩霍夫突然翻起琴盖,猛烈地敲击着琴键。判以死刑!这个声音在他耳边响起。这句话变得愈发清晰,它无处不

在，冲破时间的界限。

勒恩霍夫感受到内心的死寂——他早就经历过死亡了！为什么死亡没将他完整地带走？在他身体中依然存活着的是什么呢？他身体中还存活着什么吗？难道那股毁灭气息还没有从他体内离开，还在致命击打着他所触碰到的一切？即使是特露德，虽然他为她重新夺回视力，但她知道真相后，对这失而复得的光芒她可能永远感受不到快乐。同他接触也为她带来了不幸。他站在死神的阴影之下。他依然在探究上一个问题：他身体里究竟还有什么依旧存活着？

他突然站起。他找到了答案，面容已然平静下来。他的动作又变得冷静而自信。这场斗争还没有结束。勒恩霍夫此刻领悟到了这一点，这股坚定的信念给了他需要的力量。

他在镜中许久地端详自己，似乎想从自己脸上探究出一丝遭遇过失败的痕迹。然后他走到电话机旁，拨通了位于巴特海尔顿的海宁医生的电话。

20

亲爱的卡尔：

直到现在我一直忙着为我的表演做准备。我实在太高兴了，感觉自己犹如重获新生一般。十分感谢你的祝愿。倘若那封信函的余下内容能够稍微理智些，我想我会更高兴。你应该能理解，如今我是不可能为一件多愁善感的短暂过往再次奉献出自己的一切了。不得不因为一个男人而顾虑重重——你本应最能了解我为此遭遇的痛苦。那种生活带来的绝望诱使我委身于你，并产生了那些在如今的我看来遥远而模糊的想法。我这样写，请你不要生气。你一定是好意的，但能重新独立地生活，不需要询问任何人的意见，我是如此幸福，我真的不想再受到任何约束。而你拥有，正如你信中所写，拥有你的企业，这一切令你十分忙碌。你处于一个精心培养起来的圈子中，而一个像我这样的女人是绝对无法适应的。因此我请求你，忘掉这段往事吧，这对于我们两人都是最好的选择。祝你未来一切顺利！

索尼娅

霍兰德不知道自己读过多少遍这封冷酷而决绝的信了，索尼娅夫人也正是借这封信指出他们之间恰如其分的距离，犹如他们的爱情就是她百无聊赖生活中一个游戏般的产物。但如今这个产物对她来说什么都不是了，这一点很重要。霍兰德坐在他的书桌前，他攥紧拳头，粗壮的身体微微前倾。他所有的肌肉都紧绷着，血液在他的血管中剧烈地跳动。他脸色阴沉，神情黯淡。

他的怒气几乎难以克制，但他却发现，对于索尼娅如此轻率地暗示出的优越感，他竟无可指摘。多愁善感的短暂过往！但像霍内克那样的男人都遭到了失败！"讨厌的婆娘！"霍兰德咬牙切齿地说道。这几乎是对死去的枢密大臣的一声道歉。索尼娅的信函旁放着那本刊登着舞蹈家照片的画刊，她光彩照人的面庞，诱人的肢体，这一切都在霍兰德眼前充满诱惑地翩翩起舞，他久久地端详着这张照片。他感到心痛，但痛苦不知怎地平复了下来。卡尔·霍兰德不是一个会被情感伤痛毁

掉的人。还有更糟糕的。人不该把自己看得太重要，也不该把别人看得太重要。这个勒恩霍夫医生用他的容貌修复术令索尼娅夫人变得疯狂。一个朋友，霍兰德从这个朋友身上几乎没得到过什么好处，是时候醒悟过来了。

敲门声响起。海宁医生走了进来。

"我得和您说点事儿，霍兰德先生。"

"我在忙。"霍兰德生气地抱怨说。

"事情紧急，"海宁解释说，随手关上了身后的门，"我必须向您请几天假。"

"接下来这几天？在现在这个旺季的时候？您自己也肯定知道，我不可能准假。"

"我理解，这在您看来相当不合时宜。如果事情能推迟，我也不会来请求您，但是我必须立刻回柏林去。"

"什么原因？"

"勒恩霍夫医生拜托我搭乘明早第一班飞机回去。"

"什么意思？您和勒恩霍夫还有什么关系？"

"大概是关乎一项十分要紧的研究。我目前还不知道更确切的情况。我只能从他的话中推断，我立刻返回柏林对他有非常重要的意义。"

霍兰德嘲讽地笑了笑。

"我不能拒绝勒恩霍夫的请求，"海宁继续说，"他的语气非常严肃。"

"您不该为这种欠考虑的行为而离开。"旅馆主人警告他说。

"但愿最迟三四天后我就会回来。"海宁回避着他的话。

霍兰德耸了耸肩膀。

"我留不住您，"他不带一丝感情地解释说，"但我必须跟您说清楚，如果您在最繁忙的时间段放下一切工作去做自己的私事，在我眼里，这同您在这里的职务是不相称的。我也不会允许自己这样做，所以我必须期望我的员工也能有同样的责任感，期望他们能履行日常义务，放弃其他所有的事情，尤其在现在这样能起到关键作用的时刻。"

海宁的脸色变得苍白。他并不习惯逃避责任，而且他不只对这间疗养旅馆负有责任，霍兰德的提醒同时也让他想起自己对里斯贝特的责任。如果他因为一个欠考虑的决定而丢掉了自己的工作，那将会怎样？里斯贝特有足够的理由责骂他，不只如此，她一定会对他完全绝望吧？

但是，在勒恩霍夫需要他的时候支持他，难道不也是他的责任吗？是勒恩霍夫帮助他获得巴特海尔顿的这份职务的。如果失去了这里的工作，勒恩霍夫也会有办法的吧。夏季本来也没多长时间，难道就不能将这件事再推迟两个月？但听勒恩霍夫的语气，想必要求延迟是不可能的。这还关乎另外更重要的事，这一点是可以肯定的：勒恩霍夫就指望他了。难道海宁就没有为他提供过帮助，就没有向他做出过承诺？

"那么现在呢？"旅馆主人问。

海宁依然害怕他说出那个不可退让的答案，他在寻找另一条出路。

"我并没有误解您的动机，霍兰德先生。但我对勒恩霍夫也负有责任和义务。我请求您考虑一下这方面，破例的——"

"这跟我没有任何关系，"霍兰德不耐烦地打断了他的话，"您要不就放弃您那愚蠢的计划，要不我们两人就此别过，立

刻。您自己决定吧！"

"我必须得离开。"

霍兰德站了起来。

"那么我祝愿您未来一切顺利，医生先生。"他语气生硬地说。他故意用上索尼娅夫人信中对他使用的告别语。

弗里茨·海宁步履缓慢地穿过巴特海尔顿盛夏炎热的街道。如果他今天下午在这样一个不同于往日的时间回去，里斯贝特一定会感到惊讶。她是否会在房间里？啊，过去几周，他几乎没在白天见过她。晚上回到家时，他太劳累了，无法再给她额外的关心。她究竟是如何独自度过每一天的呢？她都做了些什么？他无从得知。如果她寻求一些娱乐消遣——他也不会生她的气。他很惊讶，自己竟能如此泰然地思考这件事。他们结婚以前，他会因为一些微不足道的理由，用充满怒气的嫉妒纠缠她，并将里斯贝特周围任何一个无关紧要的熟人视为竞争对手。而如今他突然意识到，只要她不因为自己年轻的婚姻而对目前遭遇的经济危机看得太重，一切对他来说都无所谓了。那间位于柏林弗里德瑙的房子也还没有租出去，只要尚未出租，莫茨先生便会要求支付合同上约定好的租金。如今这件事大概又变得没有把握了。里斯贝特要如何接受这件事呢？自从弗里茨开始尽可能地躲避她的抱怨与责骂，他感觉轻松多了。里斯贝特如今依然像开始几周那样不满意吗？弗里茨承认自己并不清楚这一点。她可能已经接受了这种"吉卜赛人的流浪生活"，人会随着时间的流逝变得麻木。但现在里斯贝特可能会再一次肯定，厄运就是一直尾随着他们。弗里茨搜寻着反证。难道在人们不得不兑现自己的诺言时，这就是厄运了？勒恩霍夫想做什么呢？他的电话是否意味着一个幸福的转机？

当弗里茨伸手从包中取出房门钥匙时，他找到一张被揉皱的纸。他将这张纸展开。

"我会再回来的。桂檀。"他读道。来自上海的小杨桂檀！如今，即使她真的又回到巴特海尔顿来，他也永远见不到她了。她会在哪里呢？

弗里茨动作轻柔地将纸张抚平，然后小心翼翼地放进钱包里。

里斯贝特正倚靠在门框上，试图寻找一个支撑点。她金色的头发一绺绺散乱地垂在头上。她的脸毫无血色，十分苍白，蓝色的双眼露出恍惚的神情。弗里茨走进来时，她睁大了双眼，表现出无声的恐惧。

年轻的妻子发出痛苦的呻吟，踉跄着试图迈出一步，但突然再次感到一阵眩晕。在她的四肢不听使唤前，弗里茨扶住了她。

"里斯贝特！"他担忧地低声喊她的名字，双臂有力地支撑着她。他小心翼翼地将她扶到床边，让她滑坐在床上。

枕头已经被压得皱了，床单也扭曲成褶皱的一团，海宁此刻才意识到，他妻子的家居裙下面只穿了那件长睡裙。她一定是躺在床上有几个小时了，也许已经一整天了，她看起来虚弱得可怕。

弗里茨亲昵地抚摸着她的手，手非常烫，在他看来她比任何时候都要消瘦。

里斯贝特艰难地喘着气，额头和太阳穴上布满了小汗珠，血色如潮水一样从她脸上消退。

"究竟是哪里疼,小丽莎?"海宁担忧地问。

里斯贝特注视着她的丈夫,目光异常呆滞。

"我又感觉如此糟糕了,弗里茨。"她轻声回答。

"又?"他惊讶地问。

"总是这样,弗里茨。已经许多天了,我什么也吃不下,起不来床,完全没力气,并且一而再的——"她做出一个简短的手势。

"恶心?"

她点了点头。

"我不想告诉你的,"她痛苦地说,"你本来就已经不容易了,如今还要为我担心。"她停了停,突然号啕大哭起来。"我坚持不住了,弗里茨!我坚持不住了!"她崩溃地喊道,整个人因剧烈的抽泣而颤抖。

海宁坐在床沿上,陪在她身边,亲昵地抚摸她的手臂,轻声细语地说着温柔和宽慰的话。她的抽泣也慢慢平息下来,哭泣变得很小声,但眼泪依然抑制不住地从她脸颊流下。

弗里茨取来一条毛巾,将它沾湿,细心地将里斯贝特的眼睛、额头和嘴巴擦拭干净。然后用手一次次地捋过她的头发,帮助她脱下家居裙,抖松了枕头,将床单抚平,接着让里斯贝特干净地躺在上面。她冷淡地任凭这一切发生,情绪逐渐平静下来。

海宁重新坐到她身边,无声地端详着他年轻的妻子,他心里有一股剧烈的惭愧感在燃烧。他的职业不正是能探查出人体细微变化的医生吗?的确是这样,他是一名优秀的医生。但几个月以来,他自己妻子的体质发生了令人震惊的改变,他竟然骄傲自大地将其解释为意志力薄弱、怯懦和缺少理解，而没有意识到这是她的身体发生了变化的原因。他试图在心里为自己辩解，他从未以一名医生的视角来审视自己的妻子，他不愿意这样，但这并不能作为他的辩词。爱人的眼睛本该早就注意到她的变化。她身体中迫切萌发出的不正是他的生命吗！这令她深受折磨，因为成为母亲这份不可言说的幸福，从一开始就只能通过难受和痛苦才能获得！但他对她的爱能够抵偿她的价值吗？而她却完完全全地将自己奉献给了他。啊，他并没有做到这一点。自从霍内克去世后，他们这对新婚夫妇的幸福便一直被阴云遮盖着，而他只担心他自己。他，弗里茨·海宁，还一直沉浸在他专横又自以为是的自我中。他想为自己的轻率和失误免除责骂。这样便可以恰当地解释，为何他会下意识地指责里斯贝特的忧虑，而不是去理解。此时的她更需要他的保护和关爱，他只爱他自己，曾经的他是骄横和不公平的。如今生命的奇迹拥抱了他，并指摘他——温和而轻柔，带着无比清晰的穿透力。

弗里茨久久地注视着里斯贝特明显放松下来的面庞和她越发柔软的身体轮廓。当海宁还希冀着充满诱惑力的远方时，她的身体早已拥抱了指向未来远方的一切。此刻，他意识到自己的梦想所预示着的内容：它将他引向了自己的内心，将他引回到生命的源头。这条路是漫长的，但却并非徒劳无功。弗里茨·海宁发现他的眼中已涌出了泪水。

"里斯贝特，"他真诚地说，"我的好丽莎。你不需要担忧，你该高兴起来，在我身边感受到安全感。现在一切都变了。我向你保证，你应该有一个家，我们的孩子也一样。"他用沙哑

的声音补充道。

"是真的吗,弗里茨?"里斯贝特低声问。

"我明天启程去柏林,"他语气坚定地说,"勒恩霍夫医生恳请我立刻回柏林去。"弗里茨惊奇地意识到,对他来说,坦诚比他之前设想的容易得多。

"那我们不待在这儿了吗?"里斯贝特问道。

"不了。几天之后,我一写信给你,你就过去。在此期间你再休养一下,摆脱从前所有的激动和焦虑。过段时间你一定会感觉更好些。"

"是的,弗里茨,我也这样觉得。我真的很高兴,现在一切都不同了。你也同样很高兴吧?"

"嗯,我非常高兴。"海宁回答说。即使目前一切都还是未知的,现在的他也必须展示出自己坚强和充满信念的一面。如今一个崭新的生命正在一个柔弱而年轻的女人身上成长着,在她内心唤起了足以撕碎和摧毁他们的,交织着痛苦、幸福与渴念的情感涡流,恐惧和不安绝不能有任何藏身之所。不论这些情绪是否有价值,都可能完全扰乱她的思绪,或是毁灭她。面对这个信任他的珍宝,弗里茨知道自己肩上的责任重大,他要求自己振作起来。

里斯贝特留意到,弗里茨似乎若有所思。

"你还爱我吗,我的可怜虫?"她语气犹豫地问道。

"我还爱你,丽莎,"他认真地回答,"此刻我才真真正正地爱上你。"

这么长时间以来,里斯贝特的嘴角第一次重新展露出幸福的微笑。

21

霍内克诊所的门上安了一块新牌子。"外科整容服务——医学博士君特·勒恩霍夫。"弗里茨·海宁惊讶地读道，内心隐隐泛起忧虑。这里发生了什么事？

他走进来，发现门厅也已变了样，不知怎么令他想起了奢侈品商店的招待室。过去的那些藤条安乐椅如今已被崭新的软垫家具所替代。墙上挂着舞蹈家和电影明星们的大幅相片。

一位衣着时髦，发型精致，散发着优雅香水味的年轻女士招待了海宁，近距离观察后他才认出是助理护士乌尔苏拉。他回忆起，她一直非常机灵，但此刻看起来也多少有些反常。

"阿格娜丝护士在哪儿？"他生硬地问。

乌尔苏拉小姐用一个有些无礼的动作指了指后面。

海宁从她身边疾步走过，在后面一间屋子里遇到了阿格娜丝护士。

"海宁医生！"她惊讶地说，然后就没再说什么了。

"这儿被施了什么魔法吗？"海宁激动地问，随即将头向着门厅的方向摆了摆，"这是什么意思？"

"这大概应该意味着，勒恩霍夫医生需要钱了。"阿格娜丝护士回答说，她的声音听起来很疲惫。

海宁还是没有理解其中的含义。

"如今我们将工作重心更多地放在人体的外表上，"护士解释说，"现在有足够多的外科医疗手段，可以在必要时美化人的外表。这比将一颗衰老的心重新恢复年轻要简单得多，而且

也明显比毫无成果的寻找癌症病原体收益更多。"

"没错,您也许说的是对的。"海宁承认说,"但对您来说,阿格娜丝护士——我的意思是,对您来说,这也是对的吗?"

阿格娜丝护士悲伤地摇了摇头。

"不是的,"她认真地回答说,"对我来说这不是正确的。乌尔苏拉小姐也用最有效的方式让我成了一个多余的人。但我知道,我不会再变得更年轻了。我已经习惯了这里,也习惯了勒恩霍夫医生——如果让我重新适应另外什么地方,那对我来说会很艰难。"

"您说得对。"海宁说。巴特海尔顿的经历让他明白,人不得不去适应各种各样的生活。"不过能将人们引向美丽之路,这终归是一份有价值的事业。有多少人因为那些完全能解决的外貌缺陷,长期忍受着痛苦的人生。让这些人幸福起来是多么容易的事啊!他们可以重新开始生活。"

阿格娜丝护士露出一副怀疑的表情,独自出神。

"尽管如此,我本该离开的!"她最后说道。

"您还是不想跟我解释这里发生了什么吗?"海宁恳求说。某件不祥之事发生了,这种令他担忧的预感又重新包裹着他。

"不想,"护士说,"但您能来这儿可真好。您同勒恩霍夫聊聊吧!"

海宁沉默着转过身去,若有所思地走上通向一楼的楼梯。那间宽敞的工作室中传出微弱的钢琴声,那是一支压抑而低沉的旋律,年轻医生聆听片刻后走了进去。

勒恩霍夫医生从三角钢琴边站起,平静而真诚地问候他,那份真诚令海宁感觉到异样，因为他并不习惯勒恩霍夫的这种诚恳。他发现他的模样变了，短短几个月间老了好几岁。

勒恩霍夫觉察到了这位年轻医生探寻的目光。他鼓起劲来，仓促地抛出一系列无关紧要的问题和客套话，甚至丝毫没有注意到海宁给出的回答。很明显，对于他所说的内容，他自己并没在思考。

"请坐吧，海宁！"

海宁坐了下来，在谈话中暗示出这间诊所的新面貌。

勒恩霍夫就诊所的"外科整容服务"的优势展开了一段热情洋溢的演讲，他甚至用到了一些提示词，语言的说服力足以胜任一间大型公司的广告总监职位。但说到中间，他突然停下，独自出神地凝视了片刻，接着换了一种截然不同的语气继续说道："所有的一切都是在胡说，海宁。为了让这间诊所运营下去，我需要钱。我无意中用这种方式盈利，这使我想到这间诊所完全可以走这条路。第一阶段的经验证明，这完全可以成为一份可获益的事业。我们能赚到足够的钱，从而顺带开展研究。但如今这一切都结束了。"

"为什么？"

"我会跟您解释的，所以我把您叫来了。您是知道我做这些工作的初衷的。您了解范·多伦的病例。"

"没错。"

"范·多伦小姐昨天已经彻底恢复视力了。"

"简直太棒了！"海宁大叫道，眼神中闪烁着光芒，"祝贺您，勒恩霍夫医生！"

年长者无力地做出一个拒绝的手势。

"省省吧,海宁。"他说。

海宁医生惊愕地发现,治疗的成功并没有令勒恩霍夫感到喜悦。他感觉自己正被一个不断收紧的威胁所围困。

"治疗成功的前提,"勒恩霍夫继续说,"您已经了解了一部分。但是您必须对此十分熟悉。我当时有印象,您对这些事情并非漠不关心——"

"没错。"海宁肯定道。

"我很高兴,您曾许诺给予我帮助。就目前的情况来看,您一定得帮助我。我自己一个人无法继续下去。我需要您!"

最后的那几句话勒恩霍夫是带着一种偏执狂的急迫说出的。海宁不由得大吃一惊。

"您不是对我说,实验已经成功了吗?"他反驳说。

"的确成功了。实验非常成功。"勒恩霍夫回答。

"但是——?"

"耐心一点,年轻的朋友。首先,这些是应用知识的科学证明。"勒恩霍夫指向书桌上的一个信夹,里面装着写满字的文件。

海宁试图拿起信夹,但勒恩霍夫阻止了他。

"不急。这里面大部分思考都源于霍内克。您可以稍后再研究,我们现在不需要在这方面耽误时间。这里是一份有关动物实验的详细描述。"说着他递给海宁另外一个信夹,"这才是对您重要的东西。"

海宁好奇地低下头阅读。面对——在他看来——勒恩霍夫史无前例的冒险与探索精神,兴奋的情绪再次将他包裹。他一页一页地读下去,将其他所有事情都抛诸脑后。

读罢，他抬起了头。但勒恩霍夫没给他思考的时间。

"跟我来！"他说罢站了起来，"我希望您自己也操作一次这个实验。"不待海宁拒绝，他便走在了前面。他们穿过两个小房间，来到手术大厅。勒恩霍夫指了指一个支架，上面挂着一件干净的白色外褂。海宁脱下外衣，挂到挂钩上，然后一下子穿上了罩衫。勒恩霍夫已走下楼梯来到实验室，海宁跟了上去。

到达楼下后，勒恩霍夫立刻打开了一个木板箱。一只长相滑稽、长有黑白斑点的梗犬探出头来。这只动物明显带有深度萎靡的迹象。

"这是波多，"勒恩霍夫解释说，"它的视力受到了损害，因为我们从它眼中提取了活体细胞中的物质。"

"细胞没有再生？"海宁问道。

"没有。本体没有再生。所以说，为了恢复它的视力，我们必须从另一只目力健全的动物身上转移这种物质。这儿还有一只狗，我们可以立刻开始。一切都准备好了。"勒恩霍夫拿起几张平放在桌上的布块。

海宁注视着那些分散摆放的工具和实验材料。他惊愕地想要问些什么，但勒恩霍夫打断了他的话。

"这里！帮个忙！还是说您已经在避暑的这段时间里把一切都荒废掉了？"

海宁有些恼怒地否认了他的话，听从勒恩霍夫的指示操作起来。他还不理解他的意图，但他现在来不及思考这件事。这个实验吸引着他，他想看看会是怎样的结果。勒恩霍夫也会进一步解释给他听。他机械地执行着勒恩霍夫简短又低哑的

命令。

"您要精准地记住每一次操作!"勒恩霍夫恳切地提醒,"另外阿格娜丝护士也熟悉每个细节。"他顺带着补充道。

两个男人坚持不懈地工作了半小时,然后动物们重又被放回到它们的木板箱中。

勒恩霍夫走上楼,在手术室内他脱下了他的白色外套,洗了洗手。海宁也照着他做了一遍。

"现在还要做什么?"当他们再次坐在勒恩霍夫的工作室里时,海宁好奇地问。

"结束了。"勒恩霍夫简短地回答。他打电话给下面的厨房,叫人端上来一份小点心。

海宁心不在焉地吃了几块,喝了一杯葡萄酒。

"现在还要做什么?"海宁重复了一遍问题。

"您什么都没有荒废,"勒恩霍夫满意地说,"物质的转移比预想的还要成功。波多将会在三天,最晚四天之后复明。然后很快就能恢复完整视力了。"

"您确定?"

"绝对确定。毫无疑问。"勒恩霍夫冷淡地回答说。

"那么另外一只狗呢?"

勒恩霍夫同情地微微耸了耸肩,作为他的回答。

"瞎掉了吗?"海宁激动地问。

勒恩霍夫无所谓地点了点头。

海宁目光锐利地注视着这位年长者,但他的目光迎上了勒恩霍夫僵硬而冰冷的神情,年轻的医生不禁默默打了个寒战。

两个男人默默无言地看了一会儿报纸。

"总的来说,人类之间所进行的物质转移也是完全相同的过程。"勒恩霍夫突然打破平静说,他的声音中夹带着一丝干涩和无力。

海宁震惊得站起身来。

"人类之间?这是不可能的!"

"范·多伦的病例证明,这是完全可能的。"勒恩霍夫冰冷地回答说。他拉开书桌的一级抽屉,取出几张装订到一起的纸,递给了海宁。抽屉依旧敞开着。"这是描述在人类身上所做实验的详细报告。另外,阿格娜丝护士也知晓详情。"

"您已经为范·多伦小姐实施了物质转移?"

"是的。"

"那么一定有另外一个人失明了!"

"当然。"

"这是绝不可能的。"海宁扶着额头,似乎必须要将这幻觉驱散开,"您绝不可能找到愿意做这种牺牲的人。即使付出一切财富,也没人会愿意献出自己的视力。"

"在有意识的情况下肯定是不愿意的,所以必须得隐瞒手术的目的和结果。"

"您这么做了吗?"海宁震惊地问,"您从一个无意识的人那里夺走了他的视力?"

"是的。"勒恩霍夫生硬地回答。

"勒恩霍夫医生,我称这种行为——"他搜寻着一个词语,"是犯法的。"他轻声补充道。

"随您怎么叫吧。您是知道的,我只有一个目的和义务:让特露德·范·多伦复明!而我达到了这个目的。"勒恩霍夫

说，嘴上露出苦涩的笑容。

海宁医生转过身去，无言地看向地面。对这个姑娘疯狂的爱慕让勒恩霍夫变成了罪犯。海宁的认知被这个真相猛烈地冲击着，连自己的烦恼也忘记了。他们终究一起工作过，且彼此尊重——如果海宁从未踏入过勒恩霍夫内心孤独的禁区！无论如何，勒恩霍夫曾帮助过他……

这迫使海宁想去了解一切。

"尽管如此——"他开始语塞，"一次这样的手术也需要一个借口，一个解释——"

"这点我也说过了。我注意到了面前那条注定会引领我达成目的的路，但这条路已经被阻断了。"勒恩霍夫此刻缓慢地轻声说。晌午阳光耀眼的光线下，他棱角分明的苍白面容映射出清晰的影子。"我那时已近乎绝望。就在这个时候，一个机会出乎意料地送上门——如此令人吃惊，如此难得，就好像命运对我的暗示，也的确就是命运对我的暗示。我一刻也不能再犹豫了，我必须抓住这个机会。您明白吗？我的整个意志力都放在了这项工作上。如今我看到成功就在眼前，我只需要伸出手。我确实这样做了，没有任何力量能阻止我，也没有任何思考的余地。"勒恩霍夫停下脚步，眼睛凝视着远方，犹如目光依旧停留在那个吸引他的目标上。

海宁摇了摇他的肩膀。

"请您现在对我说吧，究竟发生什么事了！"

"好。"勒恩霍夫的表情又变得冷静而清醒，继续开口讲述时，声音听起来十分冷漠，"一位年轻的姑娘来找我。她听说了我的整容手术。她求我完善她的眼睑，也就是说，按照欧洲人的审美观进行修复。一位不再喜欢自己的线状眼睛的中国姑娘,她希望拥有开阔的眼眸,和白人一样。"

"一位中国姑娘?"

"是的。来自上海一个富裕的家庭。她在德国上大学。"

"来自上海?"刺骨的恐惧涌上海宁心头。

"没错。我承诺为她进行这种改变。事实上,我从她眼里提取了那种细胞物质——"

"她叫什么名字?"海宁震惊地问道。

"谁?那个中国姑娘?"

"是的!"

"您等一下!一个杨小姐——"

"杨桂檀?"弗里茨·海宁感觉自己的心脏沉闷地跳动着,仿佛有深红色的海浪朝他涌来,将他淹没。

"没错,"勒恩霍夫医生惊讶地回答,"来自上海的杨桂檀。"

22

伯哈特·雷茨布尔克也对诊所大门上的文字感到奇怪,他疾步走了进去。

"我要找范·多伦小姐。"他语气不耐烦地对乌尔苏拉小姐说。

"请您跟我来。"乌尔苏拉小姐恭顺地说,并从侧面偷偷打量这位身材高大、穿着极其讲究的男士。这一定就是雷茨布尔克,那个有名的商界领头人!她没想到他这样年轻,并且讨人喜欢。或者说这是那个儿子?不管怎样,**这个特露**

德·范·多伦品位不错。

乌尔苏拉将雷茨布尔克引至一楼,敲了敲门,然后便离开了。下楼的时候她在心里盘算,她也绝不会同像雷茨布尔克这样的男人做"那件事"的。

"伯哈特!"特露德大叫道,向他飞奔过来,却在他面前两步远的位置停了下来。她颤抖着站在那里,软弱无力地垂下手臂,嘴唇微微张开,深色的大眼睛里闪着泪光。

伯哈特立刻发觉,她的眼睛又重新恢复了神采和生机。伴随着一声喜悦的欢呼,他将特露德拉入怀中。

她顺从地沉浸在他的亲吻中。但伯哈特很快发觉,特露德藏着心事。他误解了刚刚令他感到幸福的热情温存。他这样紧密地环抱着她,但他们之间夹杂着某种陌生的感觉。

"特露德,你不高兴吗?"他低声问。

她挣脱出他的怀抱。

"高兴?"她无力地重复着,摇了摇头。

伯哈特坐到了沙发上,将特露德拉到自己身边,像对待孩子一样将她抱在怀里。

她仔细地端详他的脸。

"你变了,伯哈特,"她轻声说,"你变老了,也更严肃了。"

"你不再喜欢我了吗?"

"不,我比从前更喜欢你。你在这里真好。你看起来更结实和强壮了。"

"你如今能看到这些了,这难道不美好吗?你又能看见了,特露德!"

"这的确很美好,但同时也很可怕。我的心愿实现了,但这并不是幸福。"

"为什么说不是呢？"伯哈特诧异地问。

"梦想只有一直是梦想，才会令人感到幸福。只有当我们许愿的时候，愿望才看起来美好。愿望的实现也总是因为付出的高昂代价而变得黯然失色。梦想成真是用昂贵的代价换来的。"

"为什么这样说？"伯哈特突然紧紧握住了特露德的手腕，"你……你为此付出代价了吗？"

"如果是这样的话，你还会爱我吗，伯哈特？"特露德认真地问。

他注视了许久特露德那张没有流露一丝感情的脸。

"我还会爱你，"他最后回答说，"但是那个，那个要求这份代价的人，我一定会——"伯哈特绷紧手臂，攥紧了拳头，似乎想将一个看不见的敌人按倒在地，用脚踩在他的背上，"消灭他！"他咬牙切齿地说，"消灭！还有和他有关的一切记忆！"伯哈特的声音变得沙哑而哽塞，"特露德，你……做了……那件事吗？"

特露德慢慢地抬起目光，迎向这个男人的眼睛。

"我没有，伯哈特，"她平静地说，"你相信我吗？"

伯哈特垂下头，将额头抵在姑娘的肩膀上。

"我相信你，亲爱的，"他惭愧地轻声说，"请你原谅我。"

特露德轻柔地抚摸着他的头发。

"你也一定要原谅我，伯哈特。我们可能永远开心不起来了，这归咎于我。"

"为什么我们开心不起来？"

"因为我永远也不会忘记勒恩霍夫所做的一切。"

"勒恩霍夫?那个医生?你爱他吗,特露德?"

"不!我讨厌他!我的眼前总是出现他那张贪婪又扭曲的脸,为了那些因我而起的事情,他满是愤怒和失望地责骂我,这些话在我耳中刺耳地尖叫。"

特露德的话在阴郁的绝望中逐渐停下。

"特露德,你一定要告诉我,到底发生了什么事?"伯哈特追问道,"难道我们不再信任彼此了吗?"

"不是的,伯哈特。"

她将自己从勒恩霍夫那里获知的,还有阿格娜丝护士向她勉强承认的所有事情都告诉了他。提到那位中国姑娘时,她又哭了起来。

"他们依然不允许我探望她。她一定非常年轻、娇弱,几乎还是个孩子。而且非常漂亮,这是罗泽尔说的,就像童话中的小公主。啊,伯哈特,我知道什么都看不见是多么可怕。整个世界对于她来说都是昏暗和枯萎的,那是地狱般的生活。每当我的眼睛因为美好的事物而欢喜,我就一定会想起桂檀——眼睛真正的主人。我整晚都没睡。今早太阳升起的时候,我便在想:桂檀再也看不到这太阳了。当你进来时,我看到你可亲的面庞,我便在想:是否桂檀也喜欢着某个人呢?那她再也看不见他了!我不断地这样想。我将自己的命运推到了一个陌生人身上,但我自己也不能从中脱身。痛苦甚至变得愈加残酷,永无止境了。从前我看不见的时候,我还会因为一些事情稍微高兴些。如今我什么都能看到了,尽管这些依然是这样美好,但却无法令我高兴起来。这一切并不属于我,在我心里留下的只有自责和痛苦。现在你能够明白，我为何永远高兴不起来了吧？"

"不，特露德，"伯哈特果断地反驳说，"你太折磨自己了。勒恩霍夫所做的事情并不是你的责任，你对此并不知情。"

"尽管如此我依然有责任。从一开始我就知道他渴望得到我，为了帮到我，他什么都敢做——我是知道这一点的。在找到治疗方法前，他绝不会放弃，我对他来说就是一切。但他对我来说什么都不是，但也很重要。当其他医生都认为不可能的时候，他是唯一能帮我的医生。他一定会帮我！也许——不，肯定地说——我确实给了他希望。我别无选择，一想到能复明，所有的事情我都不管不顾了。我只考虑到我自己，至于他究竟会怎样做，我一点都不关心。"

"你也的确不需要关心任何事，"伯哈特严肃地说，"一个男人必须清楚自己在做什么。如果他变得忘乎所以，如果他的个人感情比他的责任感还要强烈的话，他不可以将责任都推卸到一个女人身上，他自己必须为此承担责任。"

特露德陷入了沉思。自己为自己承担责任——她不也必须为自己承担责任吗？不，并不是一直如此！最后都是其他人不得不为她承担一切。伯哈特和——没错，还有勒恩霍夫，还有桂檀。

"那么桂檀呢？"特露德问，"谁该为桂檀负责？"

"对她来说这是一件不幸的事。但你对此并不负有责任，也就是说这不关你的事。"

女孩摇了摇头。

"你的心肠太硬了，伯哈特。"

"人不得不变得冷酷。"

"但首先得从对待自己开始。"

伯哈特惊讶地抬起头。

"必须要对自己冷酷——"他轻声地自言自语,"我是——从你身上学到的,特露德。你过去总是对自己太冷酷了。"

"你这样认为吗,伯哈特?我并不这样认为。这只是表象,因为我过去野心勃勃又自我封闭。但事实上,我只为自己和我的愿望生活和工作,而不是为了其他人。"

"尽管如此,你还是取得了伟大的成就!"伯哈特立刻回答说,"一些对他人也同样有用的成就。许多人——整个国家!你还完全不知情。昨晚我就想告诉你了,但当时电话很快就挂断了。你的勒恩霍夫——"

"已经检测过了?"

"非常完美地检测过了!超出一切期望!费尔曼已经准备量产了!"

"恭喜你。"特露德说,脸上露出一丝短暂而虚弱的微笑。

"你恭喜我?"伯哈特愤怒地喊道,"是我要恭喜你!你!你!"他激动地晃动她的手臂。

"但这该归功于你的辛劳。"特露德困惑地说。

"我的辛劳?不,是我们的辛劳!你的,费尔曼的,还有我的,但你的贡献是最大的。想法是你提出的,也因为你强大的意志力,这个想法才得以实现。如果没有你最后提出的建议,我们不会取得任何成就。你在其中参与得最多,这也给了你顾虑自己和获得幸福的权利。你理应得到幸福。"

"我不知道,伯哈特。如果没有你和费尔曼,我们也不会发现这个材料。没有人能单枪匹马获得成功，只有依靠团体的力量才能实现这个目标，它将我们所有人联系到一起。所以我们不该背叛这个集体，就像我曾经那样，即使只是有这样的想法——"

"想法！同这个伟大的成就相比，这些想法又算得了什么？"

"这些想法令一件极其不公平的事情发生了。这件事情上，我们所做的事又能说明什么呢？桂檀同我们的材料又有什么关系呢？一点关系都没有！但我永远对她的不幸负有责任！"

"特露德，你对自己太不公平了。这位中国姑娘身上所发生的事，没有人能归罪于你。如果你想对命运安排的事情负责，这反而是一种狂傲的行为，一些关联是人类无法理解的。也许这个外国姑娘本身也在为自己赎罪，如今这个遭遇正是与她的罪责相抵偿。你对此事并不知情，也没有权利让我和你从此无法再获得幸福。或者说你不再爱我了？"

特露德将她的手轻柔地放在伯哈特的背上，认真地望着这个男人的眼睛。

"不是的，伯哈特。我从未像此刻这般爱你。你这样坚强可靠，我不想你不幸福，我更愿意和你幸福地生活在一起。但是我还不知道，我自己还能不能这样幸福。如果我能相信你的话该多好，但我不能允许自己如此草率地看待这件事。这件事非比寻常，不能用普通的尺度来衡量——"

"但你本身已经够不寻常了，你能应付这件不算普通的事。你的人生从未寻常过。你过去一直足够坚强——"

"并不总是，伯哈特。如果没有你，我会对一切都感到绝望。"

他亲吻了她。

"你一定要坚强起来,特露德。你年轻又漂亮,并且很快便会恢复健康。我始终爱着你身上的自信和耀眼。不要忘了这一点。"

特露德试着挤出一丝笑容,但她眼前又突然浮现出医生那张因愤怒而扭曲的脸。她记忆中再次涌现出勒恩霍夫的话,令她感到钻心的痛苦。"如果您能做到,您就高兴去吧!您同您的——小伙子——一起幸福去吧!但他将会知道,这个世界上没有什么东西是白白获得的!"

"你一定要帮我,伯哈特,"她恳求着轻声说,"你一定要待在我旁边。我害怕。"

"害怕?怕什么?"

"我不知道,所有的事情还未明朗。勒恩霍夫——"

"勒恩霍夫!"伯哈特愤怒地喊道,"又是勒恩霍夫!"

"我害怕他。"特露德低声说。

伯哈特猛地从座位上站起,让她滑坐到沙发上。

"我要去弄清楚这件事!"他果决地解释了一句,接着转身朝门口走去,"他应该为这件事做出解释!"

特露德吓了一跳。

"伯哈特,待在这儿!"她请求道,"我——"她将剩下的话咽了下去。门在伯哈特的身后关上了。特露德紧张地听着他的脚步声。她的表情突然恢复了平静与坚定,就像她很久以前表现出的样子。她随即站了起来。

23

"我感觉不痛了，"桂檀说，"但我看不见东西。我看不见东西已经多久了？"

阿格娜丝护士没有回答她，她再也忍受不了说谎了。但是要说出真相吗？尽管只有极少数真相在她看来不那么残酷，但她早已克服了对真相的恐惧，然而这次的恐惧要更加强烈。这种恐惧联系着对自己罪责的坦白，她原本是绝不会允许这种事发生的。虽然这件事将由勒恩霍夫承担责任，但阿格娜丝护士越是花时间考虑这件事，她内心的自责就越是强烈。既有的法律也许会判她无罪，但她无法从自己的内心脱身。至少特露德·范·多伦能够得到幸福啊！还有勒恩霍夫！可看起来却并非如此。勒恩霍夫那个可怕的妄想令一连串可怕的事情发生了，结局尚无法预见。在阿格娜丝护士一生中，平和而宁静的时刻短暂得能数出来。她很清楚这一点，并且对此感到满意。只要她所做的一切都是清楚的，合乎本分又有用的——这便是她的乐趣。她从未因一天又一天看到的无数苦痛而绝望。因为她知道，所有发生的事都是为了缓解苦痛。这是填满了她生活的使命，一份伟大的使命！阿格娜丝护士从未指望过感激，她的付出便是给予自己的回报——也许只是一次安静的陪伴，直至跨过那道阴暗的门槛，一个人会在那里接替她，这是最终都无法绕过的事。但现在一切都不同了。她默许一件不公平的事情发生了，并且是一件再也无法弥补的事。她卷入了这则罪责中，仿佛被扼住喉咙一般，折磨得她痛苦不堪。她就

应该献出自己的眼睛，阻止这件可怕的事情发生，这样才会令她的良心好过一些。宁静与平和！自从霍内克死后，有时她会怀念这种状态。但是这位枢密大臣终其一生也没有获得这份平和。就他们两人来说，这是确切无疑的。

"为什么即使不痛了，我依然看不见东西？"桂檀用她低沉又悲伤的嗓音问道。

阿格娜丝护士没有说话。但当桂檀想要解开缠绕在眼部的绷带时，她温柔地将她按回到枕头上，紧紧地握住她的手。

"这样做不好，杨小姐。"她安慰道。

"是的，这样不好，"桂檀低沉地重复说，并轻声叹息，"要到什么时候我才能重新看见东西，护士？"看见——自从大家不再将她眼睛上的绷带拿掉，这便成了她唯一的想法。一种难以描述的恐惧令她不敢询问她眼睑的改变。自从她感受到眼睛深处那股可怕的灼烧感，一种可怕的预感始终萦绕在她心头，与疼痛相伴相随。

如今这个预感已经坐实了。

"您向我隐瞒了事实，护士。我失明了。"

阿格娜丝护士再也没有反驳的力气。

桂檀此刻平静地躺在那儿，纤细的身体看起来愈加瘦削和柔弱，脸部皮肤也失去了原本金色的色调，深黑色的头发越发不祥地突显了她黄皮肤的苍白。这位中国姑娘平整的脸庞一如既往地如面具般僵硬，只有苍白无色的嘴唇在痛苦地颤抖着。

敬畏和吃惊麻痹了阿格娜丝护士的思维，她无法从这位外国姑娘身上移开视线。可怜的人儿！你天真的虚荣心令你付出了昂贵的代价。

桂檀用她的家乡话自顾自地说了一些简短的句子。低沉而颤抖的声音听起来就像晦暗的绝望发出的一声回响，这绝望扼杀了一切生机。桂檀没有抱怨，她在同她自己算账。

她将她的故乡抛之脑后。她鄙弃了她的父母，她出卖了自己的本性，侮辱了她的祖先。她曲解了来自内心深处让她拒绝海宁医生的追求的劝诫。她曾以为，一次整容手术便能够永远消除两人的界限，令血统的差异不再显现。她曾将一种梦幻般的迷惘视作爱情。她曾在喧闹的外国人中间无法忍受那份孤独，故乡的图景也在她心中逐渐消散了。现在她遭到报应了。她是一个不忠的人，如今她被永远地驱逐到了黑暗之中。她再没资格回到她的家乡，或是去见她的父母。现在她无法再看到任何东西，永远不会再看见家乡的大海和闪烁着灯光的海滩，再也不会看见飘浮着云朵的天空，再也无法在镜子中看见自己美丽的面庞。对她来说，一切都已幻灭。

一个尖锐的响声突然将她阴郁的思绪打断。

阿格娜丝护士也吓了一跳。

"护士，刚才是一声枪响吗？"

"一声枪响？不是的，这是您的幻觉。您就安静地躺着，您一定要睡觉，您还非常虚弱——"

阿格娜丝护士抚摸着中国姑娘的手臂，试图安慰她。要镇定！她暗自命令自己，绝对不允许慌乱。她抬头看了眼时钟——十二点半。

在阿格娜丝护士感觉到年轻女孩身体的紧张感消退后，她才轻声站起身来，缓慢地走出房间。

通向勒恩霍夫工作室的房门敞开着。敞开的房门口正站着

特露德·范·多伦,她旁边站着一位阿格娜丝护士不认识的男士。她激动地从这两人中间挤过,向房间里望去。她看到勒恩霍夫正躺在三角钢琴旁边的地板上,难受地因为呼吸困难而发出呼呼噜噜的声音。从他脖子上的伤口里正涌出带着细密血泡的血液。勒恩霍夫前胸的衬衫上和他交织着一绺绺灰白的头发上都沾满了鲜血。

海宁医生此刻正跪在伤者旁边,白色外套上也沾满了血迹,脸色极其惨白。他听到了阿格娜丝护士进来的声音,转身站了起来。

"请您帮助我,护士。我们需要抬个担架。"

阿格娜丝护士将他推到一边,她俯下身来,仔细地端详着勒恩霍夫。他的意志还很清醒,他望着阿格娜丝护士,目光里透露出明显的恳求,他吃力地张着嘴,想要说些什么,却只发出一连串呼呼噜噜的声音。

阿格娜丝护士从他的表情中读出了死亡的临近,一种难以辨明的恐惧爬上她的心头。在过去的四十多年里,她在霍内克身边曾目睹过许多人的死去——排成很长很长的一列——霍内克本人就是最后一位。令她恐惧的并不是此刻痛苦而决绝的挣扎画面,而是她那混混沌沌的认知——这里发生过某些令人难以置信的事,但她却不知道到底是什么事。

她站起身,跟着海宁穿过那些狭小的房间,来到手术室。在走过两扇门后,她将他拦住。

"没有意义了,海宁。"她说。

"我知道。"海宁医生轻声回答说。

"最多还有半个小时——"护士继续说。

"时间一定要足够,"海宁坚定地解释说,"我们一分钟也不能浪费。"

"没用的,海宁医生。您相信我!我们必须让他躺在那儿。只有一个急救绷带。警察——"

海宁的手死死地抓着护士的肩膀。

"您到底明不明白,阿格娜丝护士?!半个小时之后他便会死去——无论如何,到那个时候就太迟了!"

"为什么?"

"为了拯救桂檀的眼睛!"

"您……想要……做什么?"阿格娜丝护士结结巴巴地问。

"只要他还活着,就能将勒恩霍夫的细胞物质转移过来!"

"您知道——?"

"所有事。他把所有事情都告诉我了。现在别再问多余的问题了!每一分钟都是宝贵的!请您控制好您的情绪!您必须要帮我!"

"我们不可以这么做,海宁医生……"护士犹豫不决地说。

但海宁并没有放开她。他的动作弄疼了她,而他的目光强硬地刺入她的眼中。阿格娜丝护士在他脸上看到了从未见过的近乎狂热的意志力。

"我们不可以?我们必须这样做!"海宁回答说,"这是我们唯一能做的事情。如果您现在拒绝这么做,勒恩霍夫就白死了。"

有那么一刹那,阿格娜丝护士又看到了战场上霍内克身边的自己。雷鸣般的枪林弹雨在她耳边发出隆隆的响声。索姆河战役、凡尔登战役,都是徒劳。不,不是徒劳。我们不可

以？我们必须这样做！牺牲者需要被利用，而这种利用也要求有牺牲者。如果您现在拒绝——拒绝？您，阿格娜丝护士？这位年轻医生想要她做什么呢？年轻？但却做出了最大胆的决定！他应该令她感到羞愧吗？不！阿格娜丝护士是不会放弃的。如果海宁能够克服勒恩霍夫那张奉献给死神的脸的恐惧，那么她也一定能够完成这件事。但是警察——？不行，还不可以打电话给警察。警察帮不了任何人——帮不了勒恩霍夫，也帮不了那个中国女孩。但是他们——如果他们此刻坚持住了——就能令桂檀复明。然后便能洗清她的罪孽，也洗清了勒恩霍夫的罪孽。他是否预感到了这一点？他是否——啊，现在不要再做无谓的思考了！等会儿再说！

"走吧，海宁医生！"阿格娜丝护士果决地命令道。深色边包裹着的浅灰色眼球闪烁出千百倍坚定的神情，她又一下子变得无比镇定了。

他们抬起担架。

一切都进展得十分迅速。

特露德·范·多伦和那个陌生人——他一定是雷茨布尔克——像着了魔一样一直站在工作室那扇敞开的大门旁边。阿格娜丝护士将他们推到外面。此时楼梯间里聚集起了越来越多的人——女佣、厨师和罗泽尔小姐，还有乌尔苏拉。所有人脸上都是一副惊慌失措的表情。

阿格娜丝护士将他们所有人都打发到楼下，锁上了房门。她用强硬的命令口吻向所有人发出指示，然后又走上楼去。

"桂檀。"海宁激动地低声说，拥抱了这个纤瘦的身躯，搂住姑娘颤抖着的孩童般的肩膀，眼神里充满担忧。

桂檀惊讶地仔细听着，她颤动的嘴唇慢慢展露出一个虚弱又难以置信的微笑。

"弗里茨·海宁医生？"

"是我，桂檀。的确是我。我会帮助您。"

这位中国姑娘摸索着举起了她的那双小手。海宁抓住她的手，温柔地握在手里。

"不要害怕！"他紧抿着嘴唇，犹如是在同自己说话。这一刻的他无比想念里斯贝特。她的脸无比清晰地出现在记忆中，她浅蓝色的眼睛中露出直抵其内心的神妙目光，那目光预示着一个崭新的、柔软萌芽着的生命的降临。那是他的生命。

"我不再害怕了，"桂檀回答说，"如今一切都好起来了。"

海宁小心翼翼地将她的手放回到被子上，动作轻柔地将她额头上的黑色卷发拂开。

阿格娜丝护士走了进来，从侧面再次审视了他一番。她发现他的表情冷峻而紧绷，除了他作为医生的谨慎和决心之外什么也看不出。现在她知道，他们能够彼此信任——一直以来也的确如此，也许这种关系还会继续下去。

他们沉默无言地将中国姑娘推进手术室。

勒恩霍夫医生始终保持着清醒的意识，直到手术结束。窒息造成的痛苦令他的嘴变得扭曲，但他的眼睛始终跟随着年轻医生和护士的每一个动作。判决！这个声音在他耳中发出隆隆的响声，呼啸着穿透他的大脑，成千上万个声音雷鸣般地唱着那首有力量的歌曲。过去的几个月中，这歌曲曾多次在他脑中响起。今天这歌声不会再停止了，而且会变得愈发猛烈，这才

是痛苦所在。但是过一会儿这痛苦便会消失在这强大的陌生力量中。

勒恩霍夫瘦弱的身体只虚弱地抵抗了一下。他下垂的肩膀短促地抽搐了一下,接着他便咽了气。

阿格娜丝护士替死者合上双眼,他脸上的表情冷峻而满足。

海宁和护士默默无言地继续忙碌着。

24

下午两点半,两辆汽车停在了诊所门前——其中一辆车是全封闭的,从上面走下来四位穿着低调的男士;另外一辆是警察的执勤车,上面载着身穿制服的公职人员。

这些警务人员在一个简短的口令下纷纷跳下车,迅速穿过花园,朝大楼不同方向分散开来。

那四位男士走进楼中,其中两人的手里拎着小号手提箱。

阿格娜丝护士向他们迎面走来,将他们带至门厅,在那里,特露德·范·多伦、伯哈特·雷茨布尔克和海宁医生正近乎沉默地坐在崭新的软垫沙发椅上。

海宁依旧穿着他那件沾满血迹的白色外套,他金色的头发一绺绺散乱地垂在额头上。他就这样子坐在那儿,将头埋在手里,面无表情地盯着地面,看起来已经完全精疲力竭了。

特露德和伯哈特还从侧面偷偷地打量他,但很快他们也重新沉浸在自己无言的深思中。

当凶案组的人走进来时,他们都站了起来。只有海宁依旧冷漠地坐在那儿。

"威尔博士。"一位看起来很结实的小个子男人自我介绍说，并依次看向在座的每一位，接着转向了阿格娜丝护士。"这位是施勒布什先生，克龙沙根先生，奥利希博士。"被介绍的几个人简单地打了声招呼，"是您打电话给我们的？"

"是的。勒恩霍夫医生死于枪伤。"

"勒恩霍夫医生是这家诊所的负责人？"威尔博士问道，他并没有忽视进门处的文字。

阿格娜丝护士点了点头。

"请您做一下记录，克龙沙根。"威尔博士向他的陪同者低声说。"他在哪儿？"他接着大声说道。

阿格娜丝护士指了指楼上。

"请您陪我们一起过去。"

威尔博士没有理会其他人，跟着身旁的护士上了楼。他的同行者跟在了他后面。在楼上，他了解了各个房间的具体位置，对躺在手术大厅内的死者看似粗略地打量了一眼，查看了工作室内的血迹，然后同另外几名先生简短地小声交谈了几句。

施勒布什和奥利希博士从箱子里拿出设备和照相机，动作熟练地开展工作，不难看出他们平时训练有素。

威尔博士和克龙沙根又和护士返回到楼梯间。

姑娘们站在走廊的角落里窃窃私语。威尔从她们身边走过时，她们又害怕地默不作声。他将她们打发去了楼下的厨房。然后他突然站定，尖锐地张嘴问道："枪声响起的时候你在哪儿？"

"在一个女病患的房间里——这里。"阿格娜丝护士回答说,并指向了一扇门。

"当时是几点钟?"

"十二点半。"

"现在已经两点半多了。我们是两点钟接到的电话。十二点半到两点钟这段时间发生了什么?您为什么没有立刻打电话给我们?"

"不可以。我们不可以浪费时间。"

"谁——我们?"

"海宁医生和我。"

"海宁医生是这里的医生?"

"是的。或者更确切地说,在枢密大臣霍内克去世之前他是的。之后这里一切就都变了样,勒恩霍夫医生为他在巴特海尔顿谋求到一份工作。"

"是这样。什么时候的事?"

"春季。"

"那海宁医生又是什么时候回到这里的?"

"今早回来的。他出人意料地出现在这儿。"

克龙沙根一刻不停地在笔记本上潦草地做着记录。

威尔博士思索了片刻。

"也就是说,您听到那些枪声——"

"那声枪声,"阿格娜丝护士干巴巴地纠正说,"只有一声枪响。"

"没错,您听到那声枪响后,立刻跑了出来——"

"没有。我又在那个女病患身边待了大约两分钟,为了安抚她。"

"那这位女病患——她叫什么名字？"

"杨桂檀小姐，来自上海。"

"中国人？"

"是的。"

"她也听到了那些枪声吗？"

"她也听到了那声枪响。"阿格娜丝护士生气地纠正他。

威尔博士抬头看了她一眼。

不等他进一步询问其他问题，护士简洁客观地描述了一遍她是如何从范·多伦小姐和雷茨布尔克身边走过，然后进到工作室中，以及她是如何发现受伤的勒恩霍夫和正在旁边照顾他的海宁医生。

"勒恩霍夫说了什么？"

"什么也没说，他已经说不出话了，但他还有意识。"

"所以你们认为还能帮助他？"

"不是的。我当时就知道，他基本上不会活过半个小时。"

"您如何知道得这么准确？"威尔博士恼火地问道。

阿格娜丝护士直直地站了起来，从头到脚打量他。

"我精通本行。我曾经同枢密大臣待在前线四年。"

"原来如此，请您原谅！"威尔博士的脸上飞快地闪过一丝尴尬，接着继续说道，"也就是说，您意识到，任何帮助都是不可能的。尽管如此，您还是将死者抬离了案发现场，抬到了手术大厅。在这方面，您应该有足够的经验，知道这样做是不允许的，您必须立刻报警。"

"是的。"

"您为什么没有这样做?为什么我们一个半小时之后才接到通知?"威尔此时的语气充满了威胁。

"我们没办法更早通知警方,"阿格娜丝护士底气十足地解释道,"我们在勒恩霍夫身上又做了一个手术。"

"你们还做了一个手术?"

"没错。"

"为什么?按照我的理解,您不是已经认定他的情况毫无希望了吗?"

"绝对如此。"

"但是海宁医生有不同的观点?"

"不,海宁医生和我的观点完全相同。"

"那我就不理解了。如果无法救回勒恩霍夫,为什么还要再进行一次手术?"

"这个手术有另外的目的。"阿格娜丝护士不慌不忙地解释说。

两个男人面面相觑。

克龙沙根也停下了手中的笔。

"这真令人难以置信。"威尔博士低声说。

"您说得对,的确难以置信。"阿格娜丝护士严肃地表示肯定,"我也已经精疲力竭了。难道我们就不能走下楼,坐下来谈话吗?"她突然感到一阵眩晕,赶紧抓住楼梯的栏杆,"我已经不再年轻。"她抱歉地说。

"走吧!"威尔博士表示同意。

他们走下了楼。

伯哈特和特露德始终等在那儿。弗里茨·海宁表情阴郁地独自愣神。

威尔和克龙沙根搬来了椅子。

待所有人落座后,阿格娜丝护士便开始讲述——其间被威尔简短的问题频繁打断——从特露德来到诊所治疗以来所发生的所有事。偶尔她也会转向特露德,以确定她报告内容中的某些细节。海宁也回答了几个问题。

特露德紧张地听着。提到那位中国姑娘时,她大吃一惊。当海宁承认,他们对死者进行了手术,提取了桂檀需要的细胞物质时,她吓得惊起,紧张地盯着海宁的脸。

"您真的这么做了吗?"

"是的。"

"手术成功了吗?"

海宁疲惫地耸了耸肩。

"我希望如此,目前还不能给出确切的结论。"

特露德神色黯淡地坐回到椅子上。

所有人都沉默了片刻。

克龙沙根写满了一页又一页笔记,威尔博士越过他的手臂,目光跟随着他写下的内容。他若有所思地用手拂过自己的额头,他试图探究出其中的关联。这些人太不寻常了,他必须谨慎地考虑这件事,勒恩霍夫的横死始终需要一个解释。那个罪犯应该就在这一群人中间——这在威尔博士看来是确切无疑的。所有人都以某种异样而不祥的方式,和勒恩霍夫的命运联结在一起。他们中有一个人能解开这个谜团。

"您究竟是谁?"威尔博士突然打破沉默问道,用手指向伯哈特·雷茨布尔克。

伯哈特报上了名字。

"从路德维希港过来的,"他补充解释道,"A.雷茨布尔克机械制造厂。"

"您在这儿做什么?"

"我来接范·多伦小姐。"

"啊,是这样。范·多伦小姐直到意外发生前都在您那里任职?"

"是的,"伯哈特回答说,"此外,她还是我的未婚妻。"

特露德投给他一个感激的眼神。他平静的话语在她心中唤起了一丝微小的希望。

"您是何时出现在这里的?"威尔博士继续问道。

"今天上午到的。大约十一点半的时候,我来到了诊所。"

"那么关于您未婚妻的治疗方式和结果,您已经知晓其中的细节了吗?"

"没有。但是我立刻探望了范·多伦小姐,从她那儿获知了一切。"

"一切?包括那个年轻的中国女孩的遭遇?"

"是的。"

威尔博士转过身,看向特露德。

"也就是说,您已经知道这件事了?"

"嗯,"特露德轻声说,"昨天知道的。"

"是谁告诉您的?"

"勒恩霍夫自己。"

"他是如何说的?"

特露德不知所措地沉默了。

"现在，"威尔博士冷静地继续说，"情况一目了然。勒恩霍夫医生为了恢复您的视力，采取的方法必定是与他的荣誉、责任感和良心相违背的。他对所有异议都弃之不顾，这对于一个取得公认成就的成熟中年男性来说绝对是反常的。有两个不同的动机是可想而知的：要不就是您答应支付给他一笔巨额费用——"

"这不符合事实！"特露德气愤地喊道。

"要不就是勒恩霍夫爱上了您。"

特露德垂下了眼帘。

"您大概也是这么对自己解释的吧。"威尔博士对伯哈特说。

"是的。"伯哈特回答说。

"这会让您觉得范·多伦小姐不再爱您了吗？"

"不会。"

"但是您不得不接受，她至少曾给了勒恩霍夫医生希望。"

"并不是这样的。但我觉得，勒恩霍夫从他自己的角度期望得到这样一种回报，并直截了当地索取感谢——"

"没错，就是这样。"特露德情绪愤怒地肯定说。

"当他感到失望，"伯哈特继续说，"便发生了口角，勒恩霍夫动了粗。"

"这是昨晚发生的？"威尔博士打断说。

"是的。"

"范·多伦小姐告诉您的？"

"嗯。我昨晚注意到了她的反常——绝望又忧郁——"

"所以您决定和勒恩霍夫医生好好谈谈。"威尔博士补充说。

"没错。"

"雷茨布尔克先生,如果您能将所有事情都解释清楚,这是非常理智的做法,"威尔博士满意地说,然后重新倚靠到椅子上,"我们还是把细节省略掉吧。也就是说,您走上楼,来到勒恩霍夫的工作室,并同他陷入争吵,然后拿枪杀害了他。"

"我没有。"

威尔博士惊讶地向前倾了倾身。

"您还要否认枪杀勒恩霍夫的事实吗?"

"没错。"雷茨布尔克果决地回答说。

"那么请您自己解释一下。"

"我完全不清楚勒恩霍夫医生所在的位置,所以我先走下楼,想要问问招待台的小姐。"

"哪个小姐?"

"就是在这里为访客做登记的小姐。但那时她不在。"

"原来是这样啊,"威尔博士讥讽道,"没有人在那儿,所以也没有人见到您。"

"乌尔苏拉小姐那个时间应该去吃饭了。"阿格娜丝护士反驳说。

"继续!"威尔博士向伯哈特摆了个手势,不耐烦地命令说。

"当我环顾四周寻找她时,我就听到了枪声。"伯哈特说。

"您就又立刻跑上了楼——"

"是的。"

"然后看到了范·多伦小姐站在工作室那扇敞开的门中。"

"不,当我跑上最后一级台阶时,她才从房间里出来。我们是一起跑向工作室的——因为枪声似乎是从那个方向传来的——我们打开门，看到勒恩霍夫躺在地上。"

"这样啊，您的想象力还真是出色！"威尔博士明显已经生气了，"那自然也不难想到，范·多伦小姐听到您走下楼——"

"是的，我听到了！"特露德激动地确认。

"啊！所以您决定不再等待勒恩霍夫医生和雷茨布尔克先生之间发生争吵。"

特露德眼神费解地望向他。

"勒恩霍夫曾威胁过您，他本来是可以将他的威胁付诸行动的——"

"什么威胁？"特露德惊慌地问道。

"将他和您的关系解释得更加亲密。"

伯哈特突然因暴怒而站起。

"先生，您没有权利——"

"等等！"威尔博士尖刻地命令道，接着又转向特露德。"您利用雷茨布尔克先生在楼下逗留的短暂间隙，闯入勒恩霍夫的工作室——"，威尔博士做出一个开枪的手势，"确保他能永远保持沉默。"

特露德凝视着威尔博士。

"不是这样。"她最后压低声音说道。

威尔博士自鸣得意地点了点头。

"这我早就估量到了。勒恩霍夫对于你二人来说都是个障碍，他惨遭非命时，你们两个人离他最近，但是你们如此机智地分配了角色，从而可以成为彼此的不在场证明。然后是那位伟大的无名氏开的枪，那到底是怎样做到的呢？"

"我只能将我知道的都告诉您,"伯哈特耸了耸肩,"但这位先生——"他指向弗里茨·海宁,"能够向您证实,我们——范·多伦小姐和我——是一同踏进那间工作室的。"

"那么您在枪声响起的时候,想必已经在勒恩霍夫的工作室了。"威尔博士转向海宁说道。

年轻医生表示否认。

"我是在手术大厅里听到的枪声,然后我立刻走上楼,几乎同范·多伦小姐和雷茨布尔克先生同时踏进了工作室——只是从相反的方向。另外,您的猜测是错误的。勒恩霍夫医生是自杀身亡的。"

威尔诧异地抬起头。

"您是如何下此断言的?"他问道。这时,委员会的另外两位先生走到楼下,将他拉至一旁。

"枪击伤口是在脖子上。"奥利希博士低声说,他是一名医学专家,"死亡时间一定是在四十至四十五分钟以前。枪击是在最近距离下发生的。"

"自杀?"

奥利希博士微微抬了抬肩膀。

"几乎难以置信。在自杀案例中,射击在脖子上的情况是很不常见的,勒恩霍夫作为医生,本就最了解他必须枪击在哪一个部位才能立刻死去——如果他根本没有提前借助吗啡来达到这一目的的话,本来是能够减少一些疼痛的。他的伤口显示出,他的死亡过程是极其痛苦的,这毫无疑问。"

"作案工具是勒恩霍夫自己的左轮手枪。"施勒布什先生插了一句,并将武器递给了威尔。"这把枪是在事发地点的地板上发现的,"他补充解释说,"指纹无法确认。"

"那您是从何得知,这是勒恩霍夫自己的枪?"威尔问。

"我在勒恩霍夫的书桌里发现了一个装着同型号弹药的盒子。"

"嗯。您还找到其他和案件有直接关联的东西吗?"

"本来没有了,"施勒布什若有所思地回答,"楼上还有几个文件夹,里面是特殊手术的详细说明,但这些都是科学研究材料。另外还有些别的东西。"他递给威尔一张有些压皱的白色字条,字条上写着几句话。

威尔仔细地看了一遍。

"您在哪里找到的?"

"在海宁医生的钱包里。这就是白色罩衫里面的那个,不是吗?"

"是的。您是怎么找到他钱包的?"

"在他的外套里。他的外套挂在楼上手术大厅里。"

"好的,"威尔说,"您现在可以审讯厨房中的那些人了。执勤的警务人员过一会儿再换班,您负责安排一下。我们大概还要进行几个小时,这幢楼必须处于全面封锁状态。"

"好的。"

威尔又返回到其他几人当中。

"现在请您跟我们解释一下,海宁医生,对于此次事件的经过,您都知道些什么。您突然从巴特海尔顿回到这里,为什么?"

"是勒恩霍夫医生拜托我回来的。他昨天快到傍晚的时候给我打了电话。"海宁提到了那个自己有义务帮助勒恩霍夫的理由,接着叙述了上午发生的事情,一直到勒恩霍夫告知他关

于那个年轻的中国姑娘和她的治疗。

"您对此非常愤怒?"威尔博士问。

"愤怒并不是正确的表达,我震惊得甚至有些恍惚。我认为勒恩霍夫的——坦率地讲——头脑已经不清醒了。因为他要求我,当即在他身上做同样的手术,通过这种方式令那位中国姑娘复明。"

"以牺牲勒恩霍夫自己的视力为代价?"

"是的。"

"他想要以这种方式对已经造成的不幸承担责任。您认为,他为自己的行为感到后悔,并受到了良心的谴责?"

"不是的。在我看来,他更多的是因为一种妄想而着了魔。"

"对于他的要求,您的态度是怎样的?"

"我当然拒绝了他。"

"为什么?您认为自己无法完成手术和物质转移吗?"

"那倒不是。但是我怕勒恩霍夫之后会后悔自己的决定,到那时就太晚了。我无法承担因屈从于他的情绪所引发的责任。他的行为太过反常,不该仓促地做决定。"

"在您看来,他哪些方面反常?"

"他的整个行为举止。表面上,他十分镇定,但他的内心已明显完全失衡。"

"对于您的拒绝,他作何反应?"

"他继续逼迫我,恳求我,最后威胁我。"

"他是怎么威胁您的?"

"他说,他会有办法逼迫我去做的。到时候我将别无选择——我必须做这件事。"

"您是如何回答的？"

"我对他说，他吓唬不了我。我责备他妄图乘人之危——"

"您的危机？"这个词引起了威尔的兴趣。

"现在的确是这样。我因为从巴特海尔顿突然离开而失去了原本的工作。勒恩霍夫知道我没有钱。但是我毫无根据地责骂了他。我自然没有预料到，他原来想用完全不同的方式逼迫我。"

"什么方式？"

"就是那件他最后真的做了的事。"

"您是想说，勒恩霍夫枪杀了自己，就是为了向您证明，他的提议是认真的？"

"是的。并且他下枪的位置能确保他一直活到手术结束。因为那种物质显然必须从活着的有机体中提取才能发挥作用——就和输血的原理是一样的。"

"出于这样的考虑——包括具体的实行——都必须要求勒恩霍夫拥有惊人的意志力。"

"这是肯定的。"海宁若有所思地表达了肯定。

"并且对您也是同样的要求。"威尔博士继续说。

海宁点了点头。

"只有勒恩霍夫用他不同寻常的意志力给了我力量，令我能和他一样决绝。"他这话与其说是给在场的人听，倒不如说是给他自己听。

决绝，威尔在心中琢磨这个词。的确，如果情况真的就像这位海宁医生所描述的那样，这便是一项超越人类的成就。一项困难的、之前从未实施过的手术——并且是在一位将死之人的身上实施，而这个人曾经又是他的朋友！如果海宁将此事做

到了的话,那么——也更能让人相信他的决绝!

"您刚才说过,枪声响起的时候您是在手术大厅里。但是在您所叙述的整个时间里,您都和勒恩霍夫一起在他的工作室中。您是如何突然又去了手术大厅呢?"

"我在大约五分钟之前上的楼,想再穿上我挂在那里的白色罩衫。"

"您为何有这样的想法?"

"我想要确认一下,勒恩霍夫说的话是否符合事实。关于这件事,我必须询问一下范·多伦小姐和那个中国姑娘。所以我准备到病房探访一下。"

"这持续了五分钟?"

"是的。我的心情非常不安,需要花几分钟集中注意力。就在这个时候,我听了那声枪响。当时我立刻意识到,一定是勒恩霍夫做了什么事。我穿过隔开手术大厅与工作室的两个房间。就在我到达那里的时候,范·多伦小姐和雷茨布尔克先生从楼梯间那边过来,用力推开了另一扇门。"

"这间工作室没有另外的门了,"威尔说,"手术大厅和工作室之间的那两个房间也没有独立的出口,并且这两个房间非常窄小。如果除了你们三人以外还有人在案发地点,他就会同你们撞个满怀,是这样吗?我在窗边和窗户下的花园地上没有发现任何痕迹。而且,从二楼窗子不被人察觉,且毫发无损地逃到外面也相当困难。也就是说,案发现场除了你们以外,还有一个陌生人的可能性可以排除掉了。"威尔用特殊的语气强调了这句话。

所有人都保持沉默,各自出神。

"海宁医生，"威尔继续开口说，"当工作室内枪声响起的时候，手术大厅里除您以外还有其他人吗？"

"没有了。"

"那么就是说，没有人能证明您在那儿停留过。"

"对。"

"并且，根据您的说法，勒恩霍夫是自己造成的致命伤，以迫使您实施他所期望的那场手术，并同时令您免受责罚。"

"没错。"

"您是如何推断出这些的？勒恩霍夫还说了些什么吗？"

"嗯。他吃力地喘着气说：'就现在！快……'接着他就无法再发出声音了。我便将这些话视为他最后的遗愿。"

"勒恩霍夫提前将自己的遗愿写好，这样做的可能性不是更大吗？他也能借此免除您的罪责。"

海宁耸了耸肩。

"我什么也没看到，我也没有时间找。"

"但我们有时间，"威尔强调说，"可我们也什么都没找到。"

海宁没有接话。

"您没有其他要跟我说的了吗，海宁医生？"威尔语气尖锐地质问道。

"没有了。"海宁生气地回答。

威尔目光犀利地盯着他。

"这一切或许如您所说，"他停顿片刻后开口说，"但是我手里的一个线索暗示，这件事极有可能是另外一番情形。您向我隐瞒了一个重要事实！"

海宁吃惊地抬头看向他。

"什么情况?"

"您之前同杨桂檀有过感情!"威尔将施勒布什在海宁钱包中找到的字条放到桌上,"我会再回来的。桂檀。"——"这是一段怎样的感情,审讯过那位中国姑娘之后便会知晓。"

海宁激动地站起。

"您不可以审讯桂檀!"他喊道,"我禁止您这样做!作为主治医师,我禁止您这样做!她现在的情况不能被审讯。一次干扰、一次情绪波动都会令转移手术出现问题。如果发生这样的事情,她的视力就永远也无法恢复了!"

"现在,我并没有坚持这样做,"威尔反驳道,"而且也还有些时间。在此期间,您可以自己来解释您二人的关系。"

"非常好的朋友关系。今年春天,我在柏林认识了桂檀。我在巴特海尔顿又和她不期而遇。"

"不期而遇?"

"是的。"

"无论如何,这张字条都能证明你们之间有着某种亲密关系!"

"为什么这么说?这和这件事情有什么关系?"

"关系很大。您知道那位中国姑娘在这儿。"海宁想要反驳,但是威尔立刻继续说了下去,"要不就是您自己派她到勒恩霍夫这里来的,或者就是他给您打电话的时候,您从他那里获知的。不管怎样,您都对她的境况感到十分不安,并紧随其后来到这里。然后在这儿您了解到发生的事情。从那一刻起,您便憎恨勒恩霍夫。您将您的恨意掩盖起来——您必须要拯救桂檀的视力。因而您让勒恩霍夫为您演示手术的过程。当您了解一切,您便持枪杀害了他——用他自己的武器。您知道武器存放的位置。您也足够冷酷,能以这样的方式枪杀了勒恩霍夫,令他既无法再言语,又能存活一段时间,所以您瞄准了脖子。"

海宁虚弱无力地倒进椅子中。

"原来是这样啊。"他的语气中带着挖苦的意味。

"您最好坦白一切,"威尔博士继续说,"您解决勒恩霍夫的方式,几乎比他对待那位年轻的中国姑娘还要残忍。您为发生在她身上的不公报了仇。不论是出于友情,抑或是出于爱情——"威尔博士做了一个同情的手势,"谋杀就是谋杀。"

海宁笔挺地从座位上站起。

"我现在受够了这堆废话,"他语气坚决地说,"您先是怀疑雷茨布尔克先生,接着怀疑范·多伦小姐,现在又怀疑我。大概多疑就是您的工作吧。这与我无关。您要不相信我,要不继续怀疑我。我今天已经被其他的烂事搞得筋疲力尽了——对于这件事,我也已经尽力了。另外,我现在饿了。我几乎一整天都没吃什么东西——而且我认为,在座的其他人也是类似的情况。"

"非常同意。"伯哈特·雷茨布尔克附和说,他开始喜欢这位年轻医生的个性了。

"如果您也不反对的话,"海宁说着转向凶杀案侦查委员会的负责人,"我们就先将午餐补上。无论如何,我等一下必须睡上几个小时。昨晚我睡得很少。今晚我必须照顾桂檀——在那之前我必须养足精神。"

"就我看来,"威尔博士开口说,"应该采取一定的预防措

施,以保证你们中的任何人都不会离开这幢楼。我拜托你们能够按规行事。"

"那么就这样吧!"海宁毫不掩饰自己的愤怒。但当他看向威尔那张难以琢磨的脸时,一种担忧突然涌上他的心头。"博士先生,我有一个非常紧急的请求。"他忐忑地开口说道。

"什么请求?"

"请您想办法不要向外界公开有关此事的任何消息。"

"这件事您得委托给警察。"威尔冷淡地回答说。

"但我的妻子必须从我这里获知这件事!"海宁绝望地喊道,"不可以令她产生无谓的不安——以她现在的情况,这很可能造成最坏的后果。"

威尔从下到上打量着他。

"她怀孕了。"海宁轻声补充说,他察觉到了特露德·范·多伦正瞪着深邃的双眼认真地盯着他。

"您的妻子在哪里?"威尔问道。

"在巴特海尔顿。她对于这一切还一无所知,她以为我能重新在这里任职。我自己也是这样以为的。"当海宁的思绪从这一系列接踵而来的事情上转移开之后,他自己的烦恼便又攫住了他。之后的生活会是怎样的呢?啊,他感觉自己犹如浑身被抽空一般疲惫。但他不允许自己松懈下去。这一次他想让身体听从他的指令!他命令自己。否则他会失去力气,但他不能允许这件事发生,至少不是现在。

"好的。我明白了,"威尔的话传进了他的思绪之中,"我愿意尽我所能。"

事实上,威尔自己在同一种别扭的感觉较劲。他对自己并不满意。该死的，海宁说的话听起来好像就是事实。但是他绝不能轻信，这件事有很多不利于他的地方。海宁此前在回答一个简短问题时曾提到，当勒恩霍夫拿出文件时，他曾看见过抽屉中的左轮手枪。但是——如果他是那个凶手，他会承认这件事吗？勒恩霍夫的致命伤真的是他自己造成的？这个结论尚缺少一个合乎逻辑的证据。威尔至少感觉到，他的推断中有某些方面是不符合事实的，还需要从长计议。他沉思着走上楼，示意他的同事跟上来。

他们在楼上勒恩霍夫的工作室里商讨了很久。在此期间，大家吃了饭，海宁确实睡得很沉。之后，威尔又询问了一遍阿格娜丝护士，提了一系列关于勒恩霍夫的问题。

"在您看来，最近这段时间里，勒恩霍夫有什么变化吗？"

"有，有很明显的改变。"

"到什么程度？"

"每当我想起他弹奏的钢琴曲！"阿格娜丝护士恼怒地说道，接着厌恶地指向了那台三角钢琴，就好像那才是一切灾祸的罪魁祸首，"枢密大臣霍内克在世时，这儿就没有这种东西。"

威尔惊讶地抬起头。

"勒恩霍夫医生到底弹奏的是什么曲子？"他想要知道。

"我对音乐一窍不通。"阿格娜丝护士解释说。

"那么，说个大概：严肃的？欢快的？压抑的？"

"我不知道。"阿格娜丝护士顽固地坚持说。

但威尔并不满意。他坐到乐器前。

"请您认真听一听！如果我演奏了同勒恩霍夫相同的曲调

类型,请您和我说一下!"他按下几个琴键后诧异地停了下来。钢琴发出了一个不和谐音。

威尔惊跳起来,打开琴盖,仔细检查着乐器。有什么东西缠在了琴弦之间。

"哈,我们找到答案了!"他心满意足地说,接着伸长手指打算掏出那本已经滑进钢琴深处的小册子,这本册子是皮质封皮,但磨损严重。他终于抓到了这本册子,将它向上拉出,然后翻阅起来。

这是勒恩霍夫的袖珍日历本,上面写满了记录的内容。今天的日期下面也粗略地匆匆写下了几行字。

"勒恩霍夫最后一次弹奏是什么时间?"威尔问。

"今天早上,海宁医生来之前。"

"很好,护士。我们目前不需要您了——这本小册子会给我们更多的解释。"待护士走出房间后,他转向陪同他的另外几位先生。

他们弯下腰开始阅读勒恩霍夫的笔记。

晚些时候,威尔博士将所有人召集到一起。海宁是最后一位到场的,之前他还在桂檀那儿。

当所有人在他周围就座之后,威尔博士开始缓慢而掷地有声地开口说道:

"我的任务就是查明,究竟谁该为勒恩霍夫医生的死负责。这个任务看似简单,因为怀疑对象只有三个人:您——雷茨布尔克先生,您——范·多伦小姐,还有您——海宁医生。这个任务是困难的,因为你们中没有人承认犯罪行为。我必须查清能推动你们中的某一个人杀死勒恩霍夫的理由。结果表明，你们中的任何一个人都有对他下手的动机，也许是出于被迫。至于理由，你们大家都很清楚，我不需要再重复。勒恩霍夫必须得死，没有其他的出路——对于他自己也一样。他的人生已经毁掉了，他做了这样令人惊撼之事，所以他要背负巨大的罪责。这份罪责必定会令他坠落深渊，而他的命运也始终同深渊紧紧相连。直到最后，他采取的措施都是非常大胆和毫无顾忌的，通过合乎逻辑的分析，他自然会意识到如今其中这充满灾难性的联系，时刻会将其他人和他一起毁掉，留给他解开这份牵连关系的时间不多了。他利用了这层关系。在他的能力范围内，他一个人独自承担了责任，弥补了自己的罪责。他所采取的方式既让我们畏惧，又让我们钦佩，但我们只能用精神错乱来解释，正是这份错乱推动他做出所有的这些事。他觉得自己是超自然意志的实施者。曾经，几年以前，一次战争的经历就已经在他心中埋下了这种精神负担，可怕的阴影潜藏在他心里一生。勒恩霍夫记录的笔记证实，他已经意识到这份潜在的阴暗力量，并为他埋下了不幸的种子。这股力量用力拉拽他完成了几乎难以置信的成就，但也将这种终极审判埋在他心中——那便是他一定会坠落深渊，因为他违反了永恒的法律。他，一个被命运打上标记的人，曾经认为自己足够强大，能够逃脱命运的巨轮。事实上，他也曾短暂地超越常轨，但是紧接着命运的车轮便从他身上碾过。这就是他的结局。他以一个男人的方式承担了这一切——他理应获得荣耀。"

弗里茨·海宁点了点头。

"我想，我们所有人都有理由感谢他，他已偿清了他的罪责。如果所有的迹象都是真的，桂檀也将复明。"

特露德·范·多伦小姐喜悦地跳起,抓住海宁的手。

"这是您的功劳,医生!"

伯哈特·雷茨布尔克走到她旁边。

"您将我们所有人都从一种可怕的压力中解脱出来,海宁医生,"他认真地说,"我们任何人都不需要再自责,我们要感谢您。"

"您该感谢勒恩霍夫。"海宁低声回答。

"勒恩霍夫死了,对他来说的确是最好的。但是我们——我们还活着。我们能重新感到高兴与幸福,我们要将这归功于您。"

"我只考虑了桂檀。"海宁尴尬地说。

"这是肯定的。但这并不能阻碍我钦佩您的勇气和意志力。毕竟这对您来说也不简单,您也有自己的烦恼。我希望,您能够摆脱这些顾虑——事实上这也是您应得的。另外,我需要一位像您一样的医生。我要建造一间新的大型工厂。为我的员工配备宽敞的住宅,所有的一切都十全十美。我们也需要一名医生,一名出现状况时工作劲头十足的医生。我要让他负责所有人的健康,小到工人们最小的孩子。这是您的职责所在吧?"

"是的。"海宁回答说,他的目光突然亮了起来。

25

弗里德瑙花园中的树叶已经掉光,秋风卷起街道上的彩色落叶。

里斯贝特眯起眼睛透过房间的窗子看着太阳，观望那场有趣的表演。接着又忙活起手里的活儿，她已经悠闲地、充满爱意地做了几天了：她在为一张儿童小床缝制被套，弗里茨得帮她测量那个白色小床架的尺寸。

尽管他们不应该再在柏林长时间逗留，但特露德·范·多伦依然坚持在这里布置出一套房子来。以里斯贝特如今的情况，她不该没有自己的家。

另外，工厂和住宅区的计划已经拟定好了。伯哈特·雷茨布尔克和费尔曼已同政府部门协商，双方达成了一致。目前一切都进展得很快，弗里茨已经给里斯贝特展示那幢小房子的平面图和鸟瞰图了，不久之后，这幢房子——将完全由他们单独——居住！在处理新公司的一切事宜上，大家都感受到了特露德·范·多伦果决的个性和可靠的判断力。至于雷茨布尔克一家——她习惯这样来表达——尤其地关心她。一个像她这样的年轻人，特露德幸福地发现，保持良好的同事关系能为她带来乐趣。

"她是一个妙人。"里斯贝特说。

弗里茨表示赞同。

"她同雷茨布尔克堪称绝配。明天就是结婚仪式，然后是密友亲人共进晚餐。他们邀请了我们，但我拒绝了。"

"为什么？"

"啊，他们不该在这个时候回忆起所有的事情，他们如今正幸福地生活着。但如果我在场的话就无法避免了。另外，当下你对这类事情也不太感兴趣。"

"你做得对。"

"是吧。没有你,我也一定会觉得很无趣。这样他们便完全都是自己人了——只有雷茨布尔克老先生和经理费尔曼作为见证人。"

"就这些人?"

"是的。特露德想这样。如果两个人彼此相爱,那么多人又有什么意义呢?你还记得我们是怎样到梅拉诺去,然后晚上坐在海岸边的林荫道旁吗?那真是最美丽的风景!"

"是的,弗里茨。"里斯贝特依偎在丈夫身旁,"如果我们当时知道,我们还将面临什么——"

"还有什么能如此糟糕?现在一切都好起来了!"

"没错。只有你的小丽莎过去总是在担忧。你也不容易。我甚至觉得,现在你的鬓角已经有几根白发了,那个时候你还没有呢。这是我的错。但是我向你保证:我不会再沮丧了。如果我曾经能愉快地面对这些困境该多好!"

弗里茨大笑起来。里斯贝特做了个鬼脸。

"你们取笑我。阿格娜丝护士也取笑我。——说说,弗里茨,诊所现在究竟怎么样了?"

"诊所关掉了。索尼娅·卡尔斯顿会将那幢楼卖掉。"

"那阿格娜丝护士呢?"

"我们会带上她。我已经和雷茨布尔克先生谈过了。"

"真的吗?"里斯贝特高兴地欢呼。

"是的。她也应该过过平静的生活了,她的确理应受此优待,她的一生充满战斗与牺牲——"

门铃声响起。

弗里茨走到门边开门。

一位身材纤细的少女正站在门外。弗里茨看向那张扁平的、琥珀色的面庞，依旧狭长的双眼和涂着口红的性感嘴唇——

"桂檀！"

"我来是为了感谢您，海宁医生，也为了和您告别。"

"里斯贝特，这位是杨桂檀。"

通向卧室的门敞开着。

中国姑娘走了进来，迎向里斯贝特，她看到这位金发女人吃力地站起，也注意到了那张崭新的白色儿童床，心中已明白一切。她微笑着，露出闪闪发光的整齐牙齿，眼中濡满泪水，肩膀开始颤抖起来。她将头倚在里斯贝特胸前。

"不要哭。"里斯贝特安慰她，轻轻拂过桂檀浓密的黑色秀发。

桂檀微笑着抬起了头。

"已经过去了。看到你们很幸福，我也很高兴。现在我也一样。海宁医生为我做了很多事。"

"只是没有做您期望勒恩霍夫医生做的事，"弗里茨微笑着说，"但是就这样，保持您本来的样子更漂亮！"

"并且更幸福！"桂檀用她那柔软而低沉的声音插过话来，"我现在知道了，您所说的思乡的含义。我学到了这一点。但是明天我的船就出发了。六周之后，我就会回到我的家乡上海。"

她同里斯贝特和弗里茨握了手。

"当我目睹一切美好事物的时候，我都会想起您。"

"一路顺风，桂檀。向您的家乡问好！"弗里茨说，他男

性的声音听起来有力且真诚。

桂檀挺直了身板,笔挺地走了出去。她美丽而充满异国风情的脸上再次闪现出靓丽的微笑。接着传来了大门上锁的咔嗒声。

"六周以后……"里斯贝特心不在焉地说道,她丈夫的手温柔地放在她的肚子上,如今肚子里已经经常能感受到一阵轻柔而任性的胎动。弗里茨·海宁缓缓弯下腰去,亲吻他的妻子。

(完)